H. RIDER HAGGARD

LE
COLONEL QUARITCH

ROMAN TRADUIT DE L'ANGLAIS

AVEC L'AUTORISATION DE L'AUTEUR

Par HEPHELL

MARQUE DES MEILLEURS ROMANS ÉTRANGERS

À

1 FRANC

LE VOLUME

PARIS

LIBRAIRIE HACHETTE ET Cie

79, BOULEVARD SAINT-GERMAIN, 79

Librairie HACHETTE et Cᵉ, 79, boulevard Saint-Germain, Paris.

BIBLIOTHÈQUE
DES MEILLEURS ROMANS ÉTRANGERS

ÉDITIONS A 1 FRANC LE VOLUME

ROMANS TRADUITS DE L'ANGLAIS

Ainsworth (W.) : Crichton. 1 vol.
Alexander (Miss) : L'épousera-t-il ? 1 vol. — Une seconde vie. 2 vol. — Autour d'un héritage. 2 vol. — Le choix de Mona. 1 vol.
Anonymes : Les pilleurs d'épaves. 1 vol. — Whitefriars. 2 vol. — La veuve Barnaby. 2 vol. — Mehalah. 1 vol. — Portia. 1 vol. — Le bien d'autrui. 1 vol. — La Maison du marais. 1 vol. — Helen Clifford. 1 vol.
Austen (Miss) : Persuasion. 1 vol.
Beecher-Stowe (Mrs) : La case de l'oncle Tom. 1 vol. — La fiancée du ministre. 1 vol.
Black (W.) : Anna Beresford. 1 vol.
Blakmore (R.) : Erema. 1 vol.
Blest-Gana : L'idéal d'un mauvais sujet. 1 v.
Blind : Tarentella. 1 vol.
Braddon (Miss) : OEuvres. 26 vol.
Bulver Lytton (Sir Ed.) : OEuvres. 21 vol.
Conan-Doyle : La marque des quatre. 1 vol.
Conway (H.) : Affaires de famille. 1 vol. — Vivant ou mort. 1 vol. — Nouvelles. 1 vol.
Craik (Miss Mulock) : Deux mariages. 1 vol.
Cummins (Miss) : L'allumeur de réverbères. 1 vol. — Mabel Vaughan. 1 vol. — La rose du Liban. 1 vol.
Currer-Bell (Miss Brontë) : Jane Eyre. 2 vol. — Le Professeur. 1 vol. — Shirley. 2 vol.
Dasent : Les Vikings de la Baltique. 1 vol.
Derrick (F.) : Olive Varcoe. 1 vol.
Dickens (Ch.) : OEuvres. 27 vol.
Dickens et Collins : L'abîme. 1 vol.
Disraeli : Lothair. 1 vol.
Edwardes (Mrs Annie) : Un bas bleu. 1 vol. — Une singulière héroïne. 1 vol.
Edwards (Miss Amélia) : L'héritage de Jacob Trefalden. 1 vol.
Elliot (F.) : Les Italiens. 1 vol.
Eliot (G.) : Adam Bede. 2 vol. — La conversion de Jeanne. 1 vol. — Les tribulations du révérend A. Barton. 1 vol. — Le moulin sur la Floss. 2 vol. — Romola. 2 vol. — Silas Marner. 1 vol.
Fullerton (Lady) : L'oiseau du bon Dieu. 1 vol. — Hélène Middleton. 1 vol.
Gaskell (Mrs) : Autour du sofa. 1 vol. — Ruth. 1 vol. — Les amoureux de Sylvia. 1 vol. — Cousine Philis. 1 vol.
Goldsmith : Le vicaire de Wakefield. 1 vol.
Grenville Murray : Veuve ou mariée ? 1 vol.
Hall-Caine : Jason. 2 vol.
Hamilton-Aïdé : Rita. 1 vol. — Présentée. 1 vol.

Hardy (T.) : Le trompette-major. 1 vol.
Harwood (J.) : Lord Ulswater. 1 vol.
Haworth (Miss) : Une méprise. — Les trois soirées de la Saint-Jean. — Morwell. 1 vol.
Hawthorne : La maison aux 7 pignons. 1 vol.
Heimbourg : L'antre. 1 vol.
Helm : Mᵐᵉ Théodore. 1 vol.
Hungerford (Mrs) : Molly Bawn. 1 vol. — Doris. 1 vol. — La conquête d'une belle mère. 1 vol. — Rossemoyue. 1 vol. — Premières joies et premières larmes. 1 vol.
Howells : La passagère de l'Arowstoock. 1 vol.
James : Léonora d'Orco. 1 vol. — L'Américain à Paris. 1 vol. — Roderick Hudson. 1 vol.
Jenkin (Mrs) : Qui casse paye. 1 vol.
Jerrold (D.) : Sous les rideaux. 1 vol.
Kavanagh (J.) : Tuteur et pupille. 2 vol.
Kingsley : Il y a deux ans. 2 vol.
Lawrence (G.) : Frontière et prison. 1 vol. — Guy Livingstone. 1 vol. — Honneur stérile 1 vol. — L'épée et la robe. 1 vol. — Maud Dering. 1 vol. — Flora Bellassy. 1 vol.
Longfellow : Drames et poésies. 1 vol.
Marsh (Mrs) : Le contrefait. 1 vol.
Mayne-Reid : La piste de guerre. 1 vol. — La Quarteronne. 1 vol. — Le doigt du destin. 1 vol. — Le roi des Séminoles. 1 vol. — Les partisans. 1 vol.
Melville (Whyte) : Les gladiateurs à Rome et à Judée. 1 vol. — Katerfelto. 1 vol. — Digby Grand. 1 vol. — Kate Coventry. 1 vol. — Satanella. 1 vol.
Ouida : OEuvres. 14 vol.
Page (H.) : Un collège de femmes. 1 vol.
Poynter (E.) : Hetty. 1 vol.
Reade et Dion Boucicault : L'île providentielle. 1 vol.
Segrave (A.) : Marmorne. 1 vol.
Smith (J.) : L'héritage. 3 vol.
Thackeray : Henry Esmond. 2 vol. — La foire aux vanités. 2 vol. — Le livre des Snobs. 1 vol. — Mémoires de Barry Lyndon. 1 vol.
Thackeray (Miss) : Sur la falaise. 1 vol.
Townsend (V.-E.) : Madeline. 1 vol.
Trolloppe (A.) : Le domaine de Belton. 1 vol. — Les tours de Barchester. 2 vol. — Rachel Ray. 1 vol.
Trolloppe (Mrs) : La Pupille. 1 vol.
Wilkie Collins : OEuvres. 20 vol.

Coulommiers — Imp. Paul Brodard. — 9-98

LE

COLONEL QUARITCH

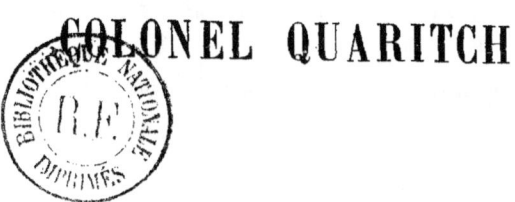

OUVRAGES DU MÊME AUTEUR

PUBLIÉS DANS LA BIBLIOTHÈQUE DES ROMANS ÉTRANGERS

PAR LA LIBRAIRIE HACHETTE ET Cⁱᵉ

Format in-16, à **1 franc** *le volume broché.*

Jess. Roman traduit de l'anglais, par Mme Marie Dronsart. 1 vol.

Béatrice. Roman traduit de l'anglais, par Hephell. 1 vol.

Coulommiers. — Imp. Paul. BRODARD. — 811-98.

H. RIDER HAGGARD

LE
COLONEL QUARITCH

ROMAN TRADUIT DE L'ANGLAIS

AVEC L'AUTORISATION DE L'AUTEUR

Par HEPHELL

PARIS

LIBRAIRIE HACHETTE ET Cie

79, BOULEVARD SAINT-GERMAIN, 79

1898

LE COLONEL QUARITCH

De même que de petites causes ont parfois de
grands effets, de même de vastes pensées surgissent
de petites choses. Le soir où s'ouvre ce récit, cette
observation était confirmée par les réflexions d'un
homme à la physionomie militaire qui, appuyé contre
une porte, considérait un champ d'épis dorés. Il
portait bien la quarantaine et conservait, sous un
extérieur quelque peu défait, cet air de dignité personnelle qui, sans être le monopole exclusif du
gentleman anglais, est du moins l'une de ses carac-
téristiques.

La vérité nous fait un devoir d'avouer qu'il était
laid. S'il ne possédait ni ces longues moustaches, ni
ces yeux en amandes, ni cette prestance aristocra-
tique des colonels de romans, notre rêveur n'en était
pas moins un colonel. Il avait la moustache rous-
sâtre et hirsute, les yeux bleus, petits, mais bons;

son front, plutôt bas qu'élevé, partagé par une ride
profonde, rappelait le buste de Jules César; il avait
le nez trop long, mais, par contre, la bouche charmante; notez que, placée comme elle l'était sur une
mâchoire fort lourde, elle produisait un effet presque
défectueux.

Pour laid que fût le colonel Quaritch, cependant
on se prenait facilement de sympathie pour lui, dès
que l'on était accoutumé à ses traits irréguliers, à sa
physionomie bourrue, mais candide; nous insistons
sur ce mot candide, parce que l'on conteste généralement au sexe fort cette qualité du sexe faible. Rien
qu'à voir notre héros, toute personne douée d'une
certaine dose de judiciaire sentait qu'elle avait sous
les yeux un brave homme, ce n'est pas à dire un
imbécile, ni une poule mouillée, mais un individu
dont le physique même témoignait des efforts qu'il
avait dû faire pour vaincre ses passions; on devinait
qu'il n'entendait pas se laisser marcher sur le pied,
que les bons devaient le respecter et les méchants le
craindre.

Les hommes le prisaient beaucoup, mais il effarou-
chait la frivolité des coquettes et restait incompris
des collets montés. C'était peut-être pour cette raison
qu'il persistait dans le célibat, sans que son cœur eût
repris feu une seule fois depuis l'âge de vingt-cinq
ans.

Et, pourtant, c'était à une femme qu'il songeait, en
promenant ses regards sur un champ de blé mûr,
ondulant, comme une mer d'or, sous le souffle du
vent.

Le colonel avait fait deux apparitions à Honham;

la première fois il y avait dix ans, et la seconde, quatre ans environ. Aujourd'hui, il venait s'y retirer, après avoir donné sa démission, la carrière militaire ne lui offrant plus aucun espoir d'avancement.

C'était la première soirée qu'il passait dans son nouveau domaine, appelé tour à tour Honham Cottage ou Molehill.

Il avait employé toute sa journée à mettre de l'ordre dans la maison, et à présent, excédé de fatigue, il se reposait appuyé contre la porte, mode de repos peu coûteux, mais commode. Il revit alors en imagination l'image d'une femme qui, depuis cinq ans, n'avait cessé de flotter dans son esprit en Inde, en Égypte et durant six mois passés à l'hôpital, par suite d'un coup de sabre qu'un Arabe lui avait porté à la hanche. Ce visage féminin le poursuivait partout et toujours : endormi, éveillé, mangeant, chassant, voire même au milieu d'un combat acharné.

Un demi-lustre constitue une bonne traite dans le voyage de la vie humaine. Que d'événements arrivent pendant ce laps de temps ! Il faudrait des volumes pour les narrer, et cependant, lorsqu'on les récapitule, l'on s'étonne de leur peu d'importance. Il semblait au colonel Quaritch que c'était seulement hier qu'appuyé contre cette même porte, il s'était retourné pour considérer une jeune fille vêtue de noir qui arpentait lentement l'avenue, un bouquet de chèvrefeuille au corsage, une badine à la main. La dignité, la grâce, la chute d'épaules de cette belle personne l'avaient vivement frappé.

Tout à coup un coup de vent (car il y avait une forte brise) enleva par-dessus la haie le chapeau de la

jeune fille. En homme bien élevé qu'il était, Harold
Quaritch escalada la clôture, ramassa le chapeau, puis
le rendit à l'inconnue qui, d'une aimable inclinaison
de tête, le remercia tout en marchant.

De retour à la maison, le jeune neveu raconta à la
vieille tante sa bonne fortune et lui fit une description
de la personne. Mme Massez répondit qu'à ce portrait
elle reconnaissait, à ne s'y pas tromper, Ida de la
Molle (nom et prénom rappelant ceux des personnages
de roman), la fille du squire, la châtelaine de Honham.
Le lendemain, Harold Quaritch repartit pour les Indes
sans avoir revu Mlle de la Molle.

Il se posait maintes questions à son sujet; sans nul
doute, elle était mariée. A tout prendre, en quoi cela
l'intéressait-il? D'abord, il n'était pas un épouseur;
ensuite, le beau sexe en général le laissait fort indifférent, pour ne pas dire plus. Célibataire endurci, il ne
s'était pris de passion pour aucune femme depuis
l'âge de vingt-cinq ans. A vrai dire, il s'en était peu
fallu qu'il ne brûlât ses vaisseaux prématurément.
Mais personne ne se souvenait plus de l'aventure. Une
vingtaine d'années permettent heureusement d'oublier
bien des choses! Mais il y avait eu scandale, puis
rupture, la veille même du jour fixé pour la cérémonie
du mariage. Ensuite, le bruit courut et s'accrédita que
sa fiancée, une très riche héritière, était devenue folle
de chagrin; que l'on avait même été forcé de la
mettre dans une maison de santé, où on la croyait
encore.

Parvenu à la grande route de Boisingham, la localité
la plus importante du voisinage, le colonel Quaritch
prit à main gauche et s'engagea dans une allée mon-

tueuse. Au bout de trois cents mètres, il atteignit sa propre maison de Honham Cottage ou Molehill, comme les paysans l'appellent généralement, bien que le nom de cottage éveille l'idée d'une villa de construction récente plutôt que celle d'une maison datant du xve siècle.

Dans les temps reculés, il existait à deux kilomètres de là une abbaye de Boisingham; mais la peste ayant fait irruption en ces lieux au xve siècle, les de la Molle de cette époque firent don aux moines de dix arpents de terre, connus sous le nom de Molehill, c'est-à-dire une taupinière. Ces bons abbés firent construire sur ce point élevé, qui passait pour être d'une salubrité exceptionnelle, une petite habitation appelée maintenant Honham Cottage, afin de pouvoir s'y réfugier, au cas où la peste éclaterait encore dans ces parages. A quelques agrandissements près, la maison est restée toujours la même, car dans le bon vieux temps l'on n'économisait ni le chêne ni la pierre, ni le ciment; ajoutons qu'on y voyait les plus beaux bois de haute futaie de tout le pays. Cinquante chênes, d'une élévation extraordinaire, y dressaient fièrement leur cime plusieurs fois séculaire.

La tante du colonel Quaritch, la vieille Mme Massez, avait acheté cette propriété à la mort de son mari, il y avait de cela une trentaine d'années, puis elle l'avait bel et bien léguée par testament à son neveu, avec une rente de cinq mille francs.

Chassant les pensées mélancoliques qui l'oppressaient, Harold Quaritch considérait sa nouvelle demeure, rectangle à un seul étage placé sur le sommet d'un plateau qui dominait la plus belle vue du pays. A un kilomètre environ, du côté du Midi, se découpaient les deux tours qui restaient encore du vieux château normand. A l'ouest, l'œil, en suivant une pente douce bien boisée, embrassait la riante vallée de l'Ell et la rivière d'argent qui serpentait agréablement à travers les marais où le bétail enfonçait jusqu'au poitrail dans les fleurs; ensuite apparaissaient des moulins en bois à l'aspect hétéroclite, et au delà pointaient les toits en tuiles de l'ancien village de Boisingham.

Derrière la maison, au nord, la vue était masquée par un monticule d'un demi-arpent environ. Le nom qu'il portait : *le tertre de l'Homme mort,* semblait donner raison à ceux qui le considéraient comme un tumulus ; d'autres érudits soutenaient, au contraire, que les premiers habitants de l'Angleterre avaient dû manger. coucher et boire là. Rien ne prouvait que l'on eût habité ce lieu avant la conquête des Romains. En réalité, ce n'était plus qu'une décharge pour les outils des jardiniers et pour maintes autres choses.

II

Pendant que le colonel considérait les différents aspects du pays et se félicitait de son lot, en regardant Honham Cottage, il entendit soudain ces mots prononcés d'un ton haut, très haut :

« Le colonel Quaritch, n'est-il pas vrai?

— Lui-même, répondit le colonel.

— Parbleu! c'est bien ce que je pensais. On reconnaît un militaire rien qu'à le voir.... Excusez-moi, colonel, mais je reprends haleine un instant; ce dernier raidillon est à pic. Ah! dans le temps, je disais souvent à ma chère vieille amie Mme Massez, qu'elle devrait faire aplanir la colline, juste à cet endroit. Ouf! »

Bien que le nouveau survenant fût un homme d'âge, c'était, il faut bien l'avouer, l'un des plus beaux spécimens du sexe fort qu'il eût été donné de voir depuis longtemps. Il pouvait avoir soixante-dix ans; du reste, hormis ses cheveux blancs comme neige, rien ne trahissait chez lui la vieillesse. Vêtu comme il l'était d'un costume large et confortable en laine,

avec des bottes monstrueuses et la grosse canne sur
laquelle il s'étayait, il représentait, aux yeux de
Harold Quaritch, le type accompli du *gentleman farmer*,
comme disent les Anglais.

« Eh bien! mon cher monsieur, comment cela va-
t-il? Mon nom est de la Molle; mon valet de chambre,
qui sait tout, sauf ce qu'il devrait savoir, m'a appris
votre arrivée à Honham Cottage. Sur ce, je me suis
décidé à diriger mes pas de votre côté et à me procurer l'honneur de faire votre connaissance.

— Vous êtes mille fois bon, répliqua le colonel.

— Comment donc! Ah! si vous saviez à quel point
la vie est monotone dans nos parages, vous ne tien-
driez pas ce langage; de mon temps, le pays était
tout autre; ce n'est certes pas qu'il manque de gens
riches; mais, que voulez-vous! ils n'ont plus rien de
commun avec nous! fit-il en poussant un soupir et en
ôtant son chapeau duquel tombèrent une serviette et
deux mouchoirs.

— Vous avez laissé tomber quelques... quelques
linges, dit le colonel en ramassant les mystérieux
objets.

— Oh! pardon,... merci.... Je vous dirai que le soleil
me paraît un peu brûlant en cette saison, et, suivant
moi, rien ne vaut cette façon de s'en garantir. »

Et, ce disant, il s'entortilla la tête et la nuque.

« J'ai tout lieu de croire que vous avez dû en souffrir aussi en Égypte, poursuivit-il; c'est au soleil que
je fais allusion. Ah! quel mauvais climat, hein?
Hélas! je suis payé pour le savoir », fit-il en appelant
par un geste, sur le chapeau qu'il portait, l'attention
de son interlocuteur.

Le colonel y vit, en effet, un crêpe noir.

« Ah! vous avez perdu quelqu'un des vôtres?

— Hélas! oui.

— Ce... ce n'est pas miss de la Molle? » interrogea-t-il d'une voix émue; puis il ajouta : « J'ai eu le plaisir de la voir il y a déjà de longues années, lors d'une visite que j'étais venu faire à ma tante....

— Oh non! ce n'est pas Ida. Elle est, Dieu merci, pleine de vie et de santé.... C'est son frère Jacques; il a fait cette terrible guerre. Le malheureux a attrapé la fièvre, ou plutôt une insolation, et est mort sur le bâtiment qui le ramenait en Angleterre. Quel superbe garçon! C'était mon seul fils, colonel. J'avais beau lui prêcher la prudence, il n'en faisait qu'à sa tête. Enfin, il est mort au service de son pays, comme maint autre de ses ancêtres, et je n'ai plus de fils! »

Sur ce, il poussa un long soupir; puis, signe probant de la mobilité de ses impressions, il reprit très vivement sur un tout autre ton :

« Eh bien! colonel, que diriez-vous de venir dîner ce soir au château? Tout doit être encore en désordre chez vous, et je me figure, d'après ce que Georges m'a dit, que votre femme de charge, la vieille Mme Gibson, sera joliment contente d'avoir sa liberté aujourd'hui! Dame! ce sera à la fortune du pot!

— Merci mille fois, dit le colonel, vous êtes bien bon, mais je crains que ma tenue du soir ne soit pas encore tirée de ma malle.

— Votre tenue du soir! Inutile de vous en préoccuper : Ida vous excusera. Au surplus, vous n'auriez plus le temps d'aller passer votre habit. Vertu de ma

vie! déjà presque sept heures. Nous n'avons qu'à filer,
si vous acceptez ma proposition.

— Si vous me garantissez, monsieur, que Mlle de
la Molle ne s'en formalisera pas, j'accepte avec reconnaissance; donnez-moi seulement le temps d'avertir
Mme Gibson.

— Parfaitement, répliqua le squire; je vous retrou-
verai derrière la maison, il nous faudra couper à travers champs. »

Le colonel et M. de la Molle s'acheminèrent d'un
pas accéléré vers la demeure du squire et bientôt,
devant eux, se dressaient deux grandes tours à droite
et à gauche de la porte d'entrée, qui, avec un pan de
mur en ruines, constituaient tout ce qui restait de
l'ancien édifice, démoli au temps de Cromwell. Le
donjon avait été transformé en jardin; l'habitation,
du style jacobite très simple, adossée au fossé, n'oc-
cupait que le côté sud de l'ancien château.

« Vous voyez que j'ai fait restaurer deux tours, dit
le châtelain en s'arrêtant sous le portique normand;
si je n'avais pris ce parti, aujourd'hui elles seraient
tombées en ruines. Cela m'a coûté les yeux de la tête,
je vous assure; c'est dangereux, voyez-vous, colonel,
de toucher à ces constructions-là! Mais telles qu'elles
sont, elles dureront une éternité.... Enfin, nous voici
arrivés », fit le squire en poussant une porte cintrée.

Après avoir monté quelques marches, ils longèrent
un corridor à panneaux de chêne, tendus de tapisse-
ries anciennes, dépouilles opimes du château, et
décorés de cottes de mailles, de cimiers et d'épées.
C'est là que Harold Quaritch devait revoir le visage
qui hantait sa mémoire depuis si longtemps.

III

« Est-ce vous, père ? » demanda une voix très douce, mais où perçait pourtant l'irritation légitime d'une femme bien portante à qui l'on a fait attendre démesurément son dîner. Cette voix sortait d'une pièce sombre, peu à peu envahie par l'obscurité.

Tournant ses regards de ce côté, Harold Quaritch aperçut la silhouette d'une femme grande et jeune, assise dans un vieux fauteuil de chêne, les mains croisées.

« Est-ce vous, père ? En vérité, c'est impardonnable d'arriver à une heure pareille ! Surtout, après vous être mis en colère comme vous l'avez fait hier contre cette malheureuse Emma parce qu'elle était elle-même en retard d'un quart d'heure ; à force d'attendre, j'ai failli m'endormir.

— Je suis désolé, mon enfant, désolé, dit le vieux squire d'un ton de regret.... Aïe ! je viens de me frapper la tête.... Marie, une lumière, s'il vous plaît.

— En voici une », reprit la même voix, et aussitôt l'on entendit frotter une allumette.

La lumière qui en jaillit éclaira comme d'un nimbe
le visage toujours présent au souvenir du colonel.
C'était bien le même front large et puissant, le même
regard plein de dignité, les mêmes yeux bruns et les
mêmes cheveux légèrement ondulés. Sans doute, ce
n'était plus le visage naïf d'une adolescente, mais
bien celui d'une femme ayant acquis à ses dépens
l'expérience de la vie. D'autre part, elle avait gagné
en force intellectuelle ce qu'elle avait perdu en grâce
rêveuse. Grande et forte, Ida de la Molle avait dans
les mouvements une souplesse et une élégance aussi
rares que séduisantes. Bien qu'elle effleurât ses
vingt-six ans, elle était dans tout l'éclat de sa beauté,
n'en déplaise à ceux qui prétendent qu'une femme qui
n'est pas encore mariée à cet âge commence déjà à
se faner.

« C'était vraiment bien la peine, reprit Ida en
regardant la bougie brûler, d'insister avec tant de
fracas ce matin pour que le dîner fût servi à sept
heures et demie très précises, quand vous ne rentrez,
mon père, qu'à huit heures! En outre, il vous reste
encore un brin de toilette à faire. Ah! certes il y a de
quoi mettre une cuisinière hors des gonds. »

Puis, avisant seulement alors que son père n'était
pas seul, elle brisa court.

« D'accord, mon enfant, je reconnais que je suis
dans mon tort, reprit M. de la Molle. Que voulez-vous!
le temps était si beau! Mais, comme l'on dit, péché
avoué, péché pardonné, et puis, enfin, autre circonstance atténuante, je vous amène notre nouveau
voisin, le colonel Quaritch. Permettez-moi, colonel,
de vous présenter à ma fille, Mlle de la Molle.

— Ce n'est pas, je crois, la première fois que nous nous voyons, dit Harold d'une voix légèrement émue, en tendant la main à la belle châtelaine.

— Oui, répondit Ida en mettant la sienne dans celle du colonel; moi aussi, je m'en souviens. Il y a cinq ans de cela; c'était dans la longue avenue du château, par un après-midi où le vent soufflait avec tant de force que mon chapeau fut emporté par-dessus la haie, et, d'un bond, vous me l'allâtes chercher.

— Quelle bonne mémoire vous avez, mademoiselle! fit son interlocuteur, très flatté de constater que Mlle de la Molle n'avait pas perdu souvenir de l'incident.

— En tout cas, colonel, ma mémoire n'est pas meilleure que la vôtre, répliqua-t-elle vivement. On voit si peu d'étrangers ici, que l'on ne saurait les oublier. Il n'y a jamais rien de nouveau dans notre existence.... Le temps s'écoule, voilà tout. »

Le squire, jetant bruyamment sa canne et son chapeau contre les marches en pierre de l'escalier, se rendit à sa chambre pour passer l'habit de rigueur, en recommandant d'une voix tonitruante à Ida de faire servir le dîner au plus vite. Mlle de la Molle tira la sonnette, donna des ordres en conséquence et dit de mettre un couvert de plus.

« J'ignore quelle sorte de dîner vous ferez ce soir, colonel, dit-elle, car il est impossible d'obtenir de mon père qu'il prévienne quand il doit amener un convive. Je vous en fais toutes mes excuses.

— C'est à moi, mademoiselle, de vous faire les miennes pour me présenter devant vous comme....

— Comme le loup dans la bergerie, suggéra Ida.

— Oui, c'est bien cela, reprit le colonel, à ça près que mes vêtements ne sont ni de pourpre ni d'or.

— Eh bien! reprit Ida en riant, pour votre peine vous ferez un repas frugal, et tout le monde sait que les militaires aiment la bonne chère.

— Comment savez-vous cela, mademoiselle?

— Par mon pauvre Jacques et par les amis qu'il nous amenait. Ainsi donc, colonel, fit soudain Mlle de la Molle, d'un ton très doux, vous êtes allé en Égypte? Je le sais pour avoir lu souvent, très souvent, votre nom dans les gazettes. Avez-vous jamais eu l'occasion d'y rencontrer mon frère?

— Je le connaissais un peu, très peu; j'ignorais alors qu'il fût votre frère et même que vous en eussiez un.... C'était un brillant officier. »

Bien entendu que le colonel n'eut garde d'ajouter que ce jeune homme était de ceux qui faisaient le plus la fête dans son régiment. En réalité, il s'était fait un devoir d'éviter ce jeune écervelé, toutes les fois que le hasard les avait rapprochés.

« C'était mon seul frère, continua-t-elle; nous n'avons jamais été que deux et sa perte m'a, tout naturellement, causé un grand chagrin. Mon père ne peut prendre le dessus, bien que.... »

Là, elle s'interrompit en s'appuyant la tête sur sa main.

A cet instant, l'on entendit le châtelain qui avertissait à haute voix les domestiques de son arrivée.

« Mille et mille pardons, mon cher colonel, dit-il en ouvrant la porte du salon, mais je vous dirai, si vous me permettez d'entrer dans les détails, qu'il y a une certaine partie du costume masculin qu'il m'était impossible de boutonner. Voulez-vous offrir votre bras à ma fille, colonel? Au fait, vous ne savez pas le chemin : je ferais peut-être mieux de passer le premier avec la lumière. »

En conséquence, il sortit du vestibule, puis, tournant à gauche, il s'engagea dans un long passage, aboutissant à la salle à manger, boisée en chêne comme le vestibule. Des portraits de famille, ainsi qu'un tableau très curieux représentant le château du temps de Cromwell, décoraient la muraille. Ce spécimen d'un art déjà fort ancien était peint sur un morceau de chêne massif, de composition à la fois originale et primitive, violant toutes les règles de la perspective, représentant des cerfs et des chevaux de la même dimension que les tours de la porte d'entrée. Personne ne pouvait mettre en doute que ce curieux tableau ne fût antérieur au château actuel d'un style jacobite pur. En réalité, cette toile donnait une idée très nette de l'ancien château des Boissey et des de la Molle, avant qu'il n'eût été rasé par les Têtes-Rondes. La salle à manger, commode plutôt que spacieuse, éclairée par trois fenêtres étroites, ne laissait pas d'être confortable. Une table et un buffet de chêne noirci, d'une solidité et d'un poids extraordinaires, de la même époque à coup sûr, provenaient du mobilier de l'ancien château. Sur le buffet brillaient plusieurs pièces d'argenterie massive, portant trois faucons gravés, armes de la famille de la Molle. Sur une très ancienne soucoupe d'argent, on voyait un écusson orné d'un chêne rugueux, armoiries de la famille de Boissey. Cette soucoupe avait certainement appartenu jadis aux de la Molle qui, sous le règne de Henri VII,

étaient devenus propriétaires du château, par suite
d'un mariage avec l'héritière des de Boissey. Le
squire apprit ces détails à son hôte, pendant le dîner,
et fit apporter à Harold la soucoupe, en le priant de
vouloir bien l'examiner.

« C'est très curieux, dit le colonel; en avez-vous
d'autres pareilles?

— Non, malheureusement; je regrette de n'avoir
que cette seule et unique soucoupe, mais tout a disparu au temps de Charles Ier.

— On les aura fait fondre, je suppose? reprit le
colonel.

— Oh non! et voilà justement le côté curieux de
l'affaire, c'est que toutes les autres pièces d'argenterie
ont dû être cachées, mais où ça? Cependant il est
possible qu'on les ait fait fondre et que cet argent soit
enfoui quelque part; si vous le permettez, colonel, je
vous raconterai cette histoire tout au long après
dîner. »

En conséquence, une fois la nappe enlevée, et que,
fidèle aux us et coutumes de la vieille Angleterre,
l'on eut placé le vin sur la table, le squire commença
son récit en ces termes :

« Sous le règne de Jacques Ier, la famille de la
Molle avait atteint l'apogée de la prospérité. Pendant
plusieurs générations, les représentants de la famille
avaient vécu sur leurs terres presque sans bourse
délier. Ils amassèrent ainsi une fortune que l'on pouvait, sans exagération, taxer de fabuleuse. Étienne de
la Molle, grand-père de sir Jacques, lequel vivait
sous Jacques Ier, laissa à son fils, également appelé
Jacques, cinq cent soixante-quinze mille francs en or.

Cet Étienne de la Molle, avare comme pas un, tripla sa fortune et mourut riche comme Crésus, mais honni et méprisé de tout le monde en général et de ses descendants en particulier, pour avoir exercé le métier honteux d'usurier. Par contre, on reconnut chez son neveu, sir Jacques, la dignité primordiale des anciens de la Molle. Loin d'être un panier percé, il avait un esprit d'ordre et même d'économie très marqué. Mais, pour rien au monde, il n'eût voulu suivre l'exemple honteux de son oncle. Présenté à la cour, il devint, peut-être à cause de son immense fortune, l'un des favoris de Jacques Ier.

« Il lui voua un attachement profond et reçut de lui le titre de baronnet. Il prêta au roi de fortes sommes d'argent qui ne lui furent jamais restituées.

« Cependant à l'accession au trône de Charles Ier, sir Jacques quitta la cour dans des circonstances restées mystérieuses. On raconte, néanmoins, que, froissé d'un manque d'égards quelconque, sir Jacques de la Molle redemanda brusquement au roi la restitution de l'argent qu'il avait prêté au roi Jacques. Sur quoi, Charles Ier le félicita d'un ton persifleur que l'esprit de son oncle, sir Étienne de la Molle, dont le nom était resté légendaire dans le pays, se perpétuât dans sa famille. Pâle de colère, sir Jacques salua le roi et, sans desserrer les dents, quitta la cour, où l'on ne le revit plus.

« Le temps marchait et la guerre civile battait son plein. Sir Jacques se refusa à prendre parti dans la lutte : fidèle aux traditions de sa race, il ne pardonnait pas plus une injure qu'il n'oubliait un bienfait. Toutefois, s'il n'entendait rien faire pour le roi, il se

2

refusait également à servir les Têtes-Rondes, aux-
quelles il portait une haine implacable.

« Inquiet du tour que prenaient les choses, Charles Ier
se décida à écrire de sa main royale à sir Jacques et
à lui demander aide, secours et surtout argent :

J'apprends, écrivait Sa Majesté, que sir Jacques de la
Molle, qui professait naguère un grand dévouement à
notre personne, et plus encore à celle de notre auguste
père, refuse de prendre part à la guerre civile ; ce n'est
pas ainsi qu'agissaient ses ancêtres qui, à en croire l'histoire, défendaient fidèlement le bon droit, aux côtés de
leur souverain. Nous avons appris que sir Jacques de la
Molle reste, en ce moment de lutte, les bras croisés, ne
soufflant ni le froid ni le chaud. Cette inaction de sa part
serait, paraît-il, la conséquence d'une raillerie qui nous
est échappée à son sujet, il y a de longues années si j'ai
bonne souvenance.
Nous nous sommes demandé quelle créance il y faut
apporter et si la mémoire d'un homme peut être aussi vindicative. Si, d'aventure, la chose est vraie, qu'il en reçoive
ici nos excuses : le roi ne peut faire plus. De grands
dangers nous menacent ; pour les conjurer, nous faisons
appel à l'aide de Dieu et de nos sujets. Si le cœur de
Jacques de la Molle ne reste pas sourd à notre voix, nous
attendons de lui hommes et argent. Or il passe pour être
largement pourvu de ce dernier. Cette lettre fait foi de
la détresse où nous sommes.

« On raconte qu'après avoir reçu cette missive
royale, sir Jacques, oubliant ses griefs, prit une
feuille de papier et écrivit au roi la lettre suivante,
que j'ai vue, de mes yeux vue, à la Bibliothèque
royale :

Sire,

Qu'il ne soit plus question du passé : il est oublié à
jamais. Votre Majesté ayant daigné me faire appel pour

combattre les rebelles qui veulent renverser son trône,
tout ce que je possède est à la disposition du roi, jusqu'au
jour où ses ennemis seront anéantis. Favorisé de la pro-
tection spéciale de la Providence, j'ai pu enfouir en lieu
sûr une très grosse somme en or. Je mets à la disposition
de Votre Majesté dix mille pièces d'or, mais j'attends l'occasion favorable pour les lui faire tenir en toute sécurité,
car je préférerais la mort plutôt que de voir une pareille
somme tomber entre les mains des ennemis du Roi.

« En outre, sir Jacques s'engageait à lever des
troupes parmi ses tenanciers, ajoutant que, si le transport de l'argent offrait des difficultés, il le porterait
lui-même au roi. Nous arrivons au point culminant
du récit. Le messager porteur de la lettre de sir
Jacques fut capturé et la lettre soustraite dans sa
botte. Dix jours après, une cinquantaine de Têtes-
Rondes, commandées par le colonel Playfair, vinrent
assiéger le château. Le manque de vivres mit sir
Jacques dans la triste nécessité de se rendre. Presque aussitôt, le colonel Playfair envoya chercher son
prisonnier et lui exhiba sa propre lettre au roi!

« — Maintenant, sir Jacques, dit le colonel, que
nous avons la ruche, il nous faut le miel! Où sont les
fortes sommes dont vous parliez? Il me plairait singulièrement de palper ces dix mille pièces en bel et
bon or, si bien cachées par vous.

« — Il est vrai, répondit le prisonnier, que vous
avez la ruche. Mais quant au miel, c'est différent.
Les dix mille pièces d'or sont où elles sont, sans
parler du reste. C'est à vous de les trouver. »

Le colonel Playfair reprit :

« — Vous entendez : si je ne les trouve demain au
lever du soleil, vous êtes mort.

« — Le sort de tous les hommes est de mourir,
colonel; mais mon secret mourra avec moi.

« — C'est ce que nous verrons », riposta le colonel
d'un ton bourru.

« Après quoi, sir Jacques fut enfermé dans un
cachot et condamné au pain et à l'eau; mais il ne
fut mis à mort ni le lendemain, ni le surlendemain,
ni même de toute la semaine.

« Chaque jour il comparaissait devant le colonel
qui, sous menace de mort immédiate, le sommait de
révéler son secret. Inutile de dire que toute communication par la voix ou par gestes lui était interdite avec
toute autre personne que les officiers des rebelles.
Le mutisme obstiné du prisonnier finit pourtant par
lasser la patience de son inquisiteur, qui déclara un
matin que, si le prisonnier ne révélait le secret sur
l'heure, il serait fusillé le lendemain dès l'aube. Le
vieux Jacques répondit en riant :

« — Libre à vous de me tuer si bon vous semble;
mais je considère que livrer mes trésors aux rebelles
serait livrer mon âme au démon! Veuillez donc me
faire apporter ma Bible, afin que je puisse me pré-
parer à paraître devant Dieu. »

« Après lui avoir apporté sa Bible, on le laissa à
ses pieuses méditations.

« Le lendemain, à la pointe du jour, une compagnie
de Têtes-Rondes vint le prendre et l'emmena dans la
cour d'honneur du château, où le colonel et les officiers étaient réunis.

« — Maintenant, sir Jacques, je vous répète, pour
la dernière fois, qu'il faut opter entre la révélation de
votre secret ou la mort.

« — Je préfère la mort, répliqua le vieillard. L'acte que vous allez perpétrer est digne des presbytériens. Je n'ai pas un mot à ajouter.

« — Réfléchissez encore, dit le colonel.

« — Mes réflexions sont faites, et je suis prêt, répondit ensuite sir Jacques. Tuez-moi d'abord, et livrez-vous ensuite à la recherche du trésor. Je ne vous demande qu'une chose : mon fils est absent ; il est en France depuis trois ans ; il ignore où mon or est enfoui ; envoyez-lui cette Bible quand je ne serai plus. Vous pouvez en lire, relire tous les feuillets ; vous n'y trouverez que quelques lignes écrites par moi sur la dernière page ; c'est là ma seule et dernière disposition.

« — Si l'on ne découvre rien de suspect dans cette Bible, répondit le colonel, il sera fait comme vous l'entendez. Une dernière fois je vous adjure de me dire où sont cachées les richesses dont vous parlez dans votre lettre au roi.

« — Je refuse... », répondit le vieillard.

« A ce moment, il y eut un tel déchaînement de pluie et de vent, que l'exécution du prisonnier en fut retardée. Puis, une accalmie étant venue à se produire, une éclaircie succéda à l'obscurité d'un ciel de novembre et l'on put distinguer le vieillard à genoux, en prière, sur la terre détrempée, l'eau ruisselant sur sa barbe et sur ses cheveux blancs ! On lui donna l'ordre de se relever, mais il refusa et continua de prier. C'est ainsi qu'il fut fusillé, à genoux !

— Eh bien ! s'écria le colonel, voilà ce qui s'appelle mourir comme un galant homme ! »

Au même instant, quelqu'un frappa à la porte de la salle à manger.

« Qu'est-ce qu'il y a ? demanda le squire.

— Georges désirerait parler à monsieur, répondit la servante.

— Quel ennui! grommela M. de la Molle. Cet abruti viendra donc toujours me déranger! Je suppose qu'il s'agit de la ferme de Moat, car il devait précisément aller voir Janter aujourd'hui. Veuillez m'excuser. Ma fille, colonel, continuera mon récit si vous souhaitez connaître la fin de l'histoire; je vous rejoindrai au salon. A tout à l'heure! »

IV

Dès que le squire se fut éloigné, Ida se leva, et passa au salon avec le colonel. Cette pièce était de style beaucoup plus moderne que le vestibule et la salle à manger; l'influence d'une femme du xixe siècle s'y révélait par la profusion de petites tables, par les draperies, par les cadres de photographies, par les petits coins irréguliers, par les étoffes aux teintes quelque peu fanées et par la lampe aux lueurs discrètes.

« Quelle charmante pièce! dit le colonel en entrant.

— Votre exclamation, colonel, ne laisse pas de me toucher sensiblement, car c'est ici mon territoire : je me suis réservé le soin de l'arranger à ma guise.

— Oui, reprit son interlocuteur, cela se voit tout de suite.

— Désirez-vous sérieusement entendre la suite du récit commencé par mon père?

— Certainement, je l'ai suivi avec un vif intérêt.

— Pour ma part, je dirais plutôt fascination qu'intérêt », reprit Mlle de la Molle d'un ton convaincu, puis elle poursuivit : « Écoutez-moi, et je reprendrai le fil de mon histoire :

« Donc, sir Jacques fusillé, on lui enleva sa Bible; quant à savoir si on l'a envoyée ensuite en France à son fils, la chose n'est pas prouvée. Après le meurtre de son père, sir Édouard ne revint jamais en Angleterre; ses biens furent saisis par les rebelles, et le château rasé, sauf les grandes tours, dont est encore flanquée la porte d'entrée; c'était, disait-on, pour favoriser certain plan militaire, mais plutôt dans l'espoir de trouver le fameux trésor renfermé, croyait-on, dans un pan de muraille. Néanmoins toutes les tentatives restèrent infructueuses, et l'on acquit bientôt la conviction que le colonel Playfair avait perdu la seule chance d'arriver à ses fins, en faisant mettre à mort sir Jacques de la Molle. Finalement on le mit en retrait d'emploi. Comme on présumait que le vieux squire avait dû avoir des complices, on eut l'espoir de leur arracher la vérité, en leur promettant monts et merveilles; mais promesses et menaces restèrent sans résultat. Enfin sur ceci, comme sur toute chose, le temps fit son œuvre, et on finit par ne plus penser au trésor de sir Jacques. Entre temps, son fils, sir Édouard, second et dernier baronnet, menait une vie errante à l'étranger, craignant ou ne se souciant pas de revenir en Angleterre où ses biens avaient été saisis. A l'âge de vingt-deux ans, il contracta un mariage imprudent avec sa cousine Ida Dofferleigh, jeune personne d'une grande beauté, mais sans fortune. C'était la sœur de Geoffroy Dofferleigh, cousin germain et compagnon de sir Édouard durant son exil, et notre ascendant en ligne directe.

Au bout d'une année de mariage, la pauvre Ida, mon homonyme, mourut après avoir donné naissance à un enfant qui ne survécut pas à sa mère. On attribua ce malheur aux privations et aux préoccupations de la pauvre femme; toujours est-il que le mari, presque fou de douleur, se suicidait trois mois après cette catastrophe, laissant un testament par lequel il léguait ses propriétés en Angleterre, « propriétés confisquées au mépris des lois et de la justice, par le prétendant Cromwell, de même que le trésor caché par mon père, sir Jacques de la Molle », à Jean-Geoffroy Dofferleigh, son cousin, frère de sa défunte femme, à condition qu'il prendrait le nom et les armes des de la Molle, dont la ligne directe s'éteignait en sa personne. Inutile d'ajouter qu'à ce moment ce testament semblait n'avoir qu'une valeur fictive; mais, à trois ans de là, Charles II était roi d'Angleterre! Après avoir exhibé ses titres et avoir pris le nom et les armes des de la Molle, Geoffroy Dofferleigh réclama les ruines de l'ancien château et les terres y attenantes; il les obtint sans peine, bien que le titre de baronnet fût éteint. La maison que nous habitons a été construite par son fils, notre ancêtre direct; quoique mon père ait la faiblesse de parler des de la Molle comme de ses ascendants directs, ils ne le sont pas.

— Et Geoffroy Dofferleigh a-t-il découvert le trésor? interrogea le colonel.

— Pas plus lui qu'un autre. Le trésor s'est évaporé. En le cherchant deci delà, l'on découvrit cachées, je ne sais où, les pièces d'argenterie que vous avez vues ce soir, mais c'est tout.

— Peut-être n'était-ce qu'une fable inventée à plaisir, reprit Harold, d'un air réfléchi.

— Je suis persuadée, au contraire, fit Ida avec conviction, que le trésor est encore dans sa cachette. Écoutez, colonel, car vous n'avez pas tout entendu; moi qui vous parle, j'ai trouvé quelque chose....

— Vous, mademoiselle, quoi donc?

— Attendez, je vais vous le montrer. »

Se dirigeant alors vers un cabinet en marqueterie, placé dans un coin, elle l'ouvrit, et y prit une boîte également fermée à clef.

« Tenez, voyez ce que j'ai trouvé, reprit Ida. C'est la Bible de sir Jacques, vous vous rappelez,... celle-là même que, peu d'instants avant sa mort, il avait prié d'envoyer à son fils, sir Édouard. »

Harold Quaritch considéra avec soin cette précieuse relique. Le volume était relié en peau; sur le plat, on lisait, écrit en larges caractères : « Sir Jacques de la Molle, château de Honham, 1611! A celui que Dieu voudra appartiendra mon trésor; je ne puis rien dire de plus »

« Dites-moi, colonel, s'écria Ida d'un ton triomphant, que pensez-vous de cela? Si je ne me trompe, cette Bible n'a jamais dû être envoyée à sir Édouard; mais ces caractères presque illisibles ne sauraient, du moins, être apocryphes; rien ne m'ôtera de l'esprit que la clef du mystère est là! Je crois l'argent caché, sans avoir l'espoir de le jamais retrouver! Voilà des années que je rumine vainement cette énigme. Essayant de tous les moyens, j'ai traduit la phrase en français; je l'ai fait traduire en latin, sans arriver à

rien de bon! Cependant une personne peut être plus
patiente et plus intelligente qu'une autre et... réussir... là où nous avons échoué. »

Harold, secouant la tête d'un air découragé, dit :

« Ce qui est resté si longtemps caché peut continuer
à l'être indéfiniment; après tout, qui sait si le vieux
sir Jacques ne bernait pas ses ennemis?

— Non, cela n'est pas admissible; s'il n'avait pas
caché ses trésors, on les eût retrouvés chez lui. Il
était immensément riche, comme le prouve, du reste,
sa lettre adressée au roi. Or ses propriétés territoriales furent tout ce que l'on retrouva à sa mort. Quoi
qu'il en soit, d'ici quelque vingt ans, on découvrira
sans doute la cachette; malheureusement ce sera
trop tard pour nous. »

Ida poussa alors un long soupir, et une expression
douloureuse se répandit sur son beau visage.

« En effet, il se pourrait, reprit le colonel, qu'il y
eût là quelque indice à exploiter; me permettez-vous
de copier ces lignes?

— Certainement, répondit son interlocutrice en
riant : si vous trouvez le trésor, nous partagerons....
Attendez un peu, je vais dicter. »

Au moment où Harold serrait cette note en son
portefeuille, le vieux squire parut de nouveau. Rien
qu'à son air déconfit on pressentait que l'entretien
qu'il venait d'avoir avec Georges n'avait été rien moins
que satisfaisant.

« Eh bien, père, que se passe-t-il, dites?

— Vous connaissez Georges, ma fille?

— Certes oui, répondit Ida. Ah! que ne puis-je,
ajouta-t-elle en frappant le sol du pied, lui interdire

de venir ici, car il est toujours porteur de mauvaises nouvelles.

— Hélas!... je ne sais à quoi cela tient, mais le pays est bien malade!

— Je suis sûre, mon père, qu'il s'agit encore de la ferme de la Moat? fit-elle, d'un ton anxieux.

— Oui, mon enfant; le départ de Janter est imminent; je ne sais, ma foi. où trouver un autre fermier.

— Vous voyez quels sont les plaisirs inhérents à la propriété rurale, colonel, fit Ida avec un sourire plus triste que gai.

— Oui, je le sais. Dieu merci! je ne possède que les dix arpents de terre que m'a légués ma vieille tante. »

Le moment de prendre congé était venu.

« Bonsoir, colonel, lui dit Ida en lui tendant la main; je suis charmée de vous avoir pour voisin. Je voulais aussi vous dire que nous aurions demain, dans l'après-midi, des amis qui viendront jouer au lawn-tennis; si, par hasard, vous n'avez rien de mieux à faire, voudriez-vous vous joindre à nous?

— Quoi?... Qu'est-ce? s'écria le squire d'un ton irrité. Comment, diable! encore une de ces parties de tennis?... Vrai, Ida, j'aurais cru que vous auriez eu pitié de moi et partagé mes soucis.

— Je ne vois pas comment quelques joueurs de lawn-tennis peuvent vous importuner, père! En somme, il est inutile de vivre comme des cloportes dans un vieux mur, par suite d'un état de choses auquel personne ne peut rien.

— Et quels sont vos invités? » demanda M. de la Molle, du ton de la résignation.

Ida reprit :

« M. et Mme Jeffries ; vous saurez, colonel, que
M. Jeffries est le pasteur ; les deux demoiselles Smith,
et le docteur Bass, qui passe pour être amoureux de
l'une des sœurs ; M. et Mme Quest, M. Édouard Cossey
et quelques autres personnes encore.

— M. Édouard Cossey ! s'écria le squire, en faisant
un sursaut. Vous savez pertinemment, ma fille, à
quel point ce jeune homme excite mon antipathie.
J'en ai la plus mauvaise opinion ; cette raison seule
eût dû vous empêcher de l'inviter à venir ici.

— Les circonstances ne me l'ont pas permis, père,
reprit Ida d'un ton froid, car il était présent lorsque
j'ai adressé mon invitation à Mme Quest ; puis j'ajouterai qu'il a le don de me plaire ; il est d'une politesse exquise. Je ne vois pas, en vérité, quel grief
vous pouvez avoir contre lui.

— Cossey,... Cossey ! répéta Harold en venant à la
rescousse.... Ce nom ne m'est pas inconnu : n'ap-
partient-il pas à une famille de banquiers fort
riches ? »

Ida crut s'apercevoir que le colonel clignait légèrement en prononçant ces mots.

« Oui, répondit-elle, c'est un des fils ; on dit qu'il sera
plus que millionnaire lorsque son père, qui est très
infirme, viendra à mourir. On lui a confié la direction
de plusieurs succursales de la banque, du moins
nominativement, car je crois que M. Quest en a, en
réalité, la haute direction ; c'est une chose certaine
pour celle de Boisingham.

— En tout cas, riposta le squire, si M. Cossey
répond à votre invitation (et il y répondra), il me
reste la ressource de m'esquiver. Si vous retournez

chez vous, colonel, je vais vous accompagner : j'ai besoin de prendre l'air.

— Vous ne m'avez pas encore fait savoir, colonel, si nous vous verrons demain? demanda Ida d'une voix douce.

— Mille remerciements, mademoiselle; oui,... certainement,... je viendrai, bien que je joue fort mal au tennis. »

V

Après avoir fait quelques pas en silence, le squire dit à son compagnon :

« Je me demande, ma parole d'honneur, ce que l'avenir réserve à notre pays, quand j'envisage les difficultés du présent. Par exemple, cette ferme de la Moat, affermée trente francs l'arpent quand j'étais jeune, et trente-cinq il y a huit ans, ne rapporte que vingt francs aujourd'hui ! Janter va me planter là, sans que j'aie la chance de trouver un autre fermier. Trois cents arpents de bonne terre bien productive, qui ne peuvent trouver amateur à dix-huit francs l'arpent ! Alors, que faire ?

— En pareil cas, pourquoi ne pas exploiter votre ferme, mon cher voisin ?

— C'est plus aisé à dire qu'à faire, colonel ; notez que j'en ai déjà une autre de cent cinquante arpents sur les bras ! Savez-vous ce que cela me coûterait ? fit-il en enfonçant sa canne dans le sol. Douze francs l'arpent ; plus les impôts, plus la main-d'œuvre, plus les engrais chimiques, plus l'imprévu ; total, au bas

mot : cent mille francs ! Or où et comment trouver
cent mille francs pour me livrer à cette spéculation ?
En outre, alors même que j'aurais des connaissances
spéciales en agronomie, j'ai passé l'âge de ces entre-
prises aventureuses.... Vous voilà chez vous, colonel ;
bonsoir, mon cher voisin. Le vent commence à fraî-
chir ; depuis un ou deux ans, ma poitrine m'oblige à
être prudent ; alors, c'est entendu, je vous verrai
demain au lawn-tennis organisé par ma fille. Pardieu !
Ida a raison d'aimer ce genre de réunion ; mais comment puis-je, moi, y trouver plaisir, accablé et rongé
de soucis comme je suis ! Bonne nuit, colonel. »

Sur ce, le squire rebroussa chemin, éclairé par les
lueurs de la lune.

Après avoir suivi des yeux, un moment, son interlocuteur, Harold rentra chez lui, en se livrant à de
pénibles réflexions sur un genre de drame beaucoup
plus fréquent qu'on ne le pense à notre triste époque :
l'effondrement d'une ancienne famille, par suite de
circonstances fatales, indépendantes de la volonté ! Il
eût fallu moins de clairvoyance et d'expérience du
monde que n'en possédait Harold Quaritch, pour ne
pas pressentir que le sort de la famille de la Molle
était décrété d'avance. Cette histoire de fermes sans
fermiers, ces espérances toujours trompées, l'anxiété
presque enfantine d'Ida au sujet de la légende du
trésor caché, démontraient clair comme le jour à
quel point le besoin d'argent se faisait sentir chez les
châtelains.

Quand le squire rentra au château, il retrouva sa
fille au salon.

« Comment ! vous n'êtes pas couchée, Ida ? dit-il.

— Mon père, je me suis décidée, après réflexion, à vous attendre. Il me tarde de savoir ce que vous avez décidé au sujet de la ferme de la Moat. Les nouvelles sont-elles bonnes ou mauvaises?

— Très mauvaises, répondit le squire : le fermier a mis la clef sous la porte, et celui sur lequel Georges fondait quelques espérances dit qu'il ne voudrait même pas affermer la propriété pour six francs cinquante l'arpent!

— Quelle calamité! s'écria Ida en poussant du pied le garde-feu; que faire?

— Je ne vois, en somme, d'autre parti à prendre que d'exploiter ma ferme moi-même, reprit le squire avec emportement.

— Parfaitement, mais il faut de l'argent pour cela, n'est-il pas vrai, père?

— Morbleu! oui, et beaucoup! Cent mille francs au bas mot pour commencer.

— Ah! cent mille francs ne se trouvent pas dans le pas d'un âne.

— J'emprunterai avec hypothèque sur le château, pardieu!

— Vraiment! Ne serait-il pas plus sage, ajouta Ida, de laisser cette ferme sans culture que de risquer une si grosse partie?

— Abandonner la ferme de la Moat? répondit le squire en s'animant, quelle folie! Comment pouvez-vous tenir un propos pareil? Ce serait ruiner la terre pour je ne saurais dire combien d'années.

— Je n'y contredis point; mais entre ruiner la terre ou nous, il n'y a pas à hésiter, cher père, poursuivit Ida, d'une voix implorante, en posant la main sur

3

l'épaule du squire. De grâce, dites-moi quelle est votre position. Quoi! je vous vois vous morfondre du matin au soir à chercher des expédients pour nouer les deux bouts, et vous vous obstinez à me cacher ce que nous devons.... Je pense que j'ai le droit de le savoir?

— Mais non, les jeunes filles n'ont pas la tête organisée pour comprendre les questions d'affaires, reprit le squire d'un ton impatient; à quoi bon en parler?

— Je ne suis plus une enfant, père; notez bien que j'ai vingt-six ans. A part toute autre considération, fit-elle d'un ton résolu, j'ai le même intérêt que vous dans vos affaires.... La situation présente m'est odieuse.... Voir plus longtemps autour d'ici rôder, comme un oiseau de mauvais augure, cet abominable M. Quest est au-dessus de mes forces.

— Bon,... bon;... si vous tenez à savoir ces choses, c'est votre droit. Je désirais vous épargner ce chagrin, voilà tout; mais du moment que vous le prenez de si haut, je vais vous instruire de la situation. Toutefois il commence à se faire tard, nous pourrions remettre cette explication à demain.

— Non, mon père;... demain vous trouveriez une autre défaite;... je vous écoute. »

Après avoir toussé pour s'éclaircir la voix et donné quelques signes d'impatience, M. de la Molle prit enfin la parole :

« Vous n'ignorez pas que, depuis plusieurs générations, la fortune de notre famille se compose de propriétés territoriales; la petite dot de cent cinquante mille francs de votre chère mère fut employée, avec l'autorisation de ses *trustees*, en réparations des fermes, et à éteindre un droit de mainmorte. Pendant le cours de longues années, les fermes rapportaient cinquante mille francs environ, mais nous n'en étions pas moins toujours gênés, très gênés.

« D'abord la restauration de la porte d'entrée s'imposait, et vous n'avez pas idée à quelle dépense cela m'a entraîné! Puis, votre pauvre frère Jacques m'a coûté énormément d'argent, tant pour l'organisation de ses chasses, que pour ses dépenses personnelles à l'armée. Il jetait l'or par les fenêtres. J'ai eu la faiblesse de ne jamais lui faire d'observations, si bien qu'à sa mort ses dettes s'élevaient à quarante mille francs. L'honneur de notre nom m'obligeait à les payer; ajoutez à cela les difficultés du temps présent, et vous comprendrez facilement que je ne sais plus à quel saint me vouer. »

Là, il s'arrêta, et tambourina sur la table avec impatience.

« Vous ne m'avez toujours pas dit, père, le montant de nos dettes?

— Il est difficile de répondre à cette question au pied levé.... Mettons cinq cent cinquante mille francs d'hypothèques et quelques dettes flottantes.

— Que peut valoir la propriété?

— On l'estimait autrefois à un million trois cent mille francs; aujourd'hui il est très difficile d'en faire l'évaluation, tant la terre est dépréciée.... Mais cela ne peut pas durer,... c'est seulement une question de temps.

— Emprunter une nouvelle somme pour exploiter la ferme ne fera qu'aggraver la situation.... Ça, c'est clair comme deux et deux font quatre. La terre qui rapportait dans les bonnes années cinquante mille

francs, produit de moins en moins ; en sorte, mon
père, que, lorsque vous aurez payé les intérêts, il ne
vous restera presque rien ou moins que rien pour
vivre. »

A ce raisonnement d'une logique irréfutable, le
vieux squire fronça le sourcil.

« Non, non, Ida ; les affaires ne sont pas aussi compromises que vous le pensez. Ma parole d'honneur !
vous en tirez des conclusions désespérantes…. Si vous
le voulez bien, ma chère enfant, nous allons nous
séparer : je suis éreinté, et je soupire après mon lit.

— A quoi bon vouloir se payer d'illusions ? Croyez-
vous, mon père, qu'il me soit plus agréable qu'à vous
d'aller au fond des choses ? Je sais que mon pauvre
frère dépensait sans compter, et que les temps sont
durs ; il s'ensuit que persévérer dans la voie où nous
sommes, c'est s'acheminer vers la ruine. Ah ! combien
il serait plus sage d'aller vivre dans un cottage avec
sept mille cinq cents francs par an, que de chercher
à surnager quand le courant nous emporte ! Tôt ou
tard, soit les Quest, soit d'autres, auront besoin de
leur argent, feront vendre Honham, et nous serons
sur le pavé ! Qui vous dit que Quest lui-même ne rêve
pas de s'y installer et d'y vivre en grand seigneur.
C'est une chose effroyable à penser, père : vrai, nous
devons quitter Honham !

— Quitter Honham ! s'écria le vieux squire en bondissant hors de son siège ; décidément, Ida, c'est de
la folie ! Moi, quitter Honham ! Mais ce serait ma fin !
C'est un parti que je ne saurais prendre. Et mes
fermes ? Non,… non ;… il faut se résigner à attendre
et avoir confiance en la Providence. Les choses peu-

vent prendre un autre tour.... Tout est possible en
ce bas monde.

— Si nous ne quittons pas Honham, Honham nous
quittera, répondit Ida avec conviction.... Je ne crois
pas à la chance, la chance ne va jamais où on l'attend.
Nous serons ruinés, absolument ruinés, voilà la
vérité.

— Vous avez peut-être raison,... ma chère enfant,
reprit le vieux squire d'une voix triste; tout ce que je
demande, c'est que la mort m'épargne cette épreuve.
J'ai vécu ici soixante-dix ans passés, et je sens que je
ne saurais vivre ailleurs; que la volonté de Dieu soit
faite! maintenant, bonne nuit, mon enfant. »

Ida s'aperçut, en embrassant son père, que les
yeux du vieillard étaient remplis de larmes; elle n'osa
parler, tant l'émotion l'étranglait. Sa tête baissée sur
sa poitrine, il resta assis pendant que sa fille se dirigeait vers la porte.

VI

Malgré les pénibles réflexions qui avaient tenu le squire longtemps éveillé, il se leva de bonne heure. De son côté, Ida, qui, pour une raison ou pour une autre, n'avait pas passé la meilleure des nuits, entendit son père appeler de sa voix vibrante : « Georges, Georges ». De la fenêtre de sa chambre, elle aperçut ce personnage maigre, long, énergique, au visage patibulaire, aux yeux clignotants, qui montait le perron. Peu après, le squire parut, vêtu d'une ancienne robe de chambre, ses cheveux blancs, bouclés, flottant au vent.

« Où diable êtes-vous, Georges?

— Je suis ici, monsieur.

— Pourquoi, morbleu! me laisser m'égosiller ainsi à vous héler?

— Je suis là depuis dix bonnes minutes, et j'entendais très bien monsieur.

— C'est un peu fort! Vous savez pourtant que j'ai les poumons délicats. Votre poney est-il attelé?

— Oui, monsieur.

— Eh bien, voici une lettre que vous porterez à M. Quest, à Boisingham; vous attendrez la réponse. Ayez soin d'être de retour avant onze heures, vu que je prie M. Quest de venir causer avec moi de la ferme de la Moat.

— Je ferai ce que monsieur désire.

— Vous n'avez pas entendu parler de Janter? hein!

— Oh! quant à ça, il ne démordra pas de ses cinq francs l'arpent.

— Après y avoir longuement réfléchi, Georges, je me suis décidé, si la chose ne peut s'arranger, à exploiter moi-même cette ferme; non,... non,... je ne peux consentir à l'affermer cinq francs l'arpent.

— Monsieur a bien raison : si durs que soient les temps, c'est le seul parti raisonnable à prendre; en outre, si monsieur baissait le loyer de cette ferme, les autres tenanciers ne laisseraient ni paix ni trêve à monsieur; sans en nommer aucun, l'on peut dire que, quand l'intérêt est en jeu, l'on ne doit avoir confiance en personne.

— Peut-être est-ce vrai,... peut-être est-ce faux; en tout cas, vous parlez comme Salomon dans sa gloire. Mais pourquoi perdre le temps à récriminer sur les hommes et les choses! Partez vite avec ma lettre, et rapportez-moi une réponse le plus tôt possible; surtout n'allez pas flâner à Boisingham, car je suis pressé. »

La demeure de M. Quest était située juste en face de l'église, et notez qu'il était du conseil de fabrique. Sa maison, petite et sans prétention, avait bonne apparence. Georges descend de voiture, et un clerc l'introduit dans l'étude de M. Quest. Celui-ci paraissait avoir quarante ans au moins, et ses manières, quoique réservées, ne manquaient pas d'agrément; ses traits n'offraient rien de remarquable, à l'exception des yeux, qui semblaient une erreur de la nature : un teint brun, des cheveux noirs de jais ne se rencontrant que rarement avec des yeux gris d'acier.

« Eh quoi! Georges, s'écria le gérant de la banque Cossey et fils, vous voilà à Boisingham? Puis-je savoir ce qui vous y amène! Ah! une lettre du squire, merci. Asseyez-vous, je vous prie, pendant que j'en prendrai connaissance.... Il me demande d'aller causer avec lui vers onze heures,... impossible! Ah! je vois,... il s'agit de la ferme de la Moat. Janter a manifesté devant moi l'intention de la quitter; j'ai tâché de l'en dissuader; c'est un esprit mécontent.

— D'accord, mais là n'est pas la question, reprit Georges. Du moment qu'il abandonne la ferme de la Moat, il faut lui trouver un remplaçant d'ici la Saint-Michel. Que faire avec des terres à cinq francs l'arpent?

— Le squire se propose, je gage, d'exploiter lui-même la ferme? demanda M. Quest.

— Oui, monsieur, et c'est là ce dont il voudrait vous entretenir.

— Il va de soi qu'il désire emprunter de l'argent.

— Vous l'avez dit, monsieur. Une ferme de trois cents arpents est une grosse affaire à mettre à flot; en réalité, il faut compter deux cent vingt-cinq francs par arpent.

— Autrement dit, riposta M. Quest, une somme ronde de cent mille francs; mais où la trouver? voilà

la question. Les Cossey ne se font pas plus d'illusion
que les autres banquiers sur la propriété territoriale;
néanmoins j'en pourrai causer avec le chef de la
maison. Me rendre à Honham à onze heures, est
chose impossible, ayant un rendez-vous d'affaires
à la fabrique, au sujet d'un bas-côté de l'église qui
menace ruine. Pour en revenir au squire, ce que j'ai
de mieux à faire est d'aller lui demander à déjeuner;
je vais vous charger d'un mot pour lui; au fait, voulez-
vous accepter un verre de vin? »

Georges, comme la plupart des hommes de sa
classe, accepta l'offre qu'on lui faisait, se demandant,
à part lui, d'où venait tant de politesse. Dès qu'il eut
vidé son verre, il prit la lettre et repartit pour Honham, laissant M. Quest seul.

Renversé dans son fauteuil, un vieux siège en
chêne, car il avait la manie de collectionner des vieil-
leries, l'homme d'affaires resta quelque temps plongé
dans une profonde méditation. Puis il saisit dans son
bureau une lettre arrivée le matin. Les caractères
étaient tracés de la main du directeur de la banque
Cossey père et fils; l'en-tête portait l'adresse de la
maison (Minceisglane) et le mot : Confidentiel. En
voici la teneur :

« Cher monsieur,

« Après avoir lu les pièces que vous nous avez adressées, relativement aux hypothèques qui grèvent le
château de Honham et les terres y attenantes, et avoir
dûment pesé vos arguments en faveur de la tempori-
sation, nous avons le regret de ne pouvoir nous con-

former à vos désirs; d'ici quelques années, la situation n'a nulle chance de s'améliorer. Au contraire, tout concourt à prouver la baisse immédiate des propriétés, et cela pendant des années encore. L'intérêt des avances faites par nous à M. de la Molle reste non payé depuis plus d'un an. Le retard de ses fermiers à se libérer en est probablement la cause. Enfin, quelque pénible qu'il nous soit de poursuivre M. de la Molle, avec la famille duquel nous sommes en relations d'affaires depuis plusieurs générations, il n'y a plus d'atermoiement possible, et nous vous en avisons par la présente. Nous restons convaincus que M. de la Molle est dans l'impossibilité de s'acquitter envers nous; une vente forcée, au milieu de la crise territoriale que nous traversons, ne saurait être que désastreuse, et il pourrait en résulter pour nous une perte sèche, bien que la somme qui nous est due ne s'élève même pas à la moitié de l'estimation de la propriété, estimation faite à notre requète il y a vingt ans, lors de notre première avance de fonds à la famille de la Molle. Entrer en possession de la terre ou l'acheter est notre seule ressource! Toutefois ce procédé est en dehors des usages de notre maison. En outre, notre confiance en la valeur des propriétés territoriales a été si ébranlée en ces derniers temps, que nous préférons courir les risques de tout perdre plutôt que de nous mettre un tel fardeau sur les bras. En y réfléchissant, nous voulons pourtant encore espérer que la valeur historique du château et le charme de cette résidence donneront tort à nos prévisions.

« Veuillez, cher monsieur, nous tenir au courant, par

le retour du courrier, des dispositions que vous aurez prises relativement à nos instructions, et agréer l'expression de notre parfaite considération.

« COSSEY ET FILS

« W. Quest esq.

« P.-S. Nous avons pensé qu'il valait mieux nous adresser à vous directement; mais il va de soi que vous communiquerez notre lettre à M. Édouard Cossey, et que vous prendrez son avis sur les moyens à employer pour nous donner satisfaction. »

« Eh bien, pensa M. Quest en repliant la lettre, c'est aussi clair que possible; dire que c'est précisément le moment choisi par le vieux gentleman pour demander de nouveau cent mille francs! Ah! il peut les attendre sous l'orme! »

Il se mit à arpenter la pièce à pas de géant, et dans un état de grande surexcitation : Ah! si je pouvais seulement disposer de cinq à six cent mille francs, je prendrais les hypothèques à ma charge pour ne vendre qu'à bon escient; ce serait encore un placement avantageux, même dans l'état actuel des choses; puis j'aimerais à être propriétaire de ce beau domaine. Le malheur de l'affaire, c'est que je n'ai pas six cent mille francs. Dire pourtant que, sans cette tigresse d'Édith, j'aurais pu les avoir; mais ses exigences ne connaissent plus de bornes, et elle me tond comme un œuf, me menaçant de faire scandale. Toute la fortune de ma femme y a déjà passé! Aujourd'hui elle me demande douze mille cinq cents francs, et elle les aura, comme toujours! »

Au même moment, il tira de sa poche une lettre écrite évidemment par une femme, mais par une femme sans éducation.

« Cher Robert, j'ai encore eu la guigne noire! Il me faut douze mille cinq cents francs, le 1er octobre. Entendons-nous bien, pas en monnaie de singe, mais en bel et bon argent. Du reste, tu me connais trop bien pour essayer de me berner. Quand pourras-tu t'arracher à ton tyran domestique, et venir me voir un instant? N'oublie pas d'apporter ta bourse.... Tout à toi.

« TA TIGRESSE. »

Il continua de se promener pendant quelques instants, les bras croisés, la tête enfoncée dans les épaules; il fit une pause, et considéra par la fenêtre la silhouette d'un homme de haute taille qui se dirigeait vers la porte.

L'instant d'après, entra Édouard Cossey, beau brun, aux grands yeux bien fendus, à la moustache noire, au teint pâle, distingué, et ayant presque le type espagnol. Si jeune qu'il fût, sa physionomie ne laissait pas de trahir une certaine tristesse, tristesse bien peu compréhensible dans une situation aussi enviable que la sienne. Il faut bien convenir que tous les beaux bruns, aux yeux noirs et de haute taille, ne sont pas destinés par la nature à prendre la direction de l'une des principales maisons de banque du royaume-uni de Grande-Bretagne et d'Irlande, et à hériter un jour d'une bagatelle de vingt-cinq millions! Pour le moment, M. Cossey père désirait que son fils étudiât tous les détails des affaires de leurs différentes maisons dans les comtés de l'Est. Voilà comme quoi M. Édouard Cossey se trouvait alors à Boisingham.

« Comment allez-vous, Quest? demanda le nouvel arrivant, d'un ton assez froid, en s'adressant à son employé. Rien de nouveau, hein?

— Si fait, monsieur, quelque chose d'extrêmement sérieux.

— Vraiment? De quoi s'agit-il?

— Mais ni plus ni moins que de la saisie du château de Honham par la maison Cossey et fils. »

A ces mots, la physionomie du jeune homme s'anima, ses yeux brillèrent d'un feu sombre.

« Vertu de ma vie! » gronda-t-il entre ses dents.

Puis il reprit tout haut :

« Non, une chose pareille n'aura pas lieu, je vous en réponds. Je dois reconnaître que le vieux de la Molle n'est pas très bien disposé en ma faveur, mais ce serait une honte, à mes yeux, de condamner cette ancienne famille à la pauvreté et à l'humiliation. Que deviendrait Ida.... Mlle de la Molle? Quoi! ce domaine serait acquis soit par un parvenu, soit par un voleur enrichi dans les affaires? Il faut à tout prix empêcher ce désastre, vous entendez, Quest? »

Le gérant cligna de l'œil.

« J'étais loin de me figurer que vous êtes d'une nature aussi sentimentale, monsieur Édouard Cossey, et que vous preniez tant à cœur les affaires de Mlle de la Molle. »

En prononçant ces mots, il regardait droit son inter-locuteur.

La rougeur monta au visage d'Édouard Cossey, qui lui répondit :

« Ce n'est pas de Mlle de la Molle en particulier
que je me préoccupe, mais de sa famille.

— Sans doute ! bien que vous soyez parfaitement
fondé à vous intéresser à elle : c'est une des femmes
les plus charmantes que j'aie jamais rencontrées, si
j'en excepte ma femme. »

Il fixa de nouveau ses regards sur Édouard Cossey,
dont les joues s'empourprèrent de nouveau.

Le gérant reprit :

« Pour un homme dans votre situation, il n'est pas
de plus belle occasion de tendre une main secourable
à une femme malheureuse. Pourquoi ne prendriez-
vous pas les hypothèques à vos risques et périls,
comme le ferait un héros de roman ?

— Quelle est la somme à fournir ? demanda Édouard
Cossey.

— Entre six et sept cent cinquante mille francs.

— Premier point, où pourrais-je me procurer cette
somme ? et second point, se dit-il à lui-même, pourquoi interviendrais-je ?

— J'en connais plus d'un qui considérerait comme
un honneur de prêter de l'argent à un Cossey, rien
que pour avoir l'avantage de lui être présenté, et
pourvu, bien entendu, que la chose offre toute garantie
légale.

— Passez-moi cette lettre », dit Édouard.

M. Quest lui tendit le document réclamé.

« C'est bien l'écriture de mon père. Or, une fois
qu'il a pris son parti, c'est irrévocable. Vous m'avez
dit, n'est-il pas vrai, que vous devez voir le squire
aujourd'hui ?

— Oui ; je dois en effet passer chez lui. Il a, paraît-il, à causer avec moi. Il s'agit de quelque nouvel emprunt. Or je serai dans la dure nécessité de lui dire qu'au lieu d'un nouvel emprunt, c'est d'une saisie qu'il s'agit.

— Rien ne presse.... Accusez réception de la lettre, voilà tout. Je ne vois pas comment prévenir cette catastrophe, mais j'y réfléchirai, répondit son interlocuteur.

— Très bien! Maintenant, dites-moi : irez-vous au château cet après-midi?

— Oui, pourquoi? demande Édouard Cossey d'un ton interrogateur.

— Parce que je me trouve dans un grand embarras : je dois être à Honham à l'heure du lunch; Mme Quest s'y rendra un peu plus tard. Or nous n'avons qu'une voiture. Me permettrez-vous d'emprunter votre dog-cart, et de vous offrir une place dans notre victoria?

— Très bien! c'est entendu, si toutefois Mme Quest n'y fait pas objection.

— En tout cas, nous pouvons aller le lui demander. »

En conséquence, dès que M. Quest eut pris ses petites dispositions et expliqué à ses clercs la besogne à expédier, il se dirigea vers sa demeure, accompagné de M. Édouard Cossey.

VII

M. Quest habitait une de ces laides maisons, soli-
dement bâties en briques rouges, comme on en voit
tant en province, et où l'absence de goût et de con-
fort dénote l'époque à laquelle elles remontent. Cette
habitation dominait la place du Marché ; derrière, un
charmant jardin, d'ancien style, entouré de murs et
célèbre pour ses brugnons, ses excellents fruits et un
emplacement exceptionnel pour le lawn-tennis, suffisait presque, au dire de Mme Quest, à la consoler
d'habiter la ville. Devant la porte s'élevait un perron
de quelques marches seulement.

Entré dans un hall de vastes dimensions, mais d'aspect glacial, M. Quest s'arrêta, et demanda à une
cameriste, qui passait, où était madame.

« Dans le salon », lui fut-il répondu.

Après quoi, l'hôte et le visiteur longèrent un long
corridor jusqu'à la première porte à gauche. Ils péné
trèrent alors dans une pièce charmante, très moderne,
au mobilier luxueux, aux fenêtres à la française,
ouvrant sur le jardin.

Une femme petite, vêtue de noir, se tenait près d'une des fenêtres, les bras croisés derrière le dos, et regardant dehors vaguement. Au bruit de la porte, elle se retourna, et l'on vit alors son visage éclairé comme une fleur par un rayon de soleil; sa bouche était entr'ouverte, et ses yeux d'agate brillaient d'un éclat charmant. A la vue de son mari, son regard prit subitement une expression d'aversion et de froideur glaciale qui ne pouvait rester inaperçue.

Rien n'échappait à la clairvoyance de M. Quest, sur les lèvres duquel passa un murmure plein d'amertume.

« Rassurez-vous, Belle, dit-il à mi-voix, j'amène M. Cossey avec moi. »

A ces mots, Mme Quest rougit jusqu'à la racine des cheveux, et poussa un long soupir; mais avant qu'elle eût eu le temps de répondre, Édouard Cossey, qui s'était un peu attardé à essuyer ses chaussures légèrement maculées de boue, fit son entrée; il tendit la main à Mme Quest, qui la serra avec indifférence.

« Vos visites sont bien matinales, monsieur, dit-elle au nouvel arrivant.

— C'est vrai, riposta son mari; mais c'est moi qui en suis cause : j'ai amené M. Cossey pour vous demander si vous voudriez bien le conduire en voiture au château cet après-midi. Je dois aller déjeuner avec le squire, et j'ai prié M. Cossey de me prêter son dog-cart.

— Certainement, mais pourquoi le dog-cart ne revient-il pas prendre M. Cossey? répondit Mme Quest.

— Par suite de plusieurs complications, madame; la première, c'est que mon groom est malade; toutefois, si cela vous contrarie....

4

— Non,... non,... fit-elle avec un petit geste d'humeur ; seulement, à mon avis, il vaudrait mieux commencer par déjeuner ici, car je tiens à partir de bonne heure : j'ai une vieille femme à aller voir à l'extrémité du village de Honham ; il s'agit de quelques boutures de fuchsias.

— Merci, madame, j'accepte volontiers.

— Allons, c'est chose entendue, reprit M. Quest avec animation. Mes instants sont comptés ; je vais de ce pas assister à la réunion de la fabrique. En passant devant chez vous, monsieur Cossey, puis-je dire d'envoyer ici votre dog-cart ?

— Parfaitement. »

L'instant d'après, M. Quest était parti.

Dès que la porte fut refermée, Mme Quest se jeta dans un fauteuil bas, et, la tête renversée sur le dossier du siège, considéra d'un œil curieux et résolu le visage d'Édouard Cossey. Petite et bien en chair, comme on dit vulgairement, elle possédait les plus jolies mains et les plus jolis petits pieds du monde ; mais c'était surtout son visage qu'on remarquait ; on pouvait, en vérité, la comparer à une rose moussue ! Son teint en avait la fraîcheur et la délicatesse. Au milieu de cet ensemble suave aux teintes douces, ses yeux foncés ressortaient d'une façon étrange.

« Mon mari est-il parti? interrogea Mme Quest.

— Je le suppose. Pourquoi cette question?

— Parce que je sais qu'il a l'habitude d'écouter aux portes, fit-elle en riant.

— Quelle singulière opinion vous avez de lui! riposta Édouard Cossey.

— Elle n'est malheureusement que trop fondée,

ajouta-t-elle sans hésiter. Je le tiens pour un des plus tristes spécimens du sexe masculin.

— Ma foi! s'il est derrière la porte, l'oreille aux écoutes, il va se frotter les mains, répliqua son interlocuteur, d'un ton ironique; je me demande même comment vous l'avez épousé, s'il est un si triste sire.

— Quoi, vous tenez à le savoir? En deux mots, je vais vous le dire, riposta Mme Quest avec animation. Parce que les circonstances m'y ont obligée;... j'avais dix-huit ans,... ma mère était morte, mon père s'enivrait du matin au soir et, qui plus est, me battait à bras raccourci. M. Quest exerçait sur lui une influence illimitée, et fit si bien que, poussée à bout par les brutalités de mon père et par les privations quotidiennes.... Mais à quoi bon en dire plus? Vous pouvez deviner le reste.

— J'en conclus qu'il a dû vous épouser pour vos beaux yeux? demanda M. Cossey.

— Il l'a prétendu, mais je me permets d'en douter. J'avais alors en ma possession deux cent cinquante mille francs que ma chère mère m'avait laissés. Mon père n'y pouvait toucher, mais non mon mari, si bien qu'il a tout croqué, tout, jusqu'au dernier sou.

— A quoi faire?

— Tout bonnement avec sa maîtresse, à Londres.... Je l'ai pris la main dans le sac, lui donnant vingt-cinq mille francs à la fois! répondit Mme Quest.

— Vrai? Je ne l'aurais pas cru aussi généreux », dit M. Cossey en riant.

Son interlocutrice fit une pause, se couvrit le visage de la main, et poursuivit :

« Si vous saviez, Édouard, ce que ma vie a été jusqu'au jour où je vous ai connu, il y a de cela dix-huit mois, vous me plaindriez, et vous comprendriez pourquoi je suis méchante, emportée, jalouse en un mot, tout ce que je ne devrais pas être. Jeune fille, je n'ai pas eu un instant de bonheur; mariée, j'ai été plus malheureuse encore.... Ah! cet homme, comme je le détestais!

— En effet, il ne devait pas être sympathique, fit remarquer son interlocuteur.

— Sympathique! il y a longtemps que nous ne sommes plus rien l'un pour l'autre, et que nous ne nous parlons plus qu'en public. Il m'a fait cette concession en retour de ma promesse de garder le silence sur sa maîtresse à Londres et sur plusieurs autres choses encore.... Mais à quoi bon en parler?... Quel horrible cauchemar!... C'est alors, Édouard, qu'il m'a été donné de vous rencontrer et d'apprendre ce qu'est l'amour! Non,... vraiment,... je ne puis croire que jamais femme ait aimé comme je vous aime. Les autres ont le cœur partagé par des affections diverses; mais, moi, je n'avais rien... rien au monde que vous. »

Édouard Cossey détourna un peu la tête, sans dire mot.

« Et moi..., poursuivit-elle, qui eusse tant voulu être votre bon ange, je sens que je ne suis qu'un sujet de péché, de trouble et de remords pour vous. Oh non!... jamais le mal ne peut produire le bien, jamais! »

Sur ce, elle se mit à éclater en sanglots.

Cossey, de son côté, comme tous ses pareils, n'était point resté insensible à cette scène inattendue.

« Je vous avoue en toute franchise, ma chère Belle, que cette vie n'est plus tenable. De deux choses

l'une : il faut ou fuir tous les deux sur le continent,
ou abandonner nos relations. Cette atmosphère de
continuelles tromperies m'est odieuse.

— M'aimeriez-vous assez pour cela, mon bien cher
Édouard?

— Du moment que je vous le propose, répliqua
M. Cossey, vous n'en pouvez douter. Dites oui, et
nous partons.

— Eh bien, non,... mon Édouard, non.

— Pourquoi cela? que craignez-vous?

— Que craindrais-je? miséricorde! Imaginez-vous
qu'une femme comme moi se préoccupe beaucoup
des conséquences? Ah! j'en ai fini avec les scrupules
depuis longtemps! mais pour ce qui est de vous, c'est
différent! Cela serait votre ruine morale et sociale.
Vous m'avez souvent dit que votre père vous rayerait
de son testament si jamais vous vous compromettiez
de cette façon.

— C'est juste, reprit Édouard Cossey, jamais il ne
me pardonnerait pareil scandale; ces sortes d'aven-
tures lui font horreur; mais, en réalité, je pourrais
réaliser quelques centaines de mille francs, changer
de nom et partir avec vous pour les colonies.

— Que vous êtes bon, Édouard.... Mais je suis
indigne d'un sacrifice que vous suggère la vue de
mes larmes. En somme, voyez-vous, il nous faut continuer dans la voie où nous sommes, jusqu'à la fin, et
alors vous pourrez m'abandonner à mon malheureux
sort! Je sais que le blâme retombera sur moi : je suis
plus âgée que vous, et je n'aurai que ce que je mérite.
Mon mari, lui, exploitera votre bourse, et tout sera
dit; mais, au moins, j'aurai vécu! Plus tard je me

verrai oubliée, comme tant d'autres malheureuses
créatures l'ont été depuis des siècles, sans parler des
siècles à venir; mais, Édouard, rappelez-vous une
chose : S'il vous arrivait de me tromper ou d'exciter
ma jalousie, je serais capable de tout,... voire de vous
tuer ou de me tuer, moi qui vous parle. L'autre jour,
vos œillades à Mlle de la Molle ont failli me rendre
folle.... Oui, il me semble que vous l'aimez d'amour....
Mais en voilà assez, sur ce sujet, pour aujourd'hui.
Qu'aviez-vous besoin de venir ici ce matin, alors que
je voulais vous chasser de mon esprit et m'occuper
de fleurs? Au fait, dites-moi si ma toilette vous plaît;
si elle est noire comme ma conscience, elle met en
relief mon teint blanc et rose. Il me semble qu'elle
me va en perfection.

— Je partage tout à fait votre avis, dit Édouard
Cossey en riant, sans être pourtant porté à la gaîté.
Maintenant, je vous dirai que je ne compte pas
m'éterniser ici, ni luncher chez vous : cela pourrait
donner prise aux cancans, car il va de soi que la
moitié des vieilles femmes de Boisingham ont les
yeux fixés sur la porte, pour savoir combien de temps
je suis resté ici; je vais retourner à la banque, et
j'en reviendrai à deux heures et demie.

— Comme ce plan est bien imaginé pour vous
débarrasser de moi! A tout prendre, vous avez
raison;... il faut que je pense à mes fleurs. Allons, au
revoir; surtout soyez exact. Ah! quelle recommandation superflue, quand vous devez aller voir Mlle de
la Molle! Adieu!... adieu! »

VIII

Quest cherchait du regard quelqu'un à qui confier le cheval et le dog-cart de M. Édouard Cossey, lorsque le squire, émergeant soudain, s'écria à tue-tête :

« Ah! vous voilà, Quest! J'allais précisément à votre rencontre. Guillaume,... Guillaume,... répéta-t-il en haussant le ton. Je gagerais que ce paresseux de Georges l'a envoyé faire des commissions, au lieu d'y aller lui-même. Peste! quel beau cheval vous avez là, Quest?

— Il ne m'appartient pas; c'est celui d'Édouard Cossey, fit-il en riant jaune.

— Ah! dit M. de la Molle d'un autre ton. Qu'est-ce qui aura de beaux chevaux, si ce n'est lui? »

A ce moment, accourt un grand gaillard, inondé de sueur et palefrenier de son métier.

« Où diable étiez-vous passé? lui demanda le squire, d'une voix forte.

— M. Georges....

— M. Georges, toujours M. Georges, répéta le

squire avec emportement. Je vous ai dit de vous occuper de votre service... exclusivement. Maintenant conduisez le cheval à l'écurie, et faites qu'il soit bien nourri. Venez, Quest, venez : un quart d'heure suffira pour traiter la question des affaires. »

M. de la Molle suivit le long corridor qui ouvrait sur le hall, aux panneaux tendus en tapisserie, puis il prit un siège près du foyer vide.

M. Quest s'arrêta devant une ancienne cheminée, moins par besoin d'admiration que pour gagner du temps; il dit d'un ton convaincu :

« Elle date très certainement de l'époque des Stuarts.

— Oui,... oui, riposta son interlocuteur,... elle appartenait au vieux Jacques, qui fut fusillé par les Têtes-Rondes.

— Quoi, celui qui a caché le trésor?

— Lui-même, reprit le squire. Je racontais précisément cette histoire, hier soir, à notre voisin, le colonel Quaritch.... Un charmant homme, en vérité; vous devriez aller lui faire une visite.

— Voyons, et qu'en pense-t-il? questionna M. Quest.

— Ce que j'en pense moi-même,... comme bien d'autres. Bonté divine! que je voudrais découvrir ce trésor! Ah! le moment serait, ma foi! bien choisi! Cela me rappelle ce que j'ai à vous dire.... Je crois, du reste, que ma lettre a dû vous le faire pressentir, mais arrivons au fait : voilà donc la ferme de la Moat sans fermier, et Georges m'affirme que je n'en peux retrouver à aucun prix. Il ne me reste d'autre parti à prendre que d'exploiter moi-même cette ferme. Il me faut de cent à cent vingt-cinq mille francs pour racheter à Janter mobilier, instruments aratoires, bestiaux, semences, et faire les améliorations nécessaires. Or, n'ayant pas cette somme devers moi, j'ai résolu de m'adresser à la banque Cossey et fils. Les rapports d'affaires qui existent depuis tant d'années entre les la Molle et cette banque, m'y ont décidé. J'estime même qu'il y aurait manque de délicatesse de ma part à ne leur pas offrir cette occasion de bon placement (à ce moment, M. Quest grimaça un sourire).

— Il va de soi qu'ils voudront prendre une hypothèque ; or, comme la ferme de la Moat n'est pas grevée, il vous sera facile d'arranger la chose. En y réfléchissant, malgré la dépréciation des terres, je ne puis croire que cette propriété ne représente pas une valeur de cent vingt-cinq mille francs. »

Après un silence de mauvais augure, M. Quest répondit :

« Je regrette d'avoir à vous dire qu'il n'y a aucune chance que MM. Cossey et fils acceptent de prendre une nouvelle hypothèque sur la propriété de Honham : la défaveur que subit la terre s'accroît chaque jour, et rend ces messieurs très circonspects ; c'est si vrai, que les garanties qu'ils ont sur vos biens, ne laissent pas de leur inspirer des inquiétudes. »

A cette repartie foudroyante, M. de la Molle tressaillit. Jusque-là, emprunter de l'argent lui avait paru facile ; jamais la pensée ne lui était venue que cette terre, qui lui inspirait, pour ainsi dire, un respect superstitieux, serait tellement dépréciée, qu'elle cesserait d'offrir les garanties exigées par les bailleurs de fonds.

Dès qu'il se fut remis, le squire poursuivit :

« Comment se peut-il ! Les hypothèques dont la propriété est grevée, ne s'élèvent pas à plus de six cent vingt-cinq mille francs, et à la mort de mon père, il y a de cela quarante ans, il s'agissait presque du double ! Depuis lors j'ai dépensé au bas mot quatre cent mille francs en réparations au château, aux fermes, etc.

— Je n'y contredis pas, monsieur de la Molle ; seulement je doute fort qu'aujourd'hui la vente forcée du château et des terres y attenantes puisse atteindre le chiffre de six cent cinquante mille francs. La terre en Australie et en Nouvelle-Zélande a presque la même valeur que la terre arable en Angleterre. Il se peut néanmoins que, grâce à l'intérêt historique qui s'attache au château, il se trouve un acquéreur à ce prix et même à un prix plus élevé, mais on ne saurait tabler là-dessus. A vous dire la vérité, la situation inspire de telles inquiétudes à MM. Cossey que, au lieu d'être disposé à vous faire de nouvelles avances, je suis chargé de vous avertir que d'aujourd'hui en six mois, si vous ne vous êtes pas mis en règle avec la maison Cossey et fils, l'on procédera à la vente du château. »

Chancelant, pâle, le vieillard s'accota contre la cheminée. Pour lui, le coup était aussi foudroyant qu'imprévu ; toutefois il s'en remit promptement. Non seulement il avait du ressort, mais son énergie semblait grandir en raison des difficultés même.

« Pourquoi, bon Dieu ! reprit-il d'un ton indigné, ne m'avoir pas dit cela plus tôt? Vous m'auriez épargné le désagrément de donner un coup d'épée dans l'eau.

A Dieu ne plaise que je songe à blâmer MM. Cossey,
cependant je dois ajouter que, ne fût-ce que par
égard pour le passé, ils auraient pu me témoigner un
peu plus de considération.

— Les affaires sont les affaires, et les banquiers des
banquiers! repartit M. Quest. Le sentiment de défé-
rence auquel vous faites allusion appartient aux générations disparues. Notre siècle est un siècle essen-
tiellement positif, et, qui plus est, nous sommes la
nation la plus intéressée du monde! Cossey et fils
sont de leur époque; ils ruineraient plutôt une
douzaine de familles avec lesquelles ils sont en relations d'affaires depuis deux cents ans, que de risquer
de perdre une centaine de mille francs, à condition
toutefois de ne pas compromettre par là leur réputation d'hommes bien élevés, car cette réputation, en
affaires, n'est pas une non-valeur! En ce qui me concerne, je suis un défenseur du passé : les procédés
de vos ancêtres valaient certes mieux que les nôtres,
mais, étant obligé de tirer mon épingle du jeu, je
prends le monde comme il est, et les hommes comme
ils sont!

— C'est juste, c'est juste,... répéta le squire avec
calme. A vrai dire, votre profession de foi ne laisse
pas de m'étonner. Tout est bien changé depuis ma
jeunesse; au fait, vous devez être mort de faim; cela
creuse l'estomac de parler longtemps (notez que
M. Quest s'était gardé de prononcer le mot de saisie;
mais son interlocuteur n'en avait pas moins deviné
où il voulait en venir). Si vous voulez, nous passerons
au salon », ajouta-t-il.

Ils y trouvèrent Ida occupée à lire le *Times*.

« Ma fille, dit le squire avec une affectation de
bonne humeur, qui ne réussit pas pourtant à donner
le change à Ida, je vous amène un convive. Veuillez
faire passer M. Quest dans la salle à manger. Je vous
y rejoindrai dès que j'aurai écrit une lettre pressée.
Excusez-moi. »

Il rentra alors dans le hall, se jeta sur son siège
favori et murmura entre ses dents : « Ruiné!...
Impossible de me procurer de l'argent.... La saisie est
inévitable.... Enfin, vieux comme je le suis, je puis
espérer ne pas vivre jusque-là! Mais Ida, ma pauvre
Ida, et le vieux château et toutes ces générations
passées! Ah! cette pensée me rend profondément
malheureux! »

IX

Ida tendit avec indifférence la main à M. Quest, pour qui elle ressentait une antipathie doublée de crainte.

Ils passèrent dans la salle à manger. Pendant que M. Quest découpait, non sans peine, un morceau de viande froide, Ida résolut d'éclaircir la situation. La physionomie bouleversée de son père avait suffi à la convaincre que l'entrevue du châtelain et de l'agent de la maison Cossey devait avoir eu un caractère des plus sérieux ; or, sachant que son père gardait pour lui ses contrariétés, à moins pourtant que les circonstances ne lui imposassent l'obligation de s'en expliquer, Ida se décida à demander à M. Quest, sa bête noire, ce qui en était.

« Merci, mademoiselle, d'aborder la première cette question, car je redoutais de le faire moi-même. Pardonnez-moi ma franchise si je vous dis que votre père est totalement ruiné depuis un an, et que l'intérêt des dernières avances faites par MM. Cossey et fils au squire est impayé ; en outre, sa plus grande ferme lui va rester sur les bras, et pour comble, les prêts hypothécaires viennent cette année à échéance. »

A ces mots, d'une clarté presque brutale, Ida devint pâle comme la mort et laissa tomber bruyamment sa fourchette sur son assiette.

« Comment se fait-il, murmura-t-elle, que les choses soient dans un état si désespéré? S'il en est ainsi, le château sera vendu, et force nous sera de le quitter.

— Assurément; à moins cependant de recourir à de nouveaux prêts, répondit M. Quest; mais c'est là, je l'avoue, une ressource fort illusoire. Il arrivera très probablement que la terre sera vendue à vil prix, pour un morceau de pain, comme on dit familièrement.

— Quand cela? demanda Mlle de la Molle.

— Dans six ou neuf mois. »

Ida, dont les lèvres tremblaient, avait le cœur trop gros pour continuer à déjeuner. Elle se voyait, en imagination, franchissant avec son père les portes du vieux château, éclairées en ce moment par la vive lumière du soleil de mars.

« Que faire? que devenir? reprit-elle d'une voix étranglée par l'émotion. Quitter ces lieux serait pour mon père le coup de la mort. A toutes choses au monde, il préfère ce berceau de sa famille, où s'est aussi déroulée sa propre existence.

— C'est tout naturel, riposta M. Quest. Pour ceux qui ont le culte du passé, ce domaine a un charme exceptionnel : mais les hypothèques n'ont rien à voir avec les sentiments.

— Je le sais, répondit Ida avec impatience; vous ne répondez pas à ma question. Est-il un moyen de sortir de difficulté? interrogea-t-elle, la tête penchée du côté de son interlocuteur, et l'œil anxieux.

— Oui certes, il en existe, mais cela dépend uniquement de vous.

— Parlez vite, fit la jeune fille, haletante.

— Rappelez-vous que les hypothèques sont quelque chose d'impersonnel, d'insensible.... Par exemple, la maison Cossey et fils devient féroce, impitoyable, lorsque ses propres intérêts sont en jeu. Toutefois M. Édouard Cossey, lui, est un financier doublé d'un homme de dispositions plus conciliantes en ce qui vous concerne. Sans doute, pour l'instant, il n'a pas en main la direction des affaires; mais, comme héritier de son père, il jouit d'une grande autorité, et qui, plus est, il a le maniement des fonds.

— Je comprends, reprit Ida, vous entendez que mon père devrait tâcher de gagner M. Édouard Cossey? Or il l'a pris en grippe, et ce n'est pas un homme à dissimuler ses sentiments.

— Il est dans la nature humaine, riposta M. Quest, de détester ses créanciers, et, si M. de la Molle a pris M. Édouard Cossey en grippe, c'est à cause du nom qu'il porte. Ce que je tiens à établir, c'est que le squire ne saurait mener à bien cette négociation, qui demande diplomatie et réserve.

« Au vrai, c'est à vous seule que ce rôle convient; mais il n'y a pas de temps à perdre; inutile d'entrer dans les détails de l'affaire avec M. Édouard Cossey; il les connaît de reste : il faut lui demander de conjurer la catastrophe; il le peut, s'il le veut. Quant à savoir comment, je l'ignore.

— Y songez-vous, monsieur Quest? Moi, demander

une telle faveur à un homme! Ce serait risquer de me compromettre.

— Oh! mais je ne prétends pas, mademoiselle, que cette tâche vous soit agréable; seulement, parfois, on est dans l'obligation de faire taire sa dignité. Sans affirmer que vous auriez chance de réussir, j'ajoute que vous seule pouvez tenter la chose. Faut-il vous dire ce que vous savez aussi bien que moi? c'est qu'un homme ne peut rien refuser à une solliciteuse telle que vous. Maintenant, voyez et jugez : le péril est imminent. »

Avant qu'Ida eût le temps de formuler une réponse, le squire entra. Il se mit à déguster deux verres de xérès et un biscuit. Peu après arriva M. Geffries, le clergyman, homme assez agréable, au visage rond et glabre.

M. Geffries venait entretenir le squire de différentes affaires de la paroisse. Ida en profita pour se retirer chez elle, où nous la laisserons à ses méditations.

Le squire ne parla plus affaires de la journée. En observateur obstiné et très curieux de la nature humaine, M. Quest ne laissait pas d'être fort surpris de la promptitude avec laquelle M. de la Molle chassait ses préoccupations; l'entendre débattre avec M. Geffries les détails des devis des réparations à faire au presbytère offrait un champ très vaste aux observations de notre psychologue. Enfin, le pasteur eut gain de cause, et son interlocuteur jura ses grands dieux que c'était la dernière fois qu'il consentirait à un pareil virement de fonds, c'est-à-dire à affecter aux besoins de la sacristie les dons offerts à l'hospice par la charité publique!

Dans son for intérieur, M. Quest pensait : « Ciel ! comme il oublie qu'en moins d'une année il aura quitté le château et qu'un nouveau propriétaire y trônera à sa place. »

Les invités à la partie de tennis arrivaient peu à peu. L'emplacement, c'est-à-dire une pelouse bordée, d'un côté, par le fossé, et, de l'autre côté, par des arcades en ruine, d'un effet des plus pittoresques, offrait un cadre unique à la jeunesse et à la beauté.

La belle châtelaine recevait là ses invités; elle portait une robe de flanelle bleue, très collante, qui rehaussait la perfection de ses formes! un chapeau à larges bords ombrageait ses traits fins. M. Quest, dissimulé derrière un arbousier, tenait ses yeux attachés sur Mlle de la Molle, et si la vue d'une jeune miss a un charme particulier, M. Quest devait en savoir quelque chose.

Les divers éléments de cette réunion rurale ne méritent ni qu'on les décrive, ni qu'on les vante, ni qu'on les blâme; ni bons, ni mauvais, ni beaux, ni laids, ils sont esclaves du qu'en dira-t-on? voilà tout. Quoi de plus naturel qu'Ida, en pareille compagnie, semblât trôner comme une reine sur ces sujets? Cette comparaison se présenta à l'esprit poétique de Harold Quaritch.

X

En apercevant le colonel, Ida l'accueillit de son
sourire le plus gracieux, lui tendit la main, et ouvrit
la conversation en ces termes :

« Comment allez-vous, colonel? C'est d'autant plus
aimable de votre part, de venir vous joindre à nous,
que vous n'êtes pas fanatique du lawn-tennis. Dites-
moi, avez-vous découvert la clef de l'énigme que
nous avons cherchée ensemble? Car rien ne peut me
dissuader que c'est une énigme.

— J'ai pâli dessus hier soir, et non seulement je
n'ai rien trouvé, mais je suis convaincu que c'est de
la peine et du temps perdus.

— Ah! combien je regrette, riposta Ida avec animation.

— Eh bien, j'essaierai encore; et que me donnerez-
vous si je réussis? demanda Harold Quaritch avec
un sourire qui illumina son visage soucieux.

— Tout ce qu'il vous plaira de me demander et
que je puisse accorder. »

Alors pour la première fois depuis des années, le

colonel prononça une phrase qui pouvait prêter à
une interprétation tendre et cachée.

« Il se peut, reprit-il en s'inclinant, que, si je venais
à réclamer cette récompense, je demanderais plus
que vous ne seriez disposée à m'accorder. »

Une légère rougeur se répandit sur le visage d'Ida,
et elle répliqua :

« Nous discuterons cela une autre fois, colonel. Excusez-moi, mais j'aperçois Mme Quest et M. Cossey. »

Harold Quaritch fut quelque peu blessé de l'accueil
que venaient de recevoir les premières avances
qu'il eût faites de sa vie à une femme. Disons encore
que, lorsqu'il avisa Édouard Cossey, sa première
impression ne fut rien moins que favorable. C'était
un bel homme qui remplissait, d'un air langoureux,
près de Mme Quest, le rôle de cavalier servant. Sous
maints rapports, assez bon garçon ; mais, comme les
fils de famille, qui, sont nés coiffés, il avait certains travers, entre autres celui de regarder les gens
plus âgés ou plus haut placés que lui avec une
outrecuidance, voire même avec un air de supério-
rité choquant. Donc, pendant qu'Ida s'informait des
nouvelles de Mme Quest, le nouvel arrivant toisait
le colonel d'une façon qui ne laissait pas de porter
sur les nerfs de celui-ci. S'étant retournée, la jeune
châtelaine présenta le colonel Quaritch d'abord à
Mme Quest, ensuite à M. Cossey.

Après les avoir salués tous les deux, Harold se
dirigea vers le squire, dont le couvre-chef offrait
comme toujours la même profusion de linges pro-
tecteurs, et perdit alors de vue Mme Quest et
M. Cossey.

Entre temps M. Quest, après un salut circulaire pour tous, s'approcha de Belle et de M. Édouard Cossey. D'un ton aimable, il demanda à sa femme si elle ne comptait pas se joindre aux joueurs de tennis, et tira à part le jeune banquier, qui lui demanda :

« Eh bien, Quest, vous êtes-vous acquitté de votre communication au vieux squire?

— Oui, certes.

— Comment a-t-il pris la chose? demanda Édouard Cossey d'un ton interrogateur.

— Peuh! il a répondu qu'il aviserait,... qu'il y avait d'autres arrangements à prendre. J'ai également entretenu Mlle de la Molle de la situation.

— Vraiment? dit Édouard Cossey sur un tout autre ton, et comment a-t-elle accueilli cette nouvelle?

— Parole d'honneur! c'est bien la plus pénible tâche qui me soit jamais incombée depuis que je suis dans le métier. Elle a prétendu que ce serait le coup de la mort pour son père, et son désespoir était navrant.

— Pauvre jeune fille! reprit son interlocuteur, d'un accent vibrant, qui prouvait combien sa sympathie était chaleureuse et sincère. J'admire avec quel courage elle fait en ce moment bon visage à mauvais jeu.

C'est vrai, répliqua M. Quest, c'est une vaillante, et une jolie femme par-dessus le marché. Je n'en connais aucune qui puisse lui être comparée si ce n'est Belle,... ajouta-t-il après un instant de réflexion.

— Ce sont deux types de beauté différents, riposta M. Cossey.

— Oui, mais également, très remarquables, fit
M. Quest. Toujours est-il que la situation est sans
remède. J'en suis fort marri pour la fille et pour le
père.... Ah ! tenez, les voilà. »

Le squire, qui voulait faire admirer au colonel la
vue dont on jouissait à l'extrémité du fossé, se trouva
alors face à face avec Édouard Cossey ; celui ci, s'étant
empressé de saluer respectueusement M. de la Molle,
n'en reçut, par contre, qu'un signe de tête d'une politesse douteuse. « Quel vieil idiot, se dit alors M. Quest :
il va indisposer le jeune banquier contre lui, et tout
compromettre. »

« Ah ! c'est ça.... M. de la Molle veut être insolent, et
il sait l'être, dit tout haut Édouard Cossey en rougissant jusqu'aux oreilles.

— Voyons, il ne faut pas lui en vouloir, répondit
vivement M. Quest : ce pauvre vieillard a une idée très
avantageuse de lui-même ; très profondément blessé
du procédé de la maison Cossey à son égard, il se
figure que vous y êtes pour quelque chose.

— En tout cas, il ferait bien d'être poli.... Son
dédain n'engage pas à lui tendre la perche. J'ai
envie de demander mon dog-cart, et de m'en aller »,
ajouta le banquier.

M. Quest reprit :

« Non, ne faites pas cela.... Restez un peu.... Tenez,
voici Mlle de la Molle qui vient vous prier de prendre
part au jeu. »

L'instant d'après, effectivement, la châtelaine emmena M. Édouard Cossey sur la pelouse, à la grande
satisfaction de M. Quest, qui commençait à craindre
que les affaires ne prissent une mauvaise tournure.

Édouard avait pour partenaire Mlle de la Molle;
on ne peut pas dire que le jeu fût un plaisir pour
elle, car elle était résolue à adresser un appel *ad*
misericordiam à Édouard Cossey, et, à vrai dire, le
hasard la servit à souhait; la partie finie, il lui
demanda, en sa qualité de grand amateur de fleurs,
si elle voudrait bien lui montrer les chrysanthèmes
dont elle était si fière. Ida y consentit. Après avoir
traversé une pépinière, ils gagnèrent enfin la serre,
attenante à l'une des extrémités du château; ils con-
sidérèrent ensemble les fleurs, alors en complet épa-
nouissement. Ida se sentait devenir horriblement
nerveuse; elle se demandait comment elle pourrait
entrer en matière, lorsque M. Cossey l'en dispensa
en abordant le premier la question.

« Je ne puis imaginer, mademoiselle, en quoi j'ai
pu offenser votre père, qui vient presque de m'infliger
un affront.

— Êtes-vous sûr qu'il vous ait vu? Il est si distrait,
si préoccupé....

— Toujours est-il que, lorsque je lui ai tendu la
main, M. de la Molle s'est contenté de me saluer sans
s'arrêter. »

A cet instant, Ida arracha de sa tige un magnifique
chrysanthème grenat, le *Turc*, l'effeuilla de ses doigts
nerveux, et reprit :

« La vérité, c'est que mon père et moi nous sommes
dévorés d'inquiétude; il est très susceptible et nerveux.
Au fond, je me figure qu'il croit que vous n'êtes pas
tout à fait étranger aux difficultés qui nous accablent.
Mais vous êtes peut-être au courant de la question?

— Oui,... un peu, répondit M. Cossey d'une voix

grave. J'espère que vous ne m'attribuez pas un rôle
qui n'a pas été le mien?

— Non,... je ne l'ai pas supposé un instant; toutefois je sais que votre influence est grande, et, pour
parler franc, je vous prierai de vouloir bien l'employer en notre faveur.

« J'ose dire qu'il vous est impossible de mesurer le
degré d'humiliation que je ressens en vous faisant
pareille ouverture... Non... non... jamais je n'aurais
eu ce courage, n'était la pensée de mon père,.... je
redouterais moins la mort, pour lui, que de quitter
Honham... C'est cependant ce qui arrivera fatalement
si on lui met le pistolet sur la gorge;... je crains
sérieusement qu'il n'en perde la tête. »

Ensuite, elle cessa de parler, restant devant lui
haletante, tenant dans sa main la fleur à moitié
effeuillée.

« En pareil état de choses, ne pourriez-vous, mademoiselle, indiquer un moyen auquel recourir?

— Hélas! je n'en connais point d'autre que d'obtenir
de la banque Cossey et fils de renoncer à ses recouvrements.

— Mon père n'y saurait consentir; comme tous les
banquiers, il a le culte du Veau d'Or, répondit Édouard
Cossey; il n'hésiterait pas à ruiner un ami plutôt que
de perdre cent vingt-cinq mille francs!

— Alors c'est tout clair : le château, les bois et la
propriété, tout cela sera vendu », fit Ida en détournant
la tête et en affectant d'arracher une ou deux feuilles
fanées de chrysanthème.

A cet instant, Édouard Cossey aperçut une larme
qui coulait sur la joue de la jeune fille.

C'en était plus qu'il n'en pouvait supporter! Obéissant à un mouvement d'impulsion irrésistible, et qui semblait venir directement du cœur, il prit une de ces déterminations qui changent si souvent le cours entier de la vie humaine.

« Il faut voir s'il n'existe pas une combinaison pour sortir de difficulté », dit Édouard à mots pressés.

Ida leva vers lui des yeux interrogateurs et humides de larmes.

« Il se peut, pousuivit-il, que quelqu'un rachète les hypothèques, et paye Cossey et fils.

— Mais comment trouver cette personne! demanda Ida.

— Il s'agit d'une somme de sept cent cinquante mille francs, reprit M. Cossey; mais aujourd'hui la propriété ne représente plus cette valeur.

— Alors, à qui s'adresser, reprit Ida, si personne ne consent à prêter sur seconde hypothèque?

— Si personne n'y consent comme placement d'argent, mademoiselle, il se peut trouver un ami généreux....

— Mais, alors, il faut être bien désintéressé pour avancer sept cent cinquante mille francs!

Ici-bas, personne ou presque personne n'est complètement désintéressé; en retour, que donneriez-vous, mademoiselle, à un tel ami? ajouta M. Édouard Cossey avec embarras.

— Je donnerais tout au monde pour conjurer la vente de Honham et pour épargner cette grande douleur à mon père. »

Édouard Cossey se prit à rire légèrement, et s'écria :

— Voilà une lettre de change d'une valeur incalculable! Je prendrai de grand cœur cette créance pour mon propre compte, mais je n'ai pas cette somme devers moi, et il me faudra l'emprunter à l'insu de mon père.

— Ah! combien vous êtes bon! dit Ida d'une voix contenue; je n'ai pas de paroles pour vous exprimer ma reconnaissance. »

Édouard Cossey garda un instant le silence, et Ida s'aperçut que la main de son interlocuteur tremblait.

« Mademoiselle de la Molle, fit-il, il est une autre chose dont je désire vous parler. Sachez qu'il arrive parfois qu'un homme, ou par sa faute, ou par la force des circonstances, soit entraîné dans une voie qu'il déteste; eh bien, je suis dans une situation analogue ou à peu près. En un mot, je me trouve empêché de vous exprimer ce que j'aurais tant à cœur de vous dire. »

Comprenant où son interlocuteur en voulait venir, Ida baissa de plus en plus la tête, pendant qu'il poursuivit :

En admettant que ces difficultés disparaissent un jour, et qu'il me soit possible de m'expliquer avec vous en toute franchise, comment accueillerez-vous mes vœux? »

En personne d'énergie et de tact, Ida se dit que la vente du château, que la ruine de son père dépendaient de sa réponse à M. Cossey.

« Je vous ai dit, reprit-elle avec sang-froid, que je donnerais tout ce que je possède en ce bas monde pour épargner à mon père la douleur de voir vendre Honham. Je ne rétracte rien, et je pense que vous trouverez dans mes paroles une réponse à votre question.

— C'est la résoudre d'une façon bien positive, dit-il.

— Il le faut bien! répliqua son interlocutrice, d'une voix triste. Comptez-vous voir mon père, et causer avec lui des hypothèques?

— Oui, je me propose de l'en entretenir demain. Maintenant, mademoiselle, je vais prendre congé de vous. »

En ce disant, il lui prit la main et la porta à ses lèvres.

Après une certaine hésitation, Ida n'opposa pas de résistance, et ne témoigna aucune émotion. Puis elle reprit :

« Oui, voilà quelque temps déjà que nous causons, monsieur Cossey; Mme Quest va se demander ce que vous êtes devenu. »

Ce trait, décoché comme par hasard, n'en atteignit pas moins son but, et, pour la troisième fois ce jour-là, une vive rougeur empourpra le visage d'Édouard Cossey. Sans ajouter un mot, il la salua et s'éloigna.

XI

Pour des raisons faciles à deviner, Ida cacha à son
père ce qui s'était passé entre elle et Édouard Cossey,
en sorte que le lendemain de la partie de lawn-tennis,
le fidèle Georges et son maître confabulèrent, depuis
l'aube jusqu'à onze heures, sur la gravité de la situation ; la conversation roula uniquement sur les
emprunts contractés par les La Molle à la maison
Cossey; mais, tout en parlant, le vieux squire perdit
plusieurs fois le fil de son histoire, confondant le
prêt de 1863 avec celui de 1874.

Après le déjeuner, on examina le budget par le
menu, et, du salon, Ida entendait son père s'écrier :

« Pourquoi avez-vous mis là neuf cent cinquante,
au lieu de trois cent cinquante? »

Et Georges de répliquer :

« Monsieur confond les recettes avec les dépenses! »

Le squire reprit :

« De tout cela il résulte, clair comme deux et deux
font quatre, que je suis ruiné,... totalement ruiné ; et,
en vérité, votre sottise n'a fait que précipiter la
catastrophe.

— Faites excuse, monsieur; si je ne suis pas un comptable de premier ordre, j'ai toujours été dévoué aux intérêts de votre famille. Pour sûr, ce n'est pas de ma faute; c'est plutôt celle des prodigalités de défunt M. Jacques.

— A tout prendre, peu importe, puisque le résultat est le même : je suis ruiné, ruiné de fond en comble, et le château sera vendu aux enchères, si un acquéreur ne se présente pas d'ici là! Quand je songe qu'un roi normand l'avait donné à un de Boissey, et qu'il est passé dans notre famille il y a quatre ou cinq siècles, par un mariage entre un de mes ancêtres et une de Boissey, l'on comprend qu'il m'est dur de le voir tomber entre les mains d'un négociant en vins ou d'un marchand de tableaux; mais toute chose a sa fin ici-bas! Que la volonté de Dieu soit faite!

— C'est plus fort que moi, monsieur, mais entendre de pareilles choses me met hors des gonds! Non... non... cela ne peut être... cela ne sera pas!

— A moins, mon pauvre Georges, que vous ne trouviez sept cent cinquante mille francs, un miracle pourrait seul détourner le coup qui nous menace.

— Mais, monsieur, je donnerais ma tête à couper que ce miracle se produira, s'écria Georges, frappant la table de son poing gros comme un gigot de mouton. Le château ne passera pas en d'autres mains, ni de votre vivant, ni du vivant de nos enfants. Dieu ne permettra jamais que de véritables aristocrates soient chassés de chez eux par des parvenus.

— Palsambleu! Georges, on dirait que vous voulez ajouter le rôle de prophète à vos autres occupations! » s'écria M. de la Molle.

Au même instant, le magnifique cheval bai d'Édouard Cossey s'arrêta à la porte, et le bruit de la sonnette se fit entendre.

« Ma parole, poursuivit le squire dès qu'il eut reconnu le visiteur, nous saurons bientôt à quoi nous en tenir sur vos prophéties, car voici M. Cossey en personne. »

Avant que Georges, encore tout troublé par ses émotions, eût eu le temps de formuler une réponse, Édouard Cossey, plus outrecuidant et plus beau que jamais, faisait son entrée dans la pièce.

Le squire tend la main à son visiteur, et fait signe à Georges qu'il peut se retirer ; mais, persuadé que l'on aurait sous peu besoin de lui, le dévoué serviteur reste à portée de voix du châtelain.

« Vous savez, à n'en pas douter, monsieur, dit le squire, la résolution qui a été prise par la maison Cossey relativement aux recouvrements des créances qu'elle a sur moi.

— Oui, monsieur de la Molle, je le sais, et voici l'avis que j'ai reçu, fit-il en plaçant un papier plié sur la table.

— Ah ! je comprends,... répondit le squire. Je disais hier au gérant de votre banque, M. Quest, que, vu l'ancienneté de nos relations et la dépréciation de la terre, on aurait pu, ce me semble, agir avec plus de circonspection ; mais à quoi bon essayer de faire une bourse de soie d'une oreille de porc ! A quoi bon vouloir se persuader qu'une pierre a du sang dans les veines ! Au demeurant, je n'ai rien de plus à ajouter, et je vais prévenir mes hommes d'affaires d'aviser. Il me semble même qu'il eût été plus convenable de vous adresser à eux directement. »

Édouard Cossey, assis, l'oreille basse, son chapeau
entre les jambes, écoutait le squire exposer ses griefs.
Puis, levant les yeux, il répondit avec calme :

« Je partage absolument votre manière de voir;
vous ne sauriez dire plus de mal de la manière dont
se comporte la banque Cossey que je n'en pense moi-
même.

« Sachez, pour prévenir tout malentendu entre nous,
monsieur de la Molle, qu'avec votre permission je
suis décidé à désintéresser les créanciers et à devenir
subrogé d'hypothèques. La première raison qui milite
à mes yeux en faveur de cette résolution, c'est que,
même en l'état actuel des choses, ce placement ne
saurait être qu'avantageux : la seconde raison est
mon désir de prévenir la maison Cossey et fils du
discrédit que lui infligerait un procédé pareil. »

Derechef, le squire chercha à pénétrer l'âme de son
interlocuteur, et il comprit qu'Édouard Cossey avait,
pour agir de la sorte, d'autres motifs que ceux qu'il
donnait. Quel était donc celui qui le guidait? Se fai-
sait-il l'interprète de M. Quest? Qui sait si au fond il
n'avait pas de vues sur Ida? Enfin, quel que fût le
mobile auquel il obéissait, c'était un répit!

« Hum... hum! C'est là, dit-il, une détermination
très grave, et je suppose que vous ne l'aurez pas prise
sans consulter un homme de loi?

— Sans doute. J'ai fait tout ce qu'il y avait à faire,
croyez-le, et je suis parfaitement satisfait des garanties; c'est un prêt de sept cent cinquante mille francs
à quatre pour cent, avec hypothèques sur tout le
domaine. La question est de savoir si vous approuvez
ce plan. Si oui, je donnerai ma procuration à M. Quest;

il agira pour moi et préparera un acte en conséquence.

— Cela me semble parfaitement acceptable, riposta
le squire, bien que, dans une transaction d'une telle
importance, j'eusse préféré prendre conseil de mon
avoué.

— Je ne vois pas, en vérité, répliqua Édouard
Cossey non sans une légère nuance d'impatience,
qu'il en soit besoin. Je vous offre de l'argent à quatre
pour cent.... Voyons, ne pouvez-vous me répondre par
oui ou non?

— Je déteste que l'on me mette l'épée dans les reins,
riposta le châtelain ; les questions de cette importance
demandent réflexion; toutefois vous paraissez tant
souhaiter d'être fixé, que je ne veux pas vous contra-
rier : j'accepte votre offre.

— C'est entendu, répondit M. Cossey. Maintenant
je n'y mets qu'une seule condition, c'est que l'on
s'abstiendra de prononcer mon nom tant que l'affaire
ne sera pas conclue et signée, car autrement j'y
renonce. Vous comprenez, monsieur de la Molle?

— Diable!... je n'aime pas les mystères en affaires,
mais, puisque vous en faites une condition *sine qua
non*, je m'y soumets.

— Eh bien, voilà donc ce que je vous conseillerais,
reprit son interlocuteur : écrivez à la banque Cossey
et fils que vous êtes en mesure de payer intérêt et
capital. Je pense que tout est en règle à présent, et,
avec votre permission, j'irai présenter mes hommages
à Mlle de la Molle.

— Mon Dieu! quelle fantasmagorie; je n'y vois que
du feu! Ma fille n'est pas au salon, elle est à faire un

croquis. Pourquoi partir si tôt quand nous avons
encore tant de dispositions à prendre?

— Vous oubliez, monsieur de la Molle, que je suis
condamné à parler d'affaires tous les jours de ma vie!
Quest se chargera des détails. Adieu, monsieur; ne
prenez pas la peine de sonner, j'irai moi-même chercher mon cheval. »

Une poignée de main au squire, et le voilà parti.

Le vieillard se dit aussitôt : « Il a demandé à voir
ma fille : ce doit être à elle qu'il en a. Ah! quelle singulière manière de faire sa cour! Si Ida s'en doute,
elle lui fera grise mine. Elle est invulnérable à l'appât
de l'argent! En réalité, voilà de bonne besogne faite
ce matin. Malgré tout, mon antipathie pour Édouard
Cossey persiste toujours,... il lui manque je ne sais
quoi,... ce n'est pas un vrai gentleman. »

XII

En revenant à Boisingham dans son dog-cart, Édouard Cossey comprit qu'il avait fait un pas de clerc et s'en mordit les doigts.

Peu après, une scène, qui devait encore exciter sa mauvaise humeur, s'offrit à sa vue. Jusqu'à la vallée de l'Ell, le pays, planté d'arbres, éclairés par la lumière douce et charmante de l'automne, offrait un vrai régal pour les yeux. Plus loin, sur le revers d'un fossé gazonné, à l'ombre d'un marronnier aux tons safranés, Ida de la Molle et le colonel Quaritch, assis sur des pliants avec leurs chevalets devant eux, dominaient la vallée verdoyante et la rivière d'argent ; dans l'herbe épaisse, le bétail, tacheté blanc et jaune, broyait bruyamment un regain luxuriant.

Oui, c'était évident : ils étaient venus ensemble faire de la peinture en plein air. En passant, Édouard Cossey vit le colonel se rapprocher de sa compagne, considérer d'un œil sévère l'œuvre commencée, puis secouer la tête, et émettre quelques observations. Sur quoi, Ida se mit à discuter avec son interlocuteur.

6

« Que le diable m'emporte! serait-elle donc éprise de
ce vil officier! se dit Édouard Cossey. Voilà, on s'occupe de peinture ensemble. Parbleu! je sais ce que
cela signifie.... Fallait-il que je fusse jobard pour imaginer que, si Mlle de la Molle détestait quelqu'un,
c'était ce colonel! » Après quoi, arrêter son cheval,
réfléchir un moment, passer les rênes à son groom,
et se diriger du côté du groupe en question, fut l'affaire
d'un instant.

La conversation absorbait tellement les deux
artistes, qu'Édouard Cossey put s'approcher sans être
vu.

« C'est insensé, colonel, disait Ida, pardonnez-moi
ma franchise. Il vous est permis de dire que mes
arbres font l'effet de taches et le château d'un pâté;
mais, placée là où je suis, les arbres et les animaux
sont tels que je les ai rendus. L'art véritable est de
peindre ce que l'on voit et comme on le voit.

— Oh! oh! c'est parler en impressionniste, répondit
le colonel, d'un air triste. Au contraire, le but de l'artiste, c'est d'interpréter la nature. »

Tout en parlant, il regardait avec complaisance sa
propre toile, où le château évoquait à l'esprit le souvenir d'une place fortifiée ou d'une arche de Noé avec
son contenu! Le tout d'une exactitude désespérante.
Aussitôt Ida, levant les épaules, partit d'un franc
éclat de rire; puis, se retournant, elle se trouva face à
face avec Édouard Cossey.

Elle eut un sursaut, lui tendit la main, et, d'un ton
glacial, dit :

« Comment allez-vous, monsieur?

— Je viens de vous apercevoir, et je profite de la cir-

constance, ajouta le survenant, pour vous dire que
tout est arrangé avec M. de la Molle.

— Vraiment! riposta Ida, en pointant une vipère du
bout de son pinceau. J'espère que vous n'aurez pas à
vous repentir de ce placement; mais, de grâce, trève
à ces questions. »

Puis, élevant la voix, elle reprit :

« Venez ici, colonel, et M. Cossey jugera nos tra-
vaux. »

Le jeune banquier attacha sur Harold Quaritch un
regard peu aimable.

« Je suis un profane, dit-il, et, en outre, le temps
me presse. »

Sur ce, il disparaît en enlevant son chapeau.

« Ah!... dit le colonel en le considérant d'un air
singulier, comme ce jeune homme paraît peu maître
de lui-même.... Le frottement du monde lui manque
évidemment. Mais, pardon, je suppose que c'est l'un
de vos amis?...

— C'est une de mes connaissances », répliqua Ida
en scandant ses mots.

XIII

Après avoir reçu un accueil si réfrigérant de Mlle de la Molle, M. Édouard Cossey poursuivit sa route, en proie à un accès de mauvaise humeur de plus en plus intense.

Arrivé chez lui, il déjeuna, puis se rendit chez Mme Quest, avec laquelle il avait un rendez-vous.

Elle l'attendait au salon, debout près de la fenêtre, et les mains derrière le dos, son attitude favorite; dès que la porte fut refermée, elle s'écria d'un ton de reproche :

« Il y a un siècle que je ne vous ai vu, Édouard.... Non, je veux dire une journée tout entière. Vrai, quand vous êtes loin, je ne vis pas. »

S'arrachant de l'étreinte de Belle avec un mouvement très vif, il riposta d'un ton d'impatience :

« Vraiment, vous devriez avoir plus de réserve.... Vous oubliez que la fenêtre est ouverte et que le jardinier est tout près....

— Peu m'importe! La conduite de mon mari lui interdit d'adresser des reproches aux autres.

— Si vous avez peu de souci de votre réputation, je vous affirme que je ne fais pas si bon marché de la mienne. »

A ces paroles, Mme Quest écarquilla ses yeux d'agathe, qu'une lueur étrange éclaira.

« Comme vous êtes devenu subitement prudent, timoré, circonspect? dit-elle avec intention.

— Votre laisser-aller m'en fait un devoir;... toute la ville a les yeux fixés sur nous et se divertit à nos dépens. Je vous préviens que cela ne peut durer.... Si vous ne prenez mes paroles en considération, il faudra rompre,... vous entendez?

— Oh! mais sur quelle herbe avez-vous marché, ce matin?

— Sur celle du château de Honham, où une affaire m'appelait, répondit Cossey d'un ton sec.

— Hier, c'était le lawn-tennis;... aujourd'hui, les affaires.... Avez-vous vu Ida, ce matin?

— Oui, je l'ai vue, riposta son interlocuteur, la regardant droit. Pourquoi cette question?

— C'était sans doute un rendez-vous? répliqua Belle.

— Non pas. Mais cet interrogatoire prendra-t-il bientôt fin?

— Je ne suis plus à m'apercevoir, Édouard, que vous êtes fatigué de moi, et que vous ne cherchez qu'une occasion de rompre. Il n'est pas une femme qui, dans la position exceptionnelle où je suis, puisse accepter de se voir délaissée pour une autre; veuillez y réfléchir, car, à cette pensée seule, je sens que je ne m'appartiens plus. »

Son visage ne trahissait aucune émotion, et pourtant elle éclata en sanglots. Édouard Cossey en fut ému ; il s'efforçait de la consoler, quand on entendit frapper à la porte.

« Un télégramme pour monsieur, dit la cameriste en jetant un regard narquois à sa maîtresse. Le facteur, n'ayant pas trouvé monsieur chez lui, a pensé qu'il ne pouvait être qu'ici ; cet homme demande un pourboire. »

Après avoir tiré une pièce blanche de sa poche, Édouard Cossey dit qu'il n'y avait pas de réponse.

Voici le contenu du télégramme :

« Père frappé d'apoplexie ; compte sur vous par prochain train. »

« Qu'est-ce ? demanda Mme Quest en voyant Édouard changer de couleur.

— Mon père, dit-il, est frappé de paralysie, et je dois retourner à Londres immédiatement.

— Resterez-vous longtemps absent ?

— Qui sait ! Adieu, Belle. Je regrette la scène que nous venons d'avoir juste au moment de mon départ.

— Voyons, Édouard, vous n'êtes pas fâché, dites ? fit-elle en passant son bras dans celui de son interlocuteur. Comment n'être pas jalouse quand on aime aussi passionnément ! Bien vrai, Édouard, vous ne m'en voulez pas ?

— Moi, vous en vouloir ! Pas le moins du monde... Mais je vous le répète, les scènes me sont odieuses, dit-il avec une sorte d'emportement.

— Adieu ! fit-elle en lui serrant la main d'une forte étreinte. Ah ! si vous saviez ce que je souffre, dit-elle en portant la main sur son cœur, vous m'excuseriez. »

Cette phrase était à peine achevée qu'Édouard
Cossey avait disparu.

Be''e écoutait encore le bruit de ses pas, que déjà
il était loin! Puis, se jetant sur un sofa, dans l'amertume de ses pensées et le visage caché de ses mains,
elle se dit : « Je le perdrai,... je le sens.... Quelle
chance ai-je de l'emporter sur Ida? Elle gagne du
terrain; moi j'en perds;... cela finira par une rupture
avec moi... et une alliance avec elle.... Oh! combien
je préférerais qu'il mourût, ou mourir moi-même? »

A une demi-heure de là, M. Quest rentrait chez lui.

« Où est Cossey? interrogea-t-il.

— M. Cossey père a eu une attaque d'apoplexie, et
son fils a dû partir pour Londres, répondit Belle.

— Ah! si son père meurt, votre ami deviendra l'un
des hommes les plus riches de l'Angleterre.

— Eh bien, tant mieux pour lui, répliqua Belle; il
me paraît que l'argent est une bénédiction. C'est un
protecteur si puissant!

— Oui certes, tant mieux pour lui et pour tous
ceux qui lui tiennent de près ou de loin, riposta
M. Quest. Belle, pourquoi avez-vous pleuré? Est-ce
à cause du départ de Cossey ou par suite d'une
querelle?

— Comment savez-vous que j'ai pleuré? C'est mon
affaire. Mes larmes, du moins, m'appartiennent.

— A Dieu ne plaise que je le conteste;... je n'entends pas m'ingérer dans vos larmes;... pleurez tant
que vous voudrez. La mort de Cossey père arrive à
propos, pour enrichir son fils, qui a besoin d'argent.

— Vous croyez? interrogea Belle.

— J'en suis sûr; il a résolu de prendre à son compte

le prêthypothécaire dont la propriété de Honham est grevée, ajouta Quest.

— Tiens, est-ce comme placement?

— Certes, non! car ce serait une spéculation déplorable; mais de cette détermination il appert combien il souhaite d'être dans les bonnes grâces de Mlle de la Molle. Je vous croyais au fait de tout cela, et c'est même ce à quoi j'attribuais vos larmes.

— C'est une erreur, répondit Belle, les lèvres tremblantes d'émotion.

— Quoi! vous n'avez donc plus cette puissance d'observation que vous possédiez à un si rare degré?... C'est juste,... c'est juste,... cela ne saurait vous toucher.... En réalité, ce sera un couple bien assorti, et un mariage qui aura l'approbation générale. »

Belle garda le silence, et baissa la tête pour dissimuler les traces d'émotion que trahissait son visage. Entre temps, son mari la considérait avec une pitié ironique; puis, prétextant une affaire pour se retirer, il s'engagea à revenir à l'heure du thé.

Dès qu'il fut parti, Belle, debout devant la porte, s'écria tout haut, comme si son mari était encore là pour l'entendre :

« Je vous déteste,... je vous hais! Vous avez fait le malheur de ma vie.... Vous vous plaisez à me torturer, comme si j'étais une âme perdue.... Oh! je voudrais être morte! »

En arrivant à la banque. M. Quest trouva deux lettres : l'une du squire; l'autre, d'une écriture dont la vue seule faillit le faire tomber à la renverse; c'était de la tigresse, autrement dite Edith. Elle criait misère plus fort que jamais,.. elle avait le plus grand besoin d'argent.... S'il ne trouvait pas moyen de lui envoyer cent vingt-cinq mille francs par le retour du courrier-elle se rendrait à Boisingham, et le couvrirait de honte....

M. Quest poussa un soupir, releva la tête, prit une feuille de papier, et écrivit :

« J'ai reçu votre lettre, et je serai chez vous demain ou après-demain. »

Il adressa ce billet à Mme d'Aubigné, Rupers Street, Pemlico, et le remit dans son calepin.

Après avoir poussé un autre soupir, il lut la lettre du squire, par laquelle celui-ci l'informait qu'il avait accepté l'arrangement proposé par M. Édouard Cossey, et le priait de prendre à cet effet les mesures nécessaires; puis il relut ces mêmes lignes d'un œil indifférent, et s'écria, en poussant un éclat de rire : « Quelle drôle de cuisine que tout cela ! D'une part, voilà Cossey qui oblige le père pour avoir la fille ; et, d'autre part, voilà Belle follement éprise de Cossey, qui ne sait plus où donner de la tête ! Autre côté du tableau : J'adore ma femme; elle me hait; je fais le jeu de tout le monde, et tout cela sans que j'arrive à compter pour grand'chose dans cette société à laquelle je me crois supérieur ! »

XIV

Homme simple, naturel et aux principes irréprochables, le colonel Quaritch ne s'était jamais épris d'aucune femme depuis la néfaste aventure de sa jeunesse. Loin d'être blasé comme le voyageur qui a longtemps parcouru le monde, et non sans y laisser ses illusions aux buissons du chemin, le colonel considérait plus que jamais la femme comme un objet digne de son culte.

Pour un célibataire de quarante à quarante-cinq ans, cet état d'esprit offre de véritables dangers, car l'efficace de l'amour, c'est de contribuer à développer la douceur, et la douceur nous expose à être la dupe des autres.

Quand Harold Quaritch revit Ida de la Molle, après un long laps de temps, toutes les idées vagues, idées plus ou moins poétiques qui, depuis cinq ans, tourbillonnaient en son souvenir, prirent corps; alors il vit clair en ses sentiments.

En connaissant mieux Ida, il l'aima davantage, et bientôt ce trésor retrouvé lui devint plus cher que la vie. Ah! quels heureux jours que ces jours passés à peindre, à causer et à errer autour de Honham?

Peu à peu la confiance succéda à la froideur, et alors la châtelaine se montra telle qu'elle était, c'est-à-dire une des femmes les plus douces et les plus naturelles du royaume-uni de Grande-Bretagne et d'Irlande. Ajoutons que son caractère avait, malgré cela, une énergie et une force peu communes.

Harold finit par découvrir que la vie de Mlle de la Molle n'avait été rien moins qu'heureuse. Il apprit, par elle, que la situation embrouillée des affaires et les embarras d'argent absorbaient à un tel point ses pensées, qu'elle se demandait parfois si elle avait encore un cœur! Elle entretenait souvent le colonel de son frère chéri Jacques et des tourments résultant de ses prodigalités, car il fallait s'ingénier d'une façon ou d'une autre à combler les trous à la lune!

Puis était survenue l'épreuve suprême de sa mort, d'où l'extinction de la ligne mâle des La Molle, catastrophe qui lui avait inspiré des craintes sérieuses pour la santé de son père; mais, Dieu merci! la vitalité du vieillard résista à tout!

A partir de ce moment, les réclamations des créanciers commencèrent à pleuvoir dru comme grêle. Bien que le squire ne fût pas obligé de les payer, l'honneur de son nom, d'une part, et la mémoire de son fils, d'autre part, le décidèrent à se saigner aux quatre veines. Ajoutez à tous ces embarras d'argent la dépréciation des terres et l'inexactitude des fermiers à payer leurs baux, et vous comprendrez les difficultés de la situation. Bref, tout en mettant le

colonel au courant des choses. Ida gardait pour elle
le dernier acte du drame, celui où Édouard Cossey
jouait le rôle que l'on sait. Harol suivait d'une oreille
attentive les différentes phases par lesquelles l'ancienne famille des La Molle allait être précipitée dans
les ténèbres de la ruine.

Ida lui raconta aussi combien l'isolement de sa vie
avait été grand, à partir du jour où son frère était
entré dans l'armée, car elle n'avait pas de véritables
amis à Honham, pas même une seule connaissance,
elle donnait tout son temps à la littérature et à la
peinture : « Mon rêve, disait-elle, eût été d'arriver par
mon talent à me faire connaître dans le monde ; mais,
comme la plupart de mes pareilles, je n'aurais, sans
doute, obtenu ni gloire ni succès, je ne suis pas de
celles que le travail rebute ; mais les devoirs de ma
vie m'empêchent de poursuivre ce but.

« La seule chose qui s'impose à moi, colonel, c'est
de faire face aux difficultés, c'est-à-dire d'arriver à
nouer les deux bouts. Notre revenu s'amoindrit tous
les jours, et je dois épargner à mon père ces tristes
préoccupations. Surtout n'allez pas inférer de là que
je me plaigne de mon sort, ou que j'aspire aux plaisirs du monde. Je reconnais que sous un bon nombre de
rapports je suis une enfant gâtée ; peu de filles ont un
père aussi bon qu'est le mien, bien que nous soyons
loin d'être toujours d'accord. Qui de nous peut avoir
tout à souhait ici-bas ! »

En regardant son interlocutrice, le colonel avisa
une larme qui brillait au fond de son œil noir. Au
même instant, il fit le vœu que, si jamais il était en
son pouvoir d'améliorer la destinée de Mlle de la

Molle, il y consacrerait tout son avoir. Il se borna à
prononcer à haute voix la phrase suivante :

« Prenez courage, mademoiselle, les circonstances
changent souvent d'un instant à l'autre. »

Puis, d'un ton un peu nerveux, il poursuivit :

« Laissez-moi vous dire que je suis un homme de
la vieille roche, un homme vieux jeu, comme on dit;
que je crois en la Providence, et que tout tourne à
bien pour qui le mérite.

— Peut-être! fit Ida en secouant la tête d'un air de
doute et en poussant un soupir; mais la question est
de savoir si je le mérite. Toujours est-il que dame
Fortune ne se met pas en frais pour moi! »

Cependant la confiance du colonel en de meilleurs
jours et sa sincérité ne laissaient pas d'avoir une très
heureuse influence sur Ida. C'est la preuve même que
les femmes à l'esprit le plus viril, pourvu toutefois
qu'il leur reste encore quelque vestige des attributs
de leur sexe, ont besoin de l'appui d'un ami.

Mlle de la Molle ne faisait pas exception à la règle.
Disons donc que, si la société de la jeune châtelaine
exerçait un grand charme sur le colonel, cette
impression était réciproque.

On n'a peut-être pas oublié que, la première fois
qu'il lui avait été donné de le rencontrer, elle s'était
dit à elle-même que le colonel répondait tout à fait à
l'idéal qu'elle se faisait d'un mari; pensée fugitive,
d'ailleurs, qui ne s'était jamais représentée à son
esprit. Pour elle, la seule personne en qui s'incarnât
l'idée du mariage était Édouard Cossey; or cette perspective seule suffisait à lui faire prendre le mariage
en horreur.

Chaque jour, elle appréciait davantage la société
de Harold Quaritch; il existait entre lui et elle une affi-
nité de goûts et d'idées qui la charmait, car, sous un
extérieur farouche, sa nature offrait un filon des plus
riches. Personne ne soupçonnait notre héros de cultiver la poésie, de posséder une érudition rare, et
d'avoir un esprit original, et pourtant que d'observations fines et curieuses il avait rapportées de ses
voyages! En réalité, la sympathie qu'il avait inspirée
à Ida venait surtout de l'élévation de son caractère;
effectivement, tout ce qui était bas, vulgaire et banal
lui déplaisait souverainement. Sans être particulièrement sensible à la beauté physique ou aux traits
d'esprit brillants qui sont l'ornement de la conversation, la jeune châtelaine appréciait avant tout chez le
colonel le type du parfait gentilhomme.

Enfin, arrivèrent les jours délicieux de l'automne.
Édouard Cossey était toujours à Londres. Quant à
Quest, il avait cessé de jouer au château le rôle fatal
du commandeur. Bref, à force de se rencontrer sous
les doux ombrages de l'amitié, Ida et Harold atteigni-
rent la plaine dorée de l'amour!

XV

Deux jours après que M. Quest eut reçu une
seconde lettre de la tigresse, il prévint sa femme que,
appelé à Londres pour les affaires de la banque, il
comptait rester quarante-huit heures absent.

Éclatant de colère, elle lui répondit vivement :

« Ma foi ! William, vous êtes un acteur consommé....
A quoi bon continuer à jouer cette comédie avec moi ?
Enfin, il faut espérer que, cette fois-ci, Édith ne sera
pas trop exigeante, car nous ne roulons pas sur l'or
et sur l'argent. Quant à ma fortune personnelle, vous
savez aussi bien que moi ce qui en reste. »

M. Quest se mordit les lèvres. Sa femme venait de
lui lancer une flèche qui portait juste. Il garda le
silence.

Arrivé à Londres vers trois heures, M. Quest se fit
conduire à la banque Cossey, où il apprit qu'une
grande amélioration s'était produite dans l'état de
M. Cossey père. Celui-ci, avisé de la prochaine arrivée
de son agent, le manda près de lui pour l'entretenir
du château de Honham et des terres y attenantes.

M. Quest gravit l'escalier, et pénétra avec Édouard Cossey dans une belle chambre, où il trouva le banquier étendu sur une couchette. Aussitôt sa fille aînée suspendit la lecture à haute voix d'un journal financier.

« Voici le gérant de la banque, mon père, fit-elle.

— Ah! c'est vous, Quest? dit le vieillard d'une voix tremblante. J'ai à causer avec vous. Laissez-nous pour un instant mon enfant. »

Puis, s'adressant au nouvel arrivant, il poursuivit :

« Cette baisse des chemins américains est très instructive; je l'avais prévue,... et la banque Cossey n'en a pas ressenti le contre-coup. »

Après s'être adressé ce compliment, il se fût assurément frotté les mains si la chose lui eût été possible.

Autant qu'en pouvait juger M. Quest, le vieillard, homme de haute taille, aux cheveux blancs, protégés par une toque de velours noir, était presque totalement paralysé. Sans cesse, il promenait autour de la pièce ses yeux noirs pleins de feu et d'intelligence.

« Comment ça va? Quest, hein! Je regrette de ne pouvoir vous serrer la main, mais j'ai été fortement atteint, comme vous voyez. Le cerveau, Dieu merci! n'a pas souffert.... Non,... mon heure n'est pas encore venue;... j'en ai bien pour deux ans; le docteur, lui, ne m'en donne pas pour plus de douze mois. Songez donc à tout l'argent que l'on peut gagner en une année, pourvu que l'on ne s'endorme pas! Une fois! en quinze mois, j'ai gagné plus de cinq cent mille francs;... c'est ce que j'espère faire encore une fois avant de mourir.... Oui,... oui. »

Après quoi, il se mit à geindre.

M. Quest en eut bientôt assez de ce rabâchage sénile, et finit par s'emparer de la conversation, énumérant différentes transactions faites par la maison. Le vieillard écoutait avec un intérêt croissant, ses yeux noirs braqués sur son interlocuteur.

« Au nombre des nouveaux clients de la maison, je vous citerai le colonel Quaritch, dit le gérant, d'un ton important.

— Je connais ce nom-là, répliqua le vieillard ; a-t-il servi dans le 105e?

— Oui, répondit son interlocuteur, qui connaissait les tenants et les aboutissants de tout le monde. Il était enseigne dans ce régiment pendant l'insurrection en Inde. Tout jeune encore, il a reçu une blessure qui lui a valu d'être décoré. J'ai appris tout cela l'autre jour.

— C'est bien lui,... c'est bien le même, reprit M. Cossey en secouant la tête, d'un air surexcité.... Je le tiens pour un chenapan;... oui, monsieur, un chenapan; il s'est conduit comme un misérable;... il avait promis mariage à ma belle-sœur;... elle avait vingt ans de moins que ma femme; il l'a plantée là, une semaine avant la date fixée pour la cérémonie;... jamais il n'a voulu en dire la raison; depuis ça, la pauvre est dans une maison d'aliénés.... Ah! si je pouvais le ruiner,... lui enlever jusqu'à son dernier sou.... Quelle joie j'aurais à l'envoyer à l'hôpital! Maintenant, adieu, Quest : on vous servira à dîner en bas. Je suis fatigué,... j'ai hâte d'entendre la fin de la lecture de l'article financier.... Surtout ne ménagez pas ce gredin de Quaritch.

7

— Votre père conserve toute sa lucidité d'esprit eu égard aux affaires, dit M. Quest en s'adressant à Cossey.

— Je suis payé pour le savoir, allez! riposta Édouard quand ils furent hors de portée de voix. Je ne puis lui extorquer ni sou, ni maille; si jamais il se doutait que j'ai disposé de sept cent cinquante mille francs pour tirer de peine le vieux squire, il me déshériterait sur l'heure. Je ne trouve rien de plus scandaleux que de voir un vieillard, un pied déjà dans la tombe, se cramponner à ses sacs d'écus comme à une rampe dorée pour monter au ciel.

— C'est tout naturel, au contraire, puisque l'argent est son Dieu!

— Nous oublions que dans cette maison on dîne comme dans l'arche, et qu'il est déjà six heures et demie! »

M. Quest fit un excellent dîner, et, contrairement à ses habitudes de sobriété, il absorba presque une bouteille de vin; ses nerfs distendus en avaient besoin.

Sur ce, il prit congé d'Édouard Cossey, héla un fiacre, et dit au cocher de le conduire Rupers Street, Pemlico. Arrivé là, il paya sa voiture, et dirigea ses pas vers une petite maison, avec une porte aux piliers rouges. Une femme d'âge moyen, au visage rusé et grimaçant, vint ouvrir. M. Quest la connaissait bien, c'était la servante de la tigresse, autrement dit son chacal.

« Mme d'Aubigné est-elle chez elle?

— Non, monsieur, mais elle ne tardera pas à revenir du café-concert, puisqu'elle ne paraît pas dans la seconde pièce. Veuillez prendre la peine d'attendre. Mme d'Aubigné sera enchantée de vous voir;... elle est horriblement à court d'argent. Personne ne sait quelle peine j'ai eue à chasser les fournisseurs ! »

Étant entrée au salón, Hélène alluma un bec de gaz. Le mobilier présentait un luxe de mauvais aloi : des glaces et des dorures partout! Un beau désordre régnait encore dans la pièce : des cartes étaient jetées pêle-mêle sur la table, au milieu de verres vides, de carafons, on voyait des bouts de cigare épars sur le tapis, et quelques pièces de menue monnaie; sur une chaise longue étaient jetés une robe de satin rose, des souliers brodés d'or qui ne ressemblaient en rien à la pantoufle de Cendrillon, et un gant de Suède, long comme un serpent, et fermé par un nombre incommensurable de boutons.

« Je constate que Mme d'Aubigné a reçu du monde? dit d'un ton froid le visiteur.

— Oui, monsieur, *quelques amies* de madame.... Histoire de se distraire un peu, fit la camériste en grimaçant un affreux sourire. Vous la laissez si seule!... Puis, passer sa vie à tirer le diable par la queue, n'est pas réjouissant! Ajoutez-y l'obligation de gagner son pain en chantant, chaque jour, au café-concert. Ah! monsieur ne se doute pas combien souvent j'ai vu pleurer,... sangloter la pauvre chère dame !

— En tout cas, j'infère, de ce que je vois ici, que les amies de la maîtresse de maison fument et boivent! Allons! emportez tout cela. J'attendrai ici le retour de Mme d'Aubigné. »

Après avoir placé un plateau, avec un flacon d'eau-de-vie, près de M. Quest, la camériste s'éloigna.

Le visiteur arpentait la pièce à pas de géant, se
livrant à des réflexions qui n'étaient rien moins
qu'agréables. Une odeur de tabac et de patchouli
empestait le salon; sur la cheminée, il eut la désagréable surprise de reconnaître sa photographie au
milieu de beaucoup d'autres, dont le voisinage n'avait
rien de flatteur; il s'en empara, et la jeta au feu en
grommelant un juron entre ses dents. Puis, apercevant son image dans une glace, il fut frappé du con-
traste qu'elle offrait avec tout ce qui l'entourait.

M. Quest se dirigea vers la fenêtre, l'ouvrit, afin de
renouveler l'atmosphère délétère qui l'étouffait. La
lune éclairait de lueurs douces et discrètes Rupers
street, rue comparativement déserte pour Londres.
Bien que que l'air fût frais, Quest prit un siège sur le
balcon, et donna carrière à ses pensées et à sa mélan-
colie. Il revécut le passé, songea à sa mère, morte
depuis longtemps, et qu'il avait tendrement aimée.
Enfant, il récitait ses prières près d'elle, et ensemble
ils chantaient des hymnes le dimanche. Si déchirante
que cette perte eût été pour lui, il remerciait pourtant le ciel, étant données les circonstances, que cette
sainte femme ne fût plus de ce monde. Puis il songea
à l'horrible créature qui l'avait fait dévier de la ligne
droite. Après cela, sa pensée se reporta vers Belle,
telle qu'il l'avait vue à dix-sept ans, et l'amour qu'elle
lui inspira, amour qui pendant quelque temps mit un
frein à sa dégradation; mais elle ne gardait que des
sentiments d'éloignement et d'aversion pour ce mari
que les brutalités d'un père, ivrogne et brutal,
l'avaient forcée d'épouser. Il passa ainsi par toutes les
phases de la démoralisation, bien qu'en rêvant tou-

jours une vie respectable et respectée; mais la tigresse
ne lâchait pas sa proie. Alors cet homme accablé,
vaincu, désespéré par la puissance du mal, pleura
amèrement, pria le ciel de le délivrer du poids de ses
péchés; mais son sort était fixé!

XVI

Peu après, un brillant équipage s'arrêta devant la porte. Du balcon, Quest entendit les mots suivants prononcés d'un ton suraigu, qu'il connaissait, hélas! à ne s'y pas méprendre :

« Ouvrez donc la portière, vieille brute!

— C'est ce que je fais, mon adorée, répliqua un individu à la voix rogue;... de grâce,... encore un instant....

— Je veux descendre, vous m'entendez! » riposta l'adorée, d'un ton impératif.

Après quoi, son interlocuteur, un vieux gâteux, l'aida à sortir de voiture. Aussitôt Hélène se précipita au-devant de sa maîtresse, et chuchota quelques mots.

A la nouvelle que M. Quest venait d'arriver, la tigresse fit comprendre à ce don Juan avachi qu'il devait s'éloigner sur-le-champ.

« Adieu,... adieu,... fit-elle.

— Mais, que diable! j'ai la gorge en feu.... Laissez-moi au moins le temps d'avaler un bock, et de vous demander l'aumône d'une dizaine de louis.

— Non,... non,... partez, ou vous entendrez parler de moi. »

Sur ce, il fila doux.

Le froufrou d'une robe de satin se fit alors entendre sur l'escalier, et, l'instant d'après, Quest se trouvait face à face avec la tigresse.

Cette femme mince, petite, entre quarante et cinquante ans, conservait encore quelques vestiges de sa beauté passée. Du reste, elle usait et abusait de tous les artifices, pour réparer l'outrage des ans : à cela, ajoutez des yeux d'acier, des lèvres de corail et des dents de perles! Elle portait une robe en pékin jaune et noir, et des gants longs comme des bas. Sa démarche, lente et souple, ses regards félins évoquaient l'idée d'un être famélique et féroce tout à la fois. De prime abord, elle justifiait son sobriquet.

« Allons, faisons la paix, dit-elle à Quest en lui tendant ses joues plâtrées.

— Le peinturage m'écœure, fit-il en la repoussant du geste.

— Ne faut-il pas que je cherche à dissimuler par tous les moyens les ravages que la faim et la misère impriment sur mon visage? Ah! la jolie Mme Quest, qui n'a qu'à se laisser vivre, n'en est pas là! Mais, mon cher, si vous n'y prenez garde, je pourrai bien chasser ce bel oiseau de son nid, et lui arracher ses plumes, comme dans la fable du singe et du perroquet.

— Je ne suis pas en humeur de plaisanter, reprit Quest, je vous en préviens. Parlons affaires.

— Pardon; il faut d'abord que je prenne un grog. Vous ne savez pas quelle fatigue excessive c'est

pour une femme de gagner son pain à hurler des
chansons comiques dans un café-concert. »

Puis, l'artiste s'étendit nonchalamment sur un sofa,
en disant :

« Voyons, quelle somme m'apportez-vous? »

Avant de répondre, Quest alla fermer la porte à
clef.

« Tiens,... qu'est-ce qui vous prend? dit la tigresse,
d'un ton anxieux.

— Je craignais qu'Hélène ne regardât par le trou de
la serrure; je l'ai déjà prise plus d'une fois en fla-
grant délit de curiosité.

— Toujours de même,... fi ! Je gage que vous avez
fait quelque bonne affaire;... voyons, parlez vite.

— Eh bien, je vous apporte six mille francs!
répondit son interlocuteur.

— Ta,... ta,... je ne me paye pas de cette monnaie-
là, mon cher. Sachez, pour votre gouverne, que je
suis dans la dèche jusque par-dessus la tète, fit-elle
en riant. Oh! je ne vous en tiendrai pas quitte à si bon
marché !

— Du calme, Édith, du calme; je vous fais cette
recommandation dans votre propre intérêt. Écoutez-
moi : vous ne cessez de crier misère, et en arrivant
ici qu'ai-je vu? Des bouteilles de vin de Champagne
une robe de chambre d'un prix fabuleux, des bouts
de cigare partout, et, pour le bouquet, j'entends un
de vos galants vous demander une poignée de louis.
Vous prétendez être réduite aux expédients, et vous
avez reçu dix mille francs de moi cette année. En
outre, vous gagnez par semaine trois cents francs, et
non cent vingt-cinq francs, comme vous le prétendez.

'vec moi, les cachotteries sont inutiles; j'ai ma petite police....

— Espion! s'écria la tigresse, d'un ton de mépris.

— Comme vous dites; toujours est-il que, espion ou non, je ne compte pas vous donner plus de six mille francs par an.

— Ah çà! voyons, êtes-vous fou! Comment, moi, votre femme légitime, je me contenterai de six mille francs pour vivre! Non,... non.... Je vous dénoncerai comme bigame,... je vous ferai arrêter comme bigame,... condamner comme bigame....

— Ah! Édith,... Édith.... Maudit soit le jour où je vous ai connue! J'avais alors dix-huit ans et vous vingt. Vous étiez chambrière chez ma mère, et vous me faisiez la cour; mon frère, alors au collège de Portsmouth, tomba gravement malade; ma mère se rendit près de lui, elle ne le quitta que lorsqu'il eut rendu le dernier soupir. De mon côté, je fus atteint de la fièvre scarlatine. En cette circonstance, il eût été mille fois préférable pour moi d'être empoisonné par vous que de recevoir vos soins. Vous étiez jeune et belle alors! Vous prîtes un tel ascendant sur moi que vous finîtes par me persuader de faire de vous ma femme. Moitié par bravade, moitié par affection, j'en arrivai à falsifier mon acte de naissance, et je vous épousai! A son retour de voyage, ma mère ayant surpris entre nous des regards d'intelligence qui lui parurent suspects, elle vous mit sur l'heure à la porte. Vous partîtes emportant notre secret. La vérité, c'est que ni vous ni moi nous ne considérions ce simulacre de mariage comme sérieux. Ensuite, je vous perdis de vue; quinze ans plus tard, conservant

à peine souvenance de cette aventure, j'eus l'occasion de rencontrer une jeune et jolie fille de qui je
m'épris follement. Sa fortune, sans être considérable,
pouvait m'être d'un grand secours dans la carrière
que j'avais embrassée : Édith doit être morte, me
disais-je; en tout cas, il ne manquera pas de motifs
suffisants pour faire invalider notre mariage. Bref,
mon inclination, d'un côté, mes intérêts, de l'autre,
me décidèrent à demander la main de cette jeune personne. Mes vœux furent accueillis : vous eûtes vent
de la chose, et m'obsédâtes de vos menaces! C'est
alors que la validité de notre mariage me fut démon-
trée, ainsi que l'impossibilité de le rompre. De votre
côté, vous aviez pris conseil d'un homme de loi ; ses
conclusions furent les mêmes.

« Je pris alors la somme de cent soixante-quinze
mille francs sur la dot de ma femme, dot qui s'élevait à deux cent mille francs, et vous les donnai à
condition que vous partiriez pour l'Amérique, et que
vous resteriez dans le nouveau monde *ad vitam æter-
nam*. J'aurais mieux fait de braver le danger en face,
mais la crainte de perdre ma réputation et ma clien-
tèle m'a arrêté; or vous vous êtes bornée à remplir
seulement la moitié du programme. De Chicago, vous
m'écrivîtes que vous étiez mariée, et, au bout de dix-
huit mois vous rentriez au pays natal, après avoir
tout croqué. Entre temps, j'avais acquis la certitude
que votre mariage n'était qu'une histoire forgée à
plaisir!

— Oh! mais vous voilà entraîné bien loin.... Ce
n'est pas de tout cela qu'il s'agit : vous êtes bigame,
je suis votre femme, et, si vous ne m'accordez tout ce

que je vous demande, vous savez ce qui vous attend :
la prison et le déshonneur! Qu'est-ce qui m'empêche,
je vous le demande, de vous traîner en justice? »

Soudain le visage d'Édith change, et prend une
expression de terreur indescriptible.

D'un bond, M. Quest se lève, saisit sur la cheminée
un poignard coupant comme un rasoir, s'avance vers
la tigresse, et prononce ces mots, d'une voix sourde
et sinistre :

« Si vous dites un mot, je vous tue.... Ah! vous me
demandez comment je puis vous condamner au
silence? Écoutez ceci : D'abord, en vous enfonçant
ce poignard dans la gorge jusqu'à la garde.... Je sais,
parbleu! à quoi m'exposerait cet acte homicide, mais
je ne suis pas autrement soucieux de conserver une
vie que vous et d'autres me rendez si amère! Écoutez-
moi bien : En sus des six mille francs que je vous
apporte aujourd'hui, je continuerai à vous servir
une pension de six mille cinq cents francs, comme
par le passé; mais si vous vous avisez jamais de me
chercher chicane, soit par des calomnies, soit par voie
judiciaire, je jure devant Dieu que je vous tuerai;...
je me suiciderai ensuite. Qu'importe, pourvu que je
vous ravisse l'existence! Vous m'avez compris, hein?
N'est-il pas vrai? Vous m'avez poussé à bout, et, si
vous ne jurez de vous taire, je ne réponds de rien,
fit-il en effleurant le cou de la tigresse de la pointe
de son poignard.

— Je vous jure, fit Édith en rampant par terre, à
la manière des fauves et les yeux hagards, oui, je
vous jure de ne jamais plus m'immiscer dans vos
affaires.

— Je ne me soucie point de vos serments, répliqua
Quest, en pointant vers elle son poignard; vous êtes
née, vous avez vécu, et vous mourrez dans la peau
d'une menteuse. Est-ce entendu?

— Oui, mais, de grâce, éloignez ce poignard, dont
la vue me glace d'effroi....

— Eh bien, relevez-vous », riposta Quest.

Elle essaya de se relever, mais ses genoux fléchirent
sous elle, et elle retomba sur le tapis.

« Voici votre argent », dit-il en lui jetant un sac
rempli de billets et de pièces d'or.

Elle le saisit d'un mouvement prompt comme
l'éclair.

« Chaque année, le 1er janvier, cette somme vous
sera remise; mais vous ne recevrez pas un sou de
plus, je vous l'affirme. Il y a encore une chose que
je voulais vous dire : je vous défends de m'écrire;
maintenant, allez au diable, si bon vous semble! »

Sur ce, il prit son chapeau, son parapluie, et dis-
parut, laissant la tigresse se pelotonner par terre.
Elle demeura dans cette posture plus d'une demi-
heure, le sac d'argent dans sa main crispée; puis, elle
se releva d'un bond, le visage livide, la bouche mince,
pincée, et les membres frissonnants : « Vrai, fit-elle,
je n'ai pas plus de sang-froid qu'un chat.... J'ai cru
ma dernière heure arrivée; la pensée de la mort
m'épouvante.... Tout compte fait, je préfère perdre
de l'argent plutôt que la vie! »

XVII

Le temps s'écoulait; M. Quest, de retour à Boisingham depuis dix jours environ, montrait plus d'entrain que Belle ne lui en avait vu depuis longtemps.
De fait, il se sentait allégé d'un poids énorme; sans
doute, il avait pris une résolution désespérée, mais
son but était atteint. Dorénavant la tigresse, terrifiée
par la peur, n'aurait garde de montrer ses griffes.
Par contre, les relations de Quest avec Belle restaient
toujours aussi tendues.

Maintenant que le lecteur est au fait de la vie de
M. Quest, il aimera sans doute à être mieux renseigné
sur l'étrangeté de sa conduite à l'égard de Belle et
d'Édouard Cossey. Cette jeune femme ignorait que
M. Quest fût bigame, tout en sachant qu'il avait
dilapidé sa fortune avec une drôlesse. Une lettre de
sa rivale lui avait révélé, par hasard, la conduite
infâme de celui qu'elle croyait être son mari. Or, s'il
eût exigé de Belle plus de réserve avec Édouard
Cossey, elle eût produit cette arme terrible qui lui
permettait de rendre coup pour coup.

Un pareil état de choses imposait aux parties intéressées une neutralité armée, en attendant qu'un
événement imprévu provoquât entre elles une déclaration de guerre.

Un fait certain, c'est que Belle et M. Quest ne
poursuivaient pas le même objet; elle n'avait qu'une
idée : se débarrasser de son mari qu'elle détestait
cordialement; lui, au contraire, ne pouvait lui pardonner de ne répondre que par des dédains aux
témoignages de son amour. Il l'avait aimée et l'aimait
encore. Se voir bafoué par elle à propos de cent
soixante-quinze mille francs disparus de sa dot,
l'exaspérait.

Dans son chagrin, il se promit de se venger de
Belle, en la personne de son amant, qui lui avait
ravi le seul trésor auquel il attachait du prix ici-bas!
La pensée que ce jeune homme, auquel il se sentait
en tout point supérieur, lui imposait une situation
aussi humiliante, l'irritait à l'excès. Ah! il ne serait
content que le jour où il pourrait le frapper en plein
cœur, d'un coup égal à celui qui l'avait atteint.

Entre temps tout marchait à souhait au château; le
squire se prêtait avec tant d'entrain à l'arrangement
proposé par Édourd Cossey que les rôles semblaient
intervertis; d'aucuns auraient pu s'y tromper, et
croire le châtelain prêteur plutôt qu'emprunteur de
la somme de sept cent cinquante mille francs!

Ida, aussi, se sentait plus heureuse qu'elle ne l'avait
été depuis la mort de son frère, et cela pour des raisons à nous connues. D'autre part, Édouard Cossey
s'était éclipsé, à la grande joie de Mlle de la Molle,
car la vue de ce personnage produisait sur elle l'effet

qu'un policeman produit sur un homme en rupture
de ban. Ce n'est pas à dire qu'elle eût oublié le
grand sacrifice fait par elle pour sauver son père et
sa vieille demeure; mais elle jouissait d'autant plus
du présent que l'avenir lui semblait plus gros
d'orages.

Harold, à coup sûr, n'était pas le moins heureux
des trois, encore que sa vie ne fût point exempte de
petits ennuis. D'abord sa femme de charge lançait
les portes à tour de bras, époussetait ses médailles
et mettait dans ses papiers de l'ordre, c'est-à-dire du
désordre. Non contente de cela, elle allait compter
aux commères du village comme quoi et comment
son maître devenait fou! Si on demandait sur quoi
elle fondait cette allégation, elle répondait : « Monsieur passe ses journées à se promener de long en
large dans la salle à manger, si bien que le tapis
de Turquie en est usé jusqu'à la corde; ou bien
encore, il reste en contemplation pendant des heures
devant un tableau, puis il mâchonne des paroles
incohérentes; ou bien encore, il tire d'un tiroir un
morceau de papier tout de noir griffonné, le pose
sur la cheminée, l'examine, le tourne et le retourne
d'un air mystérieux. Voyons, tout cela ne prouve-t-il
pas qu'il a un coup de marteau? »

Le lecteur n'est plus à se dire que le colonel, en
marchant de long en large dans la salle à manger,
sur le tapis de Turquie, songeait à Ida, que le tableau
qu'il examinait si attentivement était celui-là même
qu'elle lui avait offert. Quant au grimoire, c'était la
copie des lignes que Jacques de la Molle avait écrites
à son fils le jour où il fut exécuté. Ida s'obstinait à

considérer ces lignes comme la solution du mystère
enseveli avec le fidèle serviteur de Charles Ier.

Il va sans dire que le bruit des craintes de
Mme Gibson au sujet de l'état mental du colonel,
se répandit comme une traînée de poudre dans le
village, et Georges, qui savait tout, n'eut rien de
plus pressé que d'en informer Mlle de la Molle.

A un quart d'heure de là, Harold Quaritch fut
introduit près de la jeune châtelaine. La tenue élé-
gante et correcte du nouvel arrivant — pas plus que
sa physionomie épanouie — ne dénotait le moindre
désordre cérébral, si bien qu'Ida n'eut rien de plus
pressé que de raconter les bruits qui couraient sur
son compte.

Personne de nous ne sait ce que la minute suivante nous réserve, a dit un sage. S'il s'agit d'une
soirée composée de deux cent quarante minutes
environ, c'est bien autre chose! Un fait certain, c'est
que, tout en s'étant avoué à lui-même qu'il aimait
Ida de cet amour impérieux et intense qui s'impose
parfois à un homme et à une femme d'âge de raison,
Harold Quaritch était à cent lieues de penser qu'avant
la fin de la soirée il aurait fait sa déclaration à Ida
de la Molle, et que, peu d'instants après, il serait
même éclairé sur l'accueil que recevrait sa demande.
Son amour pour elle, dussé-je me répéter, était
sérieux et passionné, sans avoir cependant cet élan,
cette impétuosité qui entraîne parfois les jeunes
gens à aller plus loin qu'ils ne le veulent. Disons que
cet amoureux de quarante-trois ans était, à un poétique jouvenceau de vingt-trois ans, ce qu'est une
avalanche de neige à un fleuve navigable. L'avalanche

dévaste tout sur son passage, tandis que le fleuve
est utilisé par les hommes. Gardons-nous, toutefois,
de médire de la première: elle provoque la fonte
des neiges du cœur humain! Ajoutons que fleuve et
avalanche sont exposés à rencontrer des obstacles
qui les arrêtent dans leur course. C'était d'une catastrophe de ce genre que le colonel était menacé.
Disons aussi qu'il venait de faire un bon dîner, et,
malgré ce qu'un jeune amoureux peut penser de ma
manière de voir, je maintiens, en thèse générale,
que, si un homme est amoureux à jeun, c'est bien
autre chose après un succulent repas !

Depuis longtemps déjà, le squire était en d'excel-
lentes dispositions d'esprit; il se laissait aller au
plaisir de raconter des histoires interminables; de la
part de tout autre, elles eussent pu paraître fasti-
dieuses, mais il les assaisonnait d'observations si ori-
ginales, d'une saveur si *tudoresque* qu'on l'écoutait
volontiers; le colonel y prenait même un plaisir
extrême, et, ces jours-là, il se montrait exceptionnel-
lement aimable, spirituel et charmant. Ida, fort en
verve durant tout le dîner, ne laissait pas de contribuer à la gaîté de cette petite réunion par ses bons
mots et son enjoûment.

Harold et le squire restèrent en tête-à-tête pour le
passwine. L'amphitryon raconta, pour la quinzième
fois au moins, comment Mme Massey s'était laissée
persuader, sur le conseil d'un soi-disant antiquaire,
de rendre au *monticule de l'Homme mort* sa forme primitive d'habitat des anciens Bretons. Au beau milieu
du récit, la servante vint annoncer au squire que
quelqu'un désirait lui parler.

8

Tout d'abord, le châtelain pesta contre ce fâcheux, laissa le colonel retourner seul au salon, où il trouva Ida, assise au piano, et qui chantait. Il s'avança, prit un siège bas à deux pas d'elle. Il contempla alors avec une attention extrême la silhouette de cet intéressant visage. La pièce, éclairée par la lueur d'une lampe basse, avec un abat-jour plissé, restait dans la pénombre; cette demi-obscurité était plus favorable à la beauté d'Ida qu'une lumière éclatante.

Le colonel compara tour à tour Mlle de la Molle à sainte Cécile et à l'ange du crépuscule. Jamais encore elle ne lui avait paru si belle. Le fait est que l'expression de son visage, transfiguré par la musique, avait quelque chose de céleste : sans pénétrer les pensées du colonel, Ida chantait avec âme une romance suave et exquise, dont les paroles étaient de Tennyson.

Le refrain, en particulier, semblait en parfaite harmonie avec la situation du colonel : « Puissé-je connaître avant de mourir ce que tant d'autres ont trouvé délirant! »

Toute sa vie passée se fondait, pour ainsi dire, au son de cette musique, comme la neige du Nord aux premiers rayons du soleil; les replis les plus intimes de son cœur en étaient pénétrés et remués, de même que la mer se tord et se détord en s'avançant vers des rivages inconnus. C'en était fait du passé et de ses froidures! une brise embaumée de jeunesse soufflait dans son cœur.

Au-dessus de sa tête planait un ciel sans nuages, vers lequel naviguaient les anges bienheureux!

Avant la fin du dernier couplet, Harold comprit qu'il avait trouvé son chemin de Damas.

Tremblant d'émotion et absorbé par cette pensée, il écoutait encore, qu'on n'entendait plus rien !

Au sourire qui effleurait les lèvres d'Ida, à l'éclat que jetaient ses yeux, on devinait qu'elle aussi subissait le charme de la musique et de la poésie. Le colonel comprit qu'il lui appartenait d'ouvrir le feu

« Quelle délicieuse et poétique romance ! fit-il. Voudriez-vous la chanter encore une fois ?

— Pourquoi me regardez-vous de cette manière ? » demanda-t-elle, en attachant sur son interlocuteur un regard pénétrant.

Se penchant vers elle, d'un ton implorant, il répondit :

« Ida, je vous aime... de toute mon âme,... je vous aime ! »

Encore qu'il régnât une obscurité relative dans la pièce, il vit Mlle de la Molle pâlir ; ses mains retombèrent lourdement sur le clavier. Les échos dissonants de ces accords de hasard résonnèrent quelques instants dans la pièce, puis s'affaiblirent graduellement ; mais Ida de la Molle continua de garder le silence.

XVIII

Après un silence, qui lui coûtait évidemment beaucoup, Ida reprit vivement :

« On étouffe ici, sortons. »

Elle se leva, prit un châle, et franchit la porte-
fenêtre conduisant au jardin. C'était une ravissante
soirée d'automne ; l'air calme ne laissait pourtant pas
d'être un peu piquant. Enveloppée d'un cachemire
moelleux, Mlle de la Molle et Harold suivirent des
allées aboutissant au pied du monticule. Après s'être
assise sur une pierre, Ida se prit à considérer la porte
d'entrée monumentale du château, sur laquelle les
lueurs du clair de lune jetaient leur voile blanc. Les
yeux fixés sur Ida, Harold pensait que, s'il avait
quelque chose à dire, c'était le moment ou jamais, vu
qu'en l'amenant en ce lieu retiré elle prétendait lui
épargner l'ennui d'être dérangée par personne.

Pour la seconde fois, il lui répéta qu'il l'aimait tendrement.

« J'ai à peu près dix-sept ans de plus que vous,
poursuivit-il, et je suppose que la période la plus
active de ma vie est finie. Je me demande si, mettant

toute autre considération de côté, vous consentiriez à épouser un homme qui n'est ni jeune, ni riche. En voyant ce que vous êtes et ce que je suis, j'ai conscience de me conduire en présomptueux. Cependant, si vous ne repoussez pas mes vœux, nous pourrions, je crois, être fort heureux ensemble. J'ai mené une vie très solitaire; hormis un mariage que j'ai dû rompre, les femmes ont occupé peu de place dans mes pensées; mais, depuis que je vous ai entrevue, il y a cinq ans de cela, dans la grande allée qui précède le château, votre souvenir n'a cessé de me hanter. Des circonstances imprévues m'ont décidé à venir dresser ma tente ici;... plus il m'a été donné de vous voir, plus mon amour pour vous s'est accru. Dieu seul en connaît la mesure! Ce serait folie à moi de vouloir vous exprimer mes sentiments; mais je sens, tant vous m'êtes chère, que, si je ne devais plus vous revoir, c'en serait fait de moi. »

Harold ne quittait pas Ida des yeux, et bientôt il put constater que sa physionomie trahissait une expression remplie d'amertume.

« Dire oui m'est interdit, colonel », répondit-elle enfin, d'une voix dont la douceur infinie contrastait avec le sens négatif de ses paroles.

« Ah! je comprends, murmura-t-il, je ne vous inspire aucune sympathie. Hélas! comment pourrait-il en être autrement?

— Du moment que ma réponse ne peut être affirmative, ne pensez-vous pas, colonel, qu'il vaut mieux laisser cette question sans réponse?

— Je ne comprends pas bien,... poursuivit-il. Pourquoi cela?

— Pourquoi? fit-elle avec un petit éclat de rire amer. Vous voulez le savoir, écoutez ceci : — Voyez ce château, ces tours et les terres y attenantes. Eh bien, sans l'engagement que j'ai contracté, tout serait vendu : je sers de garantie, de gage à ce marché!... A cette condition seule, j'ai pu arrêter cette catastrophe. Depuis des siècles, ce château appartient à ma famille. Épargner à mon père ce coup affreux, qui eût pu, certes, abréger ses jours, a été l'unique mobile de ma conduite. J'ai fait ce que tant d'autres infortunées sont obligées de faire : je me suis vendue corps et biens pour la somme de sept cent cinquante mille francs! Beau prix, n'est-il pas vrai? »

Après cet exposé, elle éclata en sanglots, comme si son cœur allait se fendre.

Le colonel resta un moment pétrifié, sans comprendre pourtant la signification de ces paroles. Alors, obéissant à une impulsion toute naturelle en pareil cas, il entoura Ida de ses bras. Elle ne parut ni s'en troubler, ni s'en fâcher, ni même s'en apercevoir, bien que la vérité nous fasse un devoir de dire que pendant quelques instants, instants qui semblèrent au colonel les plus heureux de sa vie, il sentit sur son épaule reposer la tête de sa bien-aimée.

La minute d'après, elle se dégage de son étreinte, se lève, essuie ses larmes, et reprend d'une voix émue :

« Du moment que je vous en ai tant dit, le mieux est de ne vous rien cacher. Je sais que je puis compter sur votre discrétion, et que jamais vous ne révélerez mon secret à personne, même à mon père, et surtout à mon père, au cas même que vous le jugeriez utile, et si tenté que vous soyez de parler.

— Je vous le promets, répondit le colonel.

— J'ai pleine confiance en votre promesse; sachez donc que je suis engagée à accorder ma main à M. Édouard Cossey, lorsqu'il jugera à propos de me rappeler mon engagement, et cela, vous entendez, en échange d'une somme de sept cent cinquante mille francs. »

Harold Quaritch recula épouvanté.

« Comment! s'écria-t-il.

— Oui,... oui,... poursuivit Ida en étendant la main comme pour parer un coup, je sais ce que vous voulez dire;... mais ne me jugez pas trop à la rigueur, je vous en prie. Dieu seul sait ce qu'il m'en a coûté;... c'était pour mon père,... pour l'honneur de notre famille;... la pensée du vieux château, vendu aux enchères, m'a décidée sur-le-champ, sans réflexion; je crois, voyez-vous, que, même dans l'état actuel des choses, aucune femme n'a le droit de sacrifier sa famille à ses propres inclinations ; si l'une ou l'autre doit disparaître, c'est la femme;... ne me blâmez pas, je vous en prie, ajouta-t-elle d'un ton presque implorant,... épargnez-moi vos reproches,... de grâce!

— Ce n'est pas à vous que je pense, mademoiselle de la Molle, reprit-il d'un ton brusque. Je vous honore pour ce que vous avez fait. Tout en désapprouvant l'acte en lui-même, je reconnais que le sentiment qui vous l'a inspiré est très beau, très noble, très élevé! Celui que je ne saurais assez blâmer, par contre, c'est l'homme qui a pu vous extorquer un tel engagement! Vous dites que vous lui avez fait la promesse de l'épouser dès qu'il le jugerait à propos. Qu'est-ce que

cela signifie? Du moment que vous m'avez fait tant
de confidences, à quoi bon les restrictions? »

Le colonel s'exprimait d'un ton autoritaire, dont
Ida était loin de s'offenser.

« Je veux dire, répondit-elle humblement, — bien
entendu ce n'est qu'une supposition, — que M. Cossey est sous la coupe d'une femme, de Mme Quest,
je crois, et que mon sort est entre ses mains.

— Quelle abomination! Peut-on concevoir rien de
pareil? Et tout cela pour de l'argent! Quelle perver-
sité! quelle infamie!

— En tout cas, c'est comme je vous le dis. Maintenant, colonel, encore un mot avant de reprendre la
direction du château. Il m'est difficile de parler sans
dire trop ou trop peu; cependant je voudrais vous
faire comprendre combien je suis touchée et reconnaissante d'avoir fixé vos vœux. J'en suis si peu digne!
Mais, en toute franchise, j'en suis moins surprise que
je ne voudrais me le persuader. Vanité féminine, allez-
vous dire,... sans doute,... et pas autre chose. Je présume que vous n'insisterez pas pour que je vous en
dise davantage.

— Non, reprit Harold, non. Il me semble que je
vois clairement la position. Seulement, Ida, il est
une chose que je tiens à savoir; pardonnez-moi si
c'est trop vous demander, mais tout ceci est tellement
triste pour moi! Si, un jour, les circonstances viennent à changer comme je le demande au ciel, ou si
M. Cossey renonce aux conditions posées, consentiriez-vous à devenir ma femme? »

Après un moment de réflexion, elle se leva, lui
tendit la main, et dit simplement :

« Oui, colonel, j'y consentirais. »

Pour toute réponse, il lui prit la main, et la baisa.

« J'ai la conviction que vous ne trahirez jamais mon secret, et que je n'aurai point à regretter ma confidence, fit-elle. Maintenant, advienne que pourra! »

Sur ce, ils retournèrent au château.

Ils retrouvèrent le squire au salon, en train de démêler les chiffres tracés par le fameux Georges, le tout ressemblant à des hiéroglyphes, d'une façon désespérante. En voyant Ida et le colonel, le châtelain s'écria :

« Enfin vous voilà! Où diable avez-vous pu aller?

— Jouir de la vue du château au clair de lune; c'est superbe! dit Ida.

— Pardieu! je crois bien que c'est beau, reprit sèchement le squire; mais à pareille heure, l'herbe doit être terriblement humide. Venez donc débrouiller cela, fit-il à sa fille en lui passant une feuille de papier : c'est le compte de Georges; il est allé faire des achats à la vente de Janter; or ses additions sont faites en dépit du sens commun. Le total est de neuf mille trois cents francs; le mien, de dix mille cinq cents francs; aussi je jette ma langue aux chiens. »

Après avoir parcouru la colonne de chiffres, Ida tira cette conclusion que son père et Georges s'étaient trompés tous les deux.

Harold, les yeux fixés sur Mlle de la Molle, s'étonnait du sang-froid dont elle faisait preuve, au sortir de l'entretien qu'ils avaient eu ensemble un instant auparavant. Et cet argent, que son père gâchait si

allègrement, faisait partie de la rançon payée pour la
conquérir!

Le colonel se leva, salua, poussa un soupir, et
s'éloigna. Ses dispositions d'esprit étaient trop com-
pliquées pour que nous entreprenions de les analyser.

XIX

Le lendemain du jour où Harold avait fait sa déclaration à Ida, Édouard Cossey reparut à Boisingham;
le vieux banquier, presque complètement remis de
son attaque, lui enjoignit d'aller reprendre, à Boisingham, la direction des affaires.

« N'oubliez pas, dit-il entre autres recommanda-
tions, de mettre à jour le compte de ce colonel en
retraite.... Comment s'appelle-t-il? Quaritch, hein? Il a
joué un tour pendable à votre tante Julie, le gredin.
Or, bien qu'elle soit enfermée dans une maison d'aliénés, vous n'ignorez pas qu'elle est pour nous une
source de dépenses continuelles. »

Pas n'était besoin de la recommandation paternelle,
pour que Cossey ne se sentît poussé à jouer un mauvais tour au colonel !

Mme Quest, de son côté, n'avait pas laissé passer
l'occasion de tenir Édouard au courant des bruits de
mariage qui couraient dans le pays au sujet du colonel et de Mlle de la Molle; ajoutons que l'éloignement
avait avivé plutôt que refroidi la passion du jeune

banquier pour la châtelaine, et qu'il s'y mêlait même
un sentiment de jalousie très vif. Sans doute, il avait
la parole d'Ida; sans doute, elle s'était engagée à
l'épouser dès qu'il la sommerait de tenir sa promesse,
mais tout cela ne laissait pas de lui inspirer des
craintes, et il avait hâte de retourner à Boisingham
et de veiller au grain.

Au débotté, il alla droit chez les Quest, où il était
invité à dîner; il trouva Belle seule au salon; son mari
était allé passer son habit. Grâce à la présence d'une
servante, occupée à refaire le feu, le nouvel arrivant
ne fut point exposé à un tête-à-tête avec la maîtresse
de maison. Le dîner se passa assez agréablement, bien
que la physionomie rembrunie de Mme Quest ne fût
pas sans inspirer quelques appréhensions à Édouard
Cossey, qui n'avait que trop l'expérience des signes
précurseurs de la tempête.

Après dîner, l'amphitryon s'excusa, disant qu'il était
obligé d'assister à un concert donné au profit de la
reconstruction de l'église. Du coup, le jeune banquier
se trouva seul avec Belle. Aussitôt elle le prit à partie
sur sa froideur, sur la rareté de ses lettres et sur
maintes autres choses, observations qu'il ne se sentait pas d'humeur à supporter ce soir-là.

« Ma parole d'honneur! fit Cossey sur le ton de
l'impatience, vous devriez tâcher d'être un peu plus
raisonnable; vous avez passé l'âge des enfantillages. »

À ce moment, un éclair de jalousie jaillit des yeux
de Belle.

« Que voulez-vous dire? Êtes-vous fatigué de moi?
fit-elle d'un air égaré.

— Je ne prétends pas cela, répondit son interlocuteur, d'un ton aigre. Mais, puisque vous provoquez une explication, je vous dirai que vos scènes m'assomment! De plus, j'ai la conviction que votre mari n'est pas sans concevoir des soupçons. Songez que si mon père avait vent de la chose, il me déshériterait tout net.

— Voilà bien le langage d'un homme qui a cessé d'aimer, ajouta Belle avec ironie. Prudence est synonyme d'indifférence.... Je le vois, vous en avez assez! Depuis longtemps je m'en aperçois; mais, pauvre folle, je luttais contre l'évidence. Pour une femme qui a donné sa vie à un homme, quelle débâcle! Hélas! de bonne foi, pouvais-je compter sur autre chose? Je suis la plus coupable....

— Avec tout cela, où voulez-vous en venir? demanda Cossey en l'interrompant.

— Je veux en venir à vous dire que tout orgueil n'est pas éteint en moi, et que, à coup sûr, vous êtes fatigué de ma tendresse,... de mon amour; dans ces conditions, je ne saurais vous retenir : partez! »

A ces mots, la physionomie d'Édouard Cossey changea d'expression; une détente notoire fit place à la colère.

Surexcitée par la rage, Belle reprit :

« Votre air épanoui est une insulte pour moi. D'ailleurs, je n'en suis plus à savoir que vous aimez Mlle de la Molle. Mais, là, vous me trouverez pour vous barrer le chemin. Libre à vous de rompre avec moi, mais vous pouvez faire votre deuil d'épouser Ida, du moins tant qu'il me restera une goutte de sang dans les veines. Ce serait plus que je n'en saurais supporter. De plus, une personne d'un esprit

aussi bien équilibré que Mlle de la Molle préférera
épouser le colonel Harold Quaritch à Édouard Cossey.

— Tout cela est bon à dire, mais je n'escompte pas
les sentiments de Mlle de la Molle avec autant d'assurance que vous, répliqua son interlocuteur. D'abord,
où avez-vous appris qu'elle m'eût inspiré de l'amour?
Eh bien, admettant que cela soit, je vous conteste le
droit de m'empêcher de l'épouser.

— Essayez, et vous verrez, dit-elle en riant d'un
mauvais rire. Après tout ce que nous venons de nous
dire, nous n'avons plus qu'à baisser la toile, qu'à
éteindre les quinquets et à nous souhaiter le bonsoir. Bonsoir, monsieur Cossey, bonsoir! »

Il lui tendit la main, en disant :

« Allons, Belle, allons : nous ne pouvons nous
quitter ainsi.

— Si fait, riposta-t-elle en secouant la tête, les
mains croisées derrière le dos. Car votre main est
pour moi comme celle d'un mort. Adieu, Cossey;
adieu aussi, les seuls jours ensoleillés que j'aie
connus ici-bas ;... vous avez brisé mon bonheur
comme on brise un verre.... Loin de moi de vouloir
vous faire des reproches. Vous avez suivi le penchant
de votre nature, comme j'ai suivi le mien ; avec le
temps, tout sera dans l'ordre,... mais de par la
tombe! Bref, vous n'entendrez plus jamais parler de
moi, qu'au cas où vous songeriez à épouser Ida....
Oh! alors.... Adieu, Édouard, partez! je suis à bout
de force. »

L'instant d'après, Cossey se retira, et bientôt on
entendit la porte d'entrée se refermer avec bruit.

A la suite de tant d'émotions, Belle donna cours à

son désespoir, se jeta sur sa chaise longue, se couvrit le visage de ses mains, et sanglota, pleurant sur les félicités passées et sur les tristesses de l'avenir.

Lorsque, le lendemain matin, Édouard Cossey examina la situation sous tous ses aspects, elle ne lui parut rien moins que rassurante. D'abord, ce n'était pas un individu dépourvu de cœur, et la scène que Belle lui avait faite la veille lui avait terriblement surexcité les nerfs.

Mme Quest l'aimait avec passion ; de son côté, sans être éperdument épris, il l'eût cependant épousée, si les circonstances l'eussent permis ; mais depuis qu'il avait subi le charme d'Ida de la Molle, son inclination grandissait pour l'une, et son cœur se refroidissait pour l'autre. De tout ceci devait résulter la rupture de Mme Quest et d'Édouard Cossey. Sans doute, le désespoir de Belle ne le laissait pas indifférent, mais il ne pouvait comprendre l'étendue de son chagrin.

Cependant, la nature vindicative et nerveuse de Belle le préoccupait. Il se demandait si elle aurait le courage de faire ce qu'elle disait. Il y a un abîme entre proférer une menace dans un accès de colère et la mettre à exécution, une fois que l'on a recouvré son sang-froid. Il oubliait que le vent de la vengeance souffle avec plus de violence dans le cœur des femmes que dans celui des hommes.

De nature emportée comme elle était, Belle n'avait aucun souci des conséquences. En effet, on voit des femmes pour lesquelles, dans ces moments de crise, le frein de l'honneur, du devoir, de la conscience, de la religion n'existe plus. Voilà ce qu'Édouard Cossey ignorait. Sans doute, il n'était pas sans craintes, mais sans y voir cependant de raison suffisante pour rester sous le joug.

Penché à sa fenêtre, et tout en promenant ses regards sur la place du Marché de Boisingham, il pensait à Ida, quand soudain il l'aperçut dans sa petite charrette, conduisant elle-même.

Une forte brise soufflait; il bruinait si bien que les joues de Mlle de la Molle étaient luisantes de pluie. Une petite boucle de sa chevelure châtain s'échappait des masses opulentes de sa coiffure. La jeune châtelaine concentrait toute sa force pour maîtriser l'allure trop rapide de son cheval. Rien qu'à la voir de loin, Édouard Cossey sentit son cœur battre à tout rompre. Il se dit qu'il avait, en réalité, des droits incontestables à l'épouser et qu'il saurait les faire valoir.

Presque aussitôt la voiture s'arrêta, le groom sonna et remit une lettre pour Édouard.

La lettre était du squire; elle portait un cachet armorié (le châtelain cachetait toujours ses lettres à l'ancienne mode). Il invitait Édouard Cossey à une chasse qui devait avoir lieu le lendemain.

« Certainement..., certainement, j'irai », dit Édouard. A part lui, il pensait : « Que le diable emporte ce Quaritch; en tout cas, je lui ferai voir ce que c'est que bien tirer, et, qui plus est, je n'oublierai pas la recommandation paternelle au sujet de ma vieille tante. »

XX

Le lendemain matin, le temps était radieux; il
annonçait une de ces belles journées d'automne
comme on n'en compte que trois ou quatre par
saison. Après déjeuner, Harold se promena par les
allées de son jardin, et s'accota contre une porte à
droite de la *butte de l'Homme mort.* Le colonel projetait d'y pratiquer des fouilles un jour ou l'autre,
pourvu toutefois qu'il pût trouver des ouvriers voulant bien l'aider dans ce travail, car ceux du pays,
persuadés que le monticule est hanté, suivant les
bruits accrédités depuis un temps immémorial ,
n'entendaient à aucun prix y mettre la main. Bref,
il considéra longtemps la *butte de l'Homme mort* sans
s'arrêter à aucune conclusion; ensuite il consulta
sa montre et il vit qu'il ne lui restait plus que le
temps de se rendre à l'appel du châtelain. En conséquence, il prit son fusil et ses cartouches et se
dirigea vers Honham; il trouva déjà, dans la cour du
château, Georges et plusieurs rabatteurs sous les
armes.

« Le squire espère, monsieur, que vous voudrez bien entrer un moment et prendre quelque chose avant la chasse », s'empressa de dire Georges au nouvel arrivant.

Le colonel accepta, moins pour se restaurer que dans l'espérance d'apercevoir Ida. Dans le vestibule, il avisa le châtelain occupé à écrire une lettre.

« A la bonne heure,... charmé de vous voir.... Excusez-moi, mais je tiens à en avoir le cœur net avant de partir.... Ida,... Ida, voici le colonel, s'écria le châtelain d'une voix retentissante.

— J'entends, père, dit la jeune fille en arrivant haletante. En vérité, les murailles en tremblent! »

Elle salua Harold Quaritch, mais non sans un certain trouble, car c'était la première fois qu'ils se revoyaient depuis la fameuse soirée que nous avons racontée. Les circonstances pouvaient donc, à bon droit, être considérées comme assez embarrassantes. A coup sûr, il les jugeait telles.

« Comment allez-vous, colonel? » lui dit-elle tout simplement en lui tendant la main.

A cette petite phrase si banale, il comprit pourtant qu'il était le bienvenu. Effectivement, si une femme aime réellement un homme, il se répand autour d'elle une atmosphère de douceur et de tendresse à laquelle il est difficile de se tromper. Ida lia conversation par ces mots :

« Aimez-vous la chasse, colonel?

— Oui, j'en ai été fanatique toute ma vie.

— Êtes-vous un habile tireur?

— Vous me posez là une question fort embarrassante, répondit Harold en souriant.

— C'est possible ; mais j'ai besoin de le savoir.

— Eh bien, je crois pouvoir dire, reprit son interlocuteur, qu'à la chasse en plaine je ne suis pas maladroit.

— Tant mieux, fit Ida avec vivacité.

— Pourquoi cela? On chasse pour le plaisir de la chasse, et voilà tout.

— C'est vrai, mais M. Édouard Cossey (en prononçant ce nom, elle tressaillit) doit venir. C'est un excellent fusil et il en tire grande vanité. Or je désire vivement que vous soyez le roi de la chasse, et je vous demande de faire tous vos efforts pour me donner satisfaction. Vous y tâcherez, n'est-il pas vrai?

— Entre chasseurs ce sont là des choses que l'on ne tient pas à faire, répondit le colonel. En outre, si M. Cossey est un Nemrod, je ne saurais briller auprès de lui.

— Vous allez penser, sans doute, que j'obéis à un sentiment très féminin; mais, vrai, je donnerais tout au monde pour vous voir compter plus de pièces que lui au tableau », fit-elle en riant.

Harold se promit *in petto* de ne pas la désappointer.

Au même instant, l'on entendit un bruit de sable écrasé résonner sous les sabots de l'excellent trotteur d'Édouard Cossey.

Peu après, le jeune banquier fit son entrée au salon. La pâleur de son visage n'altérait en rien la beauté régulière de ses traits. Son costume fort élégant, et des plus corrects des pieds à la tête, sortait évidemment de chez le tailleur en vogue, de même que ses deux fusils portaient la signature du meilleur armurier.

La tenue irréprochable du sportsman contrastait singulièrement avec celle du colonel. Cependant, avec son veston de grosse laine, son chapeau entouré de ficelles, sa vieille cartouchière brune et son fusil ancien modèle, Harold avait beaucoup plus l'air d'un gentleman et d'un sportsman qu'Édouard Cossey. Ce dernier donna une poignée de main à Ida ; mais, quand le colonel s'avança vers lui, le survenant se tourna du côté du squire, qui avait enfin terminé sa lettre, en sorte que le colonel et Édouard Cossey n'échangèrent aucune salutation.

A cet instant, Harold ne se rendit pas compte si ce coup de temps s'était produit accidentellement ou non.

Enfin, le signal du départ est donné ! Édouard Cossey, suivi de son domestique qui porte son second fusil, ouvre la marche.

« Vertu de ma vie ! s'écrie le squire de sa voix de stentor, à quoi bon, Cossey, deux fusils ? La chasse que j'ai à vous offrir ne comporte pas tant de mise en scène. Une douzaine de faisans et quelques perdreaux, voilà tout ce qui vous attend.

— Qu'importe ! il vaut toujours mieux avoir deux fusils qu'un seul. Vous savez d'ailleurs que cela ne saurait gêner personne.

— A votre dévotion, riposta M. de la Molle ; Ida et moi, nous irons vous retrouver au bosquet pour le lunch. A tout à l'heure ! »

Le jeune banquier marchait d'un bon pas, laissant derrière lui, à une certaine distance, les autres chasseurs. Georges mit l'occasion à profit pour raconter au colonel Quaritch que M. Édouard Cossey était un

habile tireur assurément, mais un mauvais coucheur.
Tout en causant, on arriva à un champ de navets.

« J'ai mis là deux couvées de perdreaux, dit Georges ;
il faut voir un peu comment elles ont réussi. »

Là-dessus, on s'avança, le colonel à droite, Georges
au milieu, et Édouard Cossey à gauche, à une distance de quelques mètres ; les rabatteurs firent lever
un beau faisan ; Édouard l'abattit du premier coup.

Le colonel fut le dernier à tirer ; il abattit deux
pièces avec une singulière dextérité : l'une était passée
à plus de soixante mètres au-dessus de sa tête
Georges s'écria aussitôt :

« A la bonne heure, parlez-moi de cela ! Voilà ce
qui s'appelle viser ! »

Après avoir abattu, chemin faisant, plusieurs couples de perdreaux, on atteignit un petit bois d'une
vingtaine d'arpents, où les faisans n'étaient pas rares.
Arrivé là, Georges recommanda d'un ton important
à ses compagnons d'en détruire le plus possible, de
façon à n'en pas laisser aux braconniers.

En épargnant aux lecteurs de plus longs détails
sur cette chasse, nous nous bornerons à dire que le
colonel, à sa grande satisfaction, ne tira jamais mieux
que ce jour-là. Édouard Cossey, si adroit qu'il fût,
ne livrait rien au hasard, et cependant il manqua un
coq de bruyère, que le colonel eut la satisfaction
d'abattre.

Il venait d'accomplir cet exploit, quand on vit
poindre Ida et son père dans une charrette anglaise,
traînée par un âne ; le colonel s'évertuait à crier
aux chasseurs de ne pas tirer dans la direction de la
voiture. Passant son fusil à son domestique, Édouard

s'avança à la rencontre du squire. De son côté,
le colonel alla à la recherche de deux pièces de
gibier; comme tout chasseur de l'ancienne école,
il tenait à ramasser lui-même celui qu'il venait
d'abattre. Sur deux pièces, il en perdit une dans un
fourré.

Le lunch était servi à l'endroit désigné par le châtelain; avant d'y faire honneur, il tint à compter les
pièces de gibier exposées à terre : quatorze faisans,
une demi-douzaine d'espèces différentes, un lièvre,
trois lapins et un coq de bruyère.

En avisant cette dernière pièce, le squire s'écria :

« Ma foi, voilà un beau coup de fusil; à qui donc
en revient l'honneur?

— Nous l'avons tous manqué, ce beau coq; mais
le colonel Quaritch l'a abattu, dit Georges.

— Tiens, tiens, ajouta Ida, je croyais que vous ne
manquiez jamais rien, monsieur Cossey?

— Cela peut arriver à tout le monde, répondit
Édouard d'un air penaud. Je prendrai ma revanche
tantôt.

— J'en doute un peu, riposta son interlocutrice
avec malice. Je parie une paire de gants que le
colonel rapportera plus de pièces que vous.

— J'accepte le pari, répondit Édouard Cossey d'une
voix brève.

— Avez-vous entendu ce que je viens de dire,
colonel? poursuivit Ida; surtout n'allez pas me faire
perdre mon pari.

— Bonté divine! reprit Harold; songez que ma
dernière chasse aux perdreaux était dans l'Afgha-
nistan. Je suis certain de mal tirer; à vrai dire, cette

rivalité entre chasseurs me répugne singulièrement.

— Libre à vous de vous y soustraire; mais, si vous
vous récusez, le pari tombera dans l'eau.

— Tout d'abord, reprit le colonel, je vous ferai
remarquer que je n'ai qu'un fusil, et que M. Cossey
en a deux.

— Si ce n'est que cela, répliqua Ida, vous prendrez
le fusil de Georges; il a appartenu jadis à mon frère.

— Merci, j'accepte, mademoiselle; mais qui donc
le chargera?

— Moi!... répondit Ida. Que de fois n'ai-je pas
chargé le fusil de Jacques, lorsqu'il allait à la chasse
aux perdrix! Il prétendait qu'il n'y avait personne à
pouvoir égaler mon adresse et ma dextérité. Tenez,
colonel, jugez vous-même. »

Là-dessus, Ida prit le fusil, mit un genou en terre,
et s'écria :

« Première position, seconde position, troisième
position! »

Le colonel éclata de rire en voyant cette belle
grande jeune fille manier un fusil avec l'habileté d'un
chasseur de profession.

De plus, cette combinaison lui promettant tout un
après-midi à passer avec Ida, il y acquiesça de grand
cœur.

Édouard Cossey, piqué au jeu, gardait le silence;
puis, se ravisant, il paraissait sur le point de faire
une observation désobligeante, lorsque Ida, levant le
doigt, dit vivement :

« Chut! chut! voici mon père; il a les paris en horreur. »

Le lunch se passa fort agréablement, bien qu'Édouard
Cossey fît peu de frais de conversation. Le repas
achevé, le squire annonça qu'il allait faire le tour du
propriétaire, et sa fille déclara que son intention
était de suivre les chasseurs.

XXI

Les chasseurs se remirent en marche dans l'après-midi : mais, au début, le gibier se conduisit fort mal. On s'en tint longtemps à une perdrix de-ci, une perdrix de-là ; puis, le colonel devenant nerveux, l'avantage resta à Édouard Cossey.

Si jamais quelqu'un se sentit humilié, c'était bien Harold Quaritch.

Au bout de peu de temps, il vit une couple isolée de perdreaux, et fit coup double. Ida cria aussitôt avec entrain :

« Bravo ! colonel, bravo ! »

Très fier de ce succès, il reprit confiance, et sentit qu'il avait désormais la partie belle ! En effet, à peu d'exceptions près, tous ses coups de fusil portaient.

Ida, les yeux écarquillés, les lèvres entr'ouvertes, épiait par-dessus la haie ce spectacle émouvant, mais rien ne pouvait détourner l'ardeur cynégétique du colonel. Et les perdreaux tombaient dru sur le sol, durci par la fraîcheur de la nuit. Enfin Harold Quaritch finit par en abattre quatre de la même compa-

gnie, prouesse fort rare, comme l'on sait, même chez
les meilleurs fusils.

« A merveille!... De mieux en mieux! cria Ida avec
enthousiasme. J'avais bien deviné que vous êtes un
excellent tireur.

— Je n'ai pas à me plaindre, c'est vrai », riposta le
colonel, en comptant le nombre de ses victimes.

Le fait est qu'il avait abattu douze perdreaux dans
cette dernière battue. Entre temps, Georges reparut,
suivi d'Édouard Cossey.

Le factotum de M. de la Molle, transformé pour la
circonstance en grand veneur, prit le premier la
parole, disant :

« Ma foi, douze pièces sur quinze coups de fusil,
c'est superbe! Lord Washingham lui-même n'eût pu
mieux faire.

— M'est avis, dit Georges, monsieur Cossey, que le
colonel est le roi de la chasse. Voyons ça : treize,
d'une part; quatorze, d'autre part, dont un coq de
bruyère; comme c'est beau, colonel!

— J'ai gagné,... j'ai gagné ma paire de gants! s'écria
Ida en battant des mains; surtout vous ne l'oublierez
pas, monsieur Cossey?

— N'ayez crainte, mademoiselle; mais, en somme,
plusieurs pièces ont l'air d'avoir été écrasées plutôt
que tuées au vol. »

Le colonel fut piqué au vif par cette observation.
Quant à Édouard Cossey, il eût préféré perdre vingt-
cinq mille francs plutôt que de voir l'avantage rester
à son rival. D'un autre côté, Ida jubilait de l'air
humilié et déconcerté d'Édouard Cossey, qui reprit,
furieux, le chemin du château.

Suivant du regard ce chasseur malheureux, Ida dit au colonel :

« Voyez un peu comme il a l'oreille basse; il ne peut supporter d'être mis au second plan par personne.

— Savez-vous que je vous trouve bien sévère pour lui?

— En tout cas, colonel, ce n'est pas à vous de le dire, riposta la jeune châtelaine en frappant du pied. Ah! si votre haine à son égard égalait la mienne, vous le traiteriez non moins durement que je ne le fais moi-même. Qui sait, d'ailleurs, ce que l'avenir lui réserve! »

A ces mots, Harold Quaritch eut un sursaut. Puis, considérant le visage d'Ida, il vit, dans ses yeux aux reflets d'acier, que les chances de succès du jeune banquier ne laissaient pas d'être très problématiques.

Quand on fut en vue du château, Harold manifesta l'intention de prendre congé de Mlle de la Molle; mais elle l'en dissuada, l'assurant que son père serait heureux de lui souhaiter le bonsoir.

Dans le vestibule, éclairé par une bougie, il trouva le squire et M. Cossey. Dès que ce dernier aperçut le colonel, il se décida à battre en retraite, mais Harold Quaritch lui tendit la main.

Ah! bonsoir, monsieur Cossey; la prochaine fois que nous nous retrouverons à la chasse, ce sera à votre tour de me battre. J'ai eu aujourd'hui, j'en conviens, un bonheur insolent. »

Édouard Cossey ne répondit mot, et se dirigea vers la porte sans avoir l'air de reconnaître son inter-

locuteur. Le colonel ne pouvait se méprendre sur la
portée de cette insolence.

De son côté, le squire, outré, cria d'une voix retentissante, en s'adressant à Édouard Cossey :

« Le colonel vous tend la main, monsieur Cossey.

— Je le sais, répliqua le jeune sportsman en relevant la tête d'un air altier; mais je ne tiens pas à
serrer la main du colonel Quaritch. »

Après une pause, le châtelain poursuivit, en arti-
culant chaque mot intentionnellement :

« Si l'un de mes hôtes se refuse à donner la main
à quelqu'un qu'il rencontre sous mon toit, j'ai le droit
de lui demander l'explication de sa conduite, conduite que, jusqu'à plus ample informé, je considère
comme une insulte à mon adresse et à celle de mon
visiteur.

— Le colonel connaît trop bien le motif de mon
dédain pour qu'il soit besoin d'insister davantage,
riposta Édouard Cossey.

— Ma foi! monsieur, j'ignore ce que vous voulez
dire, répliqua Harold, à moins que votre grief ne
soit fondé sur l'avantage que j'ai eu tout à l'heure
sur vous à la chasse.

— Vous savez, comme moi, que ce n'est pas de
cette bagatelle qu'il s'agit, riposta Édouard Cossey.
Votre conscience ne saurait être aussi ingénieuse à
vous tromper. »

M. de la Molle et sa fille échangèrent un rapide
regard d'étonnement, pendant que le colonel se dirigeait du côté de M. Cossey. Ida fit la remarque
qu'Harold Quaritch était pâle de colère.

« Vous venez, monsieur, de lancer contre moi une

accusation fort grave, reprit le colonel d'une voix
sévère; mais il faudra la formuler nettement avant de
sortir de cette pièce, en présence de ceux qui ont été
témoins de votre impertinence à mon égard.

— Volontiers, si tel est votre désir, répondit
Édouard Cossey. Sachez donc que, si j'ai refusé de
toucher votre main, c'est qu'une circonstance de
votre vie m'interdit de vous considérer comme un
galant homme. Or je me suis imposé le devoir de ne
pas me commettre avec des gens méprisables; cela
vous paraît-il suffisamment clair? C'est à la conduite
que vous avez tenue à l'égard de ma tante, Julia
Heston, que j'ai fait allusion. Trois jours avant la
célébration du mariage, vous l'avez plantée là — passez-moi l'expression — d'une façon indigne. Aussi la
pauvre femme en est-elle devenue folle de chagrin;
depuis cette époque elle est renfermée dans un asile
d'aliénées! »

Ida poussa une exclamation douloureuse; le colonel
tressaillit, pendant que le squire regardait curieusement, en prêtant l'oreille.

« Ce que vous venez d'avancer est la vérité même,
monsieur Cossey, répondit Harold. J'ai dû épouser
miss Julia Heston, qui est, paraît-il, votre tante, chose
que, par parenthèse, vous venez de m'apprendre. Le
mariage fut rompu effectivement trois jours avant
la cérémonie, et cela, pour des raisons que je ne
puis révéler ici, puisque j'ai pris l'engagement, sur
l'honneur, de garder le silence. Je me bornerai à
dire qu'on n'a rien à me reprocher; du moment que
vous êtes de la famille, je me présenterai demain
chez vous, et je vous apprendrai le motif de ma con-

duite. Après quoi, monsieur, je vous demanderai de
m'adresser des excuses devant témoins, comme vous
m'avez adressé des accusations.

— Demander et obtenir font deux! riposta M. Cossey en se dirigeant vers la porte.

— Veuillez croire à mes sincères regrets, monsieur
de la Molle, dit le colonel dès qu'ils ne furent plus
que trois, d'avoir provoqué cette scène désagréable.
Je sens que ma position est très fausse et très pénible,
et il en sera ainsi tant que je n'aurai pas des excuses
écrites de M. Cossey. S'il me refuse cette satisfaction,
j'aviserai. Entre temps, je vous prierai de suspendre
votre jugement. »

Le lendemain, vers dix heures du matin, pendant
le déjeuner d'Édouard Cossey, un dog-cart s'arrêta
à la porte. « Voilà le moment de l'explication arrivé,
se dit à part lui le jeune sportsman. Espérons que
mon père ne s'est pas trompé! » Tout en faisant ces
réflexions, il se versait du thé d'une main nerveuse;
il savait qu'il avait dans le colonel un ennemi implacable. L'instant d'après, un laquais annonça le colonel Quaritch. Le maître de la maison se leva et s'inclina, mais le colonel resta immobile.

« Veuillez prendre un siège », dit Édouard Cossey
au survenant.

Harold s'assit, ne dit mot et ouvrit ainsi qu'il suit
la conversation :

« Hier soir, vous vous êtes permis devant témoins
de porter contre moi une accusation qui, si elle était
fondée, ne tiendrait à rien moins qu'à convaincre ceux
qui l'ont entendue que je suis un misérable, et que
des gens qui se respectent ne sauraient me recevoir.

— J'en conviens, répondit M. Cossey d'une voix
ferme.

— Avant de me permettre aucune observation sur
le motif qui vous a poussé à lancer contre moi cette
accusation, je me propose de vous prouver que c'est
une infâme calomnie, fit le colonel avec calme. La
chose en elle-même est toute simple et je ne l'eusse
révélée à personne si je n'y étais en quelque sorte
contraint et forcé. Étant encore tout jeune, je me
fiançai à Mlle Heston, alors âgée de vingt ans; elle
m'inspirait, j'en conviens, un profond attachement.
Je ne possédais que fort peu de chose en dehors de
ma solde. Le mariage fut rompu dans les circonstances que voici : trois jours avant la cérémonie,
j'arrive inopinément chez ma fiancée et je demande
à la voir. Ayant appris qu'elle est dans le salon au
premier étage, je monte et je frappe, mais en vain!
J'ouvre. Que vois-je, alors? Votre tante en toilette de
mariée ou plutôt en demi-toilette — car elle n'avait
que sa jupe — étendue sur une chaise longue, une
bouteille d'eau-de-vie à moitié vide à côté d'elle et un
verre à la main. Tandis que, stupéfait, je contemplais
ce triste spectacle, Mlle Heston s'éveille, se lève, et
bientôt sa démarche me fit comprendre qu'elle était
en état d'ivresse!

— Vous en avez menti! s'écria Édouard Cossey
avec emportement.

— Veuillez ne pas m'interrompre. Dès que j'eus
compris la situation, reprit le colonel, je descendis
près de votre grand-père. Je le priai de monter avec
moi au salon où je venais de laisser Mlle Heston
dans un état qui ne laissait pas de paraître inquié-

tant. En la voyant, il fut consterné, m'adressa des
excuses suivies de tristes explications; sa fille,
paraît-il, avait, depuis son enfance, la passion de la
boisson, vice héréditaire dans sa famille, dont sa
mère était morte et qui avait dégénéré en folie chez
une de ses tantes. Il n'en fallait pas plus pour me
décider à renoncer au mariage projeté, car, même au
cas où j'eusse été tenté de passer outre, je n'avais
pas le droit de perpétuer chez mes enfants une
pareille hérédité. A quelques heures de là, j'écrivis à
votre grand-père pour lui annoncer que je lui rendais
ma parole.

— Tout cela est faux, archifaux! s'écria Édouard
Cossey hors de lui. D'abord vous avez manqué à vos
engagements de la façon la plus lâche, et ensuite
vous cherchez à vous disculper à l'aide d'un mensonge.

— L'écriture de votre grand-père vous est-elle
connue? interrogea le colonel avec calme.

— Parfaitement.

— Alors, que dites-vous de ceci? fit Harold Quaritch en présentant une feuille de papier à son interlocuteur.

— Ces caractères semblent avoir été tracés, en
effet, par la main de mon grand-père.

— Eh bien, lisez cette lettre. »

Édouard Cossey la parcourut d'un air perplexe.
C'était la réponse de M. Heston à la lettre où le
colonel lui exposait les raisons qu'il avait de rompre
une affaire si avancée. Le malheureux père le priait,
par égard pour Julia, de taire à tout le monde, la
famille exceptée, sa décision subite.

« Êtes-vous suffisamment éclairé? Sinon, je puis vous communiquer encore d'autres lettres », reprit le colonel.

N'obtenant aucune réponse de son interlocuteur, il poursuivit :

« Nonobstant les bruits désobligeants qui ont circulé sur ma conduite, j'ai tenu la promesse faite à votre grand-père. Vous êtes la première personne avec qui je me sois épanché. Les accusations sans fondement qu'il vous a plu de m'adresser devant témoins exigent une réparation écrite. J'ai préparé une lettre que vous voudrez bien signer. En voici la teneur :

« Cher monsieur de la Molle,

« Je viens rétracter les accusations que j'ai portées
« hier soir à tort contre le colonel Quaritch en votre
« présence et en celle de Mlle de la Molle; je reconnais
« que ce sont de véritables calomnies, et je prie ici
« le colonel de vouloir bien recevoir mes excuses. »

— Supposons, par exemple, que je refuse de signer ceci? grommela Édouard d'un ton bourru.

— Confondu comme vous devez l'être par l'évidence, l'hésitation ne vous est pas permise », répondit le colonel.

Alors Édouard Cossey, lentement et comme à regret, prit une plume et apposa sa signature au bas de la lettre, lettre qu'il repoussa aussitôt. Après l'avoir pliée, Harold Quaritch la glissa dans une enveloppe préparée par lui à l'avance et la mit dans sa poche. Sur ce, il fit une légère inclinaison de tête et s'éloigna.

« Qu'il aille au diable! s'écria Édouard Cossey au

10

bruit de la porte; il va voir ce qu'il lui en coûtera !
Aujourd'hui même, j'irai demander la main de Mlle de
la Molle. Quant à Belle, advienne que pourra : je
m'en moque! Si d'aventure je suis évincé, je retire
mes 750 000 francs, et c'en est fait des arbres, des
fermes, du château et de tout ce qui s'ensuit. »

Dans l'après-midi, Édouard Cossey prit la direction de Honham. Le squire était dehors, mais non
Mlle de la Molle; on l'introduisit dans le salon, où
il la trouva travaillant à l'aiguille. On entendait la
pluie tomber et le vent souffler. Elle se leva, salua
avec hauteur le survenant, qui prit un siège; après
quoi, il se fit un silence, que la jeune châtelaine ne
semblait pas disposée à rompre. Enfin M. Cossey
ouvrit la conversation par ces mots :

« Le squire a-t-il reçu ma lettre, mademoiselle?

— Oui, monsieur : le colonel Quaritch la lui a
envoyée.

— Je regrette de m'être mis dans une position aussi
fausse. J'espère que vous êtes bien convaincue que je
n'eusse pas avancé une pareille accusation à la légère.

— Il est regrettable toutefois, reprit Ida, que cette
accusation vous ait si peu coûté à formuler. »

Puis, comme pour rompre les chiens, elle sonna et
demanda le thé. C'était gagner un moment de grâce.
Néanmoins, peu après, Ida et M. Cossey se retrouvèrent tête à tête. En la considérant, il sentait que la
nature de cette femme était tout l'opposé de la
sienne, mais quant à la comprendre, oh non! Cependant c'était le moment ou jamais de mettre toutes
voiles dehors. Donc, surmontant son embarras, il
balbutia :

« Mademoiselle de la Molle.... »

Aussitôt Ida sentit son cœur battre à tout rompre ; elle ne voyait que trop clairement où il en voulait venir.

« Mademoiselle de la Molle, répéta-t-il d'une voix plus claire, vous rappelez-vous l'entretien que nous avons eu ensemble, il y a quelques semaines?

— Oui, je me souviens qu'il s'agissait d'une somme d'argent, répondit froidement Ida.

— Et d'autres choses encore, dit-il en reprenant courage. Je vous ai parlé de certaines circonstances qui m'autorisaient à vous exprimer mes vœux ; je suppose que vous me comprenez?

— Oui, monsieur, je vous comprends, répliqua-t-elle d'un air glacial. Vous avez voulu dire que, au cas où vous prêteriez de l'argent à mon père, je me considérerais comme engagée à vous épouser.

— De grâce, mademoiselle, ne parlez pas d'argent.... Il n'en peut être question aujourd'hui. Vrai, Ida, je vous aime de toute mon âme,... vous m'avez fasciné à première vue.... C'est la jalousie qui m'a rendu fou hier soir et qui m'a mis l'insulte aux lèvres.... Je vous aurais demandé depuis longtemps de devenir ma femme si certains obstacles ne s'y étaient opposés.... Oui, je vous adore, Ida ;... il n'y a jamais eu de femme comme vous au monde,... jamais ! »

Elle écoutait cette déclaration sans que son visage portât le moindre signe de trouble. Sans doute, il parlait le langage de la passion, mais cela ne flattait pas son orgueil. Elle détestait cet homme ; loin de désarmer sa haine, la déclaration qu'il venait de lui faire l'exaspérait !

Il fit une pause et l'on eût dit qu'il guettait une
proie! Puis, il essaya de prendre la main de la châtelaine; mais, la retirant d'un geste impérieux, Ida
reprit d'un ton de méprisante amertume :

« Laissez-moi, vous avez rempli, je le reconnais,
en ce qui vous concerne, les conditions du marché;
de mon côté, je suis résignée à tenir parole quand le
moment sera venu. C'est à quoi il faudra réfléchir, je
vous prie. »

Édouard Cossey conclut de ces paroles qu'il n'avait
pas réussi à emporter la place d'assaut; immobile, la
figure navrée, Ida reprit d'une voix lente et mesurée :

« C'est le moment de vous dire que, si je vous
épouse, je le ferai par devoir et non par affection;
votre personne n'excite pas plus ma sympathie que
je ne souhaite inspirer la vôtre; si vous jugez qu'en
pareilles conditions le mariage n'est point souhai-
table, libre à vous. »

Pour la première fois, Ida sentait que son visage
trahissait plus d'anxiété qu'elle ne l'eût voulu. Mais,
si elle espérait que sa froideur eût rendu le calme à
son prétendant, elle se trompait fort; loin de là.
Comme l'eau jetée sur de l'huile en ébullition, cela ne
faisait que l'enflammer davantage.

« L'amour viendra à son heure, fit son interlocuteur, en essayant derechef de lui saisir la main.

— Non, monsieur Cossey, non, répliqua-t-elle d'une
voix qui fit froid au cœur du jeune homme. Jusqu'au
jour où je me marierai, je continuerai à me considérer comme parfaitement fondée à conserver ma
liberté d'action; j'espère que vous me comprenez!

— Il en sera comme vous voudrez, Ida, riposta

M. Cossey en s'éloignant d'un air offensé. Je vous aime si éperdument que je vous épouserai malgré les conditions que vous m'imposez. Voilà la vérité! Il est cependant une chose sur laquelle j'insiste : c'est de tenir notre engagement secret pour le moment, et d'obtenir de votre père qu'il n'en souffle mot à âme qui vive. J'ai des raisons particulières pour désirer qu'il en soit ainsi.

— Vrai, je ne les soupçonne pas, mais je n'en ai cure, répondit Ida.

— Sachez donc que mon père est un peu sur l'œil : tel que je le connais, mon choix ne saurait lui complaire, attendu qu'il insiste pour me faire épouser une riche, très riche héritière.

— Ah bah! » fit Ida avec un imperceptible haussement d'épaules.

Car elle se figurait, et non à tort, que Mme Quest n'était pas étrangère aux préoccupations d'Édouard Cossey et à son désir de garder secret ce projet matrimonial.

« Permettez-moi, poursuivit-elle, si désagréable qu'il me soit d'aborder avec vous la question d'affaires, d'aller droit au fait. Si je devenais votre femme, exigeriez-vous le remboursement des hypothèques?

— A Dieu ne plaise! Je vous offrirais l'acte notarié comme présent de noce, et vous seriez libre de le jeter au feu. En outre, je compte vous faire une généreuse donation par contrat.

— C'est ce que je ne saurais accepter, fit-elle d'un air et d'un ton de glace. La seule condition que je mette à la réalisation de notre mariage, c'est que les hypothèques seront purgées avant notre mariage.

Comme je dois hériter un jour de la propriété, ma demande n'a rien d'exagéré, ce me semble. Enfin, ma dernière question est pour savoir à quelle date vous avez fixé la cérémonie. En tout cas, pas tout de suite, je suppose.

— Ah! ma chère Ida, je voudrais que cet heureux jour fût demain, répliqua-t-il en s'efforçant de rire; mais il y a loin de la coupe aux lèvres; voyons, mettons six mois : c'est-à-dire en mai.

— Soit, répliqua la châtelaine : à partir d'aujourd'hui en six mois, je serai prête à tenir ces engagements. Six mois est le temps légal pour l'extinction des hypothèques, n'est-il pas vrai? » fit-elle d'un ton ironique.

Poussé à bout, Édouard Cossey reprit :

« Vous êtes bien dure pour moi!

— C'est vrai, je suis dure par nature; aussi je suis surprise que vous ayez le désir de m'épouser.

— La vérité, ma chère Ida, c'est que j'en meurs d'envie, riposta vivement Édouard Cossey. Je connais mes torts à l'égard du colonel, mais j'avoue que le voir près de vous me met à la torture. J'espère donc que vous renoncerez à cultiver sa connaissance.

— Expliquons-nous, répondit Ida avec emportement. Je ne vous reconnais pas le droit de me dicter mes actes, jusqu'au jour où je serai votre femme. S'il me convient de continuer de voir le colonel, je ne m'en ferai pas faute; si vous y trouvez à redire, il y a un remède tout simple : nous romprons. »

Complètement anéanti, Édouard Cossey se leva; il voyait que l'avantage restait à son interlocutrice. Il se borna à allonger la main avec gaucherie et, d'un air penaud, n'osait plus faire aucune tentative de démonstration affectueuse. Il ajouta, pour finir, qu'il verrait M. de la Molle le jour suivant.

Ida donna machinalement la main à M. Cossey; effrayée de la vivacité exceptionnelle du regard qu'il lui jeta, elle crut prudent de tirer le cordon de la sonnette.

L'instant d'après, la porte se refermait derrière Édouard Cossey, et Ida resta seule.

La pluie tombait par rafales; les rayons du soleil couchant coloraient le ciel de tons rougeâtres en striant le ciel orageux de flèches lumineuses. Si mauvais qu'il fît, Ida se sentait pourtant irrésistiblement entraînée à braver les intempéries.

Elle sortit enveloppée d'un imperméable. La pluie, poussée par la force du vent, couvrait son visage d'une buée humide. Ida traversa le pont et suivit les allées du parc. Les feuilles mortes tourbillonnaient sur la terre durcie par la première gelée; les grandes branches des chênes s'agitaient, se tordaient au-dessus de sa tête. Dans le ciel menaçant, des volées de corbeaux paraissaient et disparaissaient comme des éclairs noirs.

A moitié courbée, Ida lutta contre le vent, marcha, marcha toujours et prit, par la force de l'habitude sans doute, le chemin de l'église de Honham. C'était une des plus belles du pays; fondée par les Boissy, elle avait été considérablement agrandie par la veuve d'un La Molle, en souvenir de son mari tué à Azincourt. Sur le portail on voyait gravés les faucons de La Molle enlacés aux palmes de la victoire. Dans le sanctuaire étaient appendus le casque et la magni-

fique cuirasse du héros ; loin d'être isolé en ce lieu, il
y dormait d'un sommeil éternel entouré de ses descendants, qui, comme lui, reposaient en paix dans la
vieille église, loin des luttes de la vie ; à ceux-ci on
avait élevé des monuments d'albâtre sur lesquels on
les voyait représentés couchés, ayant pour oreiller
la tête d'un Sarrasin terrassé ; à ceux-là, des tombes
en chêne et en cuivre ; à d'autres enfin, il ne restait
pas même une pierre pour reposer leur tête. Les puri-
tains ne s'étaient pas fait faute de les détruire, et
cependant les dépouilles de vingt générations se trou-
vaient réunies là, y compris ceux qui avaient péri sur
l'échafaud. Ce lieu solennel parlait avec éloquence de
la mort et de ses effroyables suites. Depuis plusieurs
siècles, les rejetons de cette ancienne famille avaient
foulé ce sol, vécu dans ce château, contemplé ce pay-
sage, admiré les méandres de cette rivière d'argent.
Aujourd'hui le corps, l'activité et les intérêts de tous
ces êtres étaient anéantis et immobilisés entre les
parois de ces tombes !

Des raisons concouraient à rendre cet endroit parfaitement cher à Ida ; d'une part, c'était le sanctuaire
de sa foi ; d'autre part, des souvenirs pieux atta-
chaient la châtelaine à ce lieu mélancolique et triste,
comme le lierre à la pierre. Là elle avait reçu le bap-
tême et elle y serait enterrée un jour au milieu de ses
ancêtres. Que de fois elle était demeurée avec son
frère Jacques à donner un regard de sympathie à ces
pierres tombales qui retraçaient les hauts faits et les
vertus de la famille. Ce cimetière évoquait tant de
souvenirs dans l'esprit d'Ida, que, dans les dispositions où elle se trouvait, il n'y avait rien que de très

naturel à ce qu'elle dirigeât instinctivement ses pas de ce côté.

Elle traversa le champ du repos, s'abritant derrière une double rangée de pins.

Par nature, elle n'était ni une défaillante ni une pessimiste, mais à cette heure douloureuse elle éprouva, comme il arrive à chacun de nous, du moins une fois en sa vie, le désir que le drame finisse et que le rideau tombe! Pourtant elle se disait aussi que l'au delà doit être en vérité effroyable, s'il surpasse les épreuves d'ici-bas.

Tout en envisageant combien d'années encore la séparaient du repos éternel, la malheureuse se prit à pleurer. Tout à coup elle tressaillit, essuya une larme et vit qu'elle n'était pas seule. Effectivement, sous l'ombre des pins, à deux pas d'elle, elle avisa la silhouette d'un homme. A ce moment, elle inclina à gauche, et elle reconnut le colonel Quaritch.

Le premier mouvement d'Ida fut de s'enfuir, et, cédant à cette impression subite, elle s'embarrassa dans la canne du colonel et faillit tomber. Aussitôt il s'empressa auprès d'elle.

« Quoi! qu'est-ce? » dit le colonel en frottant vivement une allumette, dont la flamme bleue éclaira suffisamment Mlle de la Molle pour mettre en lumière sa taille admirable, son visage charmant, ses joues ruisselantes de larmes et son manteau couvert de pluie.

« Oh! ciel, que faites-vous ici, Ida, à pareille heure... et par ce mauvais temps!... Quoi! vous pleurez?

— Moi? non,... non.... Ce sont des gouttes d'eau qui coulent sur mes joues. »

A ce moment, la lumière s'éteignit, et Harold demanda à Ida, du ton de l'anxiété la plus vive :

« Parlez,... de grâce !.. »

Elle essaya de répondre ; mais la vérité nous oblige de confesser qu'à une minute de là ce n'était plus contre la porte, mais sur l'épaule du colonel, qu'elle appuyait sa tête et pleurait. Voir couler les larmes de la femme respectée et aimée était trop pour lui, et bientôt il couvrit Ida des baisers les plus tendres....

« Quelle est la cause de vos larmes, chérie? dit-il d'une voix caressante.

— Laissez-moi... et je vous le raconterai », dit Ida avec gravité.

Harold obéit, quoiqu'à contre-cœur, à cette injonction. Après avoir essuyé ses yeux, elle dit, haletante :

« Je suis fiancée à... M. Édouard Cossey! »

Pour la première fois de sa vie, le colonel jura comme un damné.

« Hélas! c'est l'exacte vérité, reprit-elle en poussant un soupir. Je savais que cette terrible éventualité se présenterait un jour.... C'était fatal.... Croyez bien que ma volonté n'y est pour rien.. Les circonstances m'ont dicté ma conduite.... N'oubliez jamais cela.... M. Cossey a tiré mon père des griffes des créanciers en y mettant pour condition que je lui accorderais ma main. Je ne saurais rompre ce traité, même au cas où je pourrais lui rembourser son prêt Ce n'est pas tant l'argent qu'il veut, mais le gage.

— Maudit soit cet autre Schylock! » articula Harold sourdement, le cœur débordant d'amertume et de jalousie, puis il reprit à voix haute :

« Ne peut-on rien faire, rien espérer, rien tenter?

— Rien, répondit Ida d'un air pensif et triste; il n'y
a que sa mort qui pourrait me dégager, et elle est
plus qu'improbable. Harold, poursuivit-elle en l'appelant par son petit nom pour la première fois,
Harold, la situation est sans remède. J'ai pris cette
résolution volontairement, librement, parce que,
comme je l'ai déjà dit, j'estime qu'une femme n'a pas
le droit de sacrifier le passé, le présent et l'avenir de
sa famille à ses sentiments intimes, à ses rêves de
bonheur. La seule chose dont je m'afflige, dit-elle
d'une voix chevrotante, c'est d'être pour vous une
cause de chagrin et de regrets. »

Harold murmura des sons inarticulés, mais elle
poursuivit :

« Nous devons faire tous nos efforts pour tâcher
d'oublier », mais, se reprenant vivement, elle dit :
« Non,... non,... c'est demander l'impossible,... non;...
j'espère..., je compte que vous ne m'oublierez jamais,
pas plus que je ne vous oublierai.

— Merci, répondit-il, merci de cette bonne parole;
je suis assez égoïste pour espérer que vous penserez
quelquefois à celui qui vous a voué un amour éternel.

— Je vous le jure. Tous, nous avons ici-bas des
épreuves à subir, des croix à porter jusqu'à notre
dernière heure.

— N'ayez crainte que je vous oublie jamais, répondit
le colonel. Je suis égoïste, voyez-vous, et je ne puis
m'empêcher de croire que vous penserez quelquefois
à moi.

— Oui, je vous le promets. Nos pauvres morts
n'ont-ils pas éprouvé tout ce que nous éprouvons,
souffert tout ce que nous souffrons? Espérons que

l'autre monde vaut mieux que le nôtre et qu'ils se reposent des luttes de la vie. Je vous demande en grâce de ne pas quitter le pays avant que je sois mariée, afin que j'aie la consolation de vous voir encore; après quoi, il sera peut-être prudent de vous éloigner.

— Je ferai ce que vous voudrez, Ida, et je resterai; autrement, je serais parti pour la Nouvelle-Zélande.

— Merci et adieu, mon ami, adieu. Il est préférable que vous me laissiez rentrer seule. Qu'attendez-vous? Ah! je comprends. Eh bien! oui, embrassez-moi une fois encore et jurez-moi de ne pas m'oublier. Mariez-vous si tel est un jour votre désir, Harold; mais je vous conjure de me garder une place dans votre souvenir.... Pardonnez-moi de m'épancher si ouvertement avec vous; hélas! je vous tiens le langage d'une femme qui sera bientôt comme morte pour vous.

— Je ne me marierai ni ne vous oublierai, répondit le colonel d'une voix grave et résignée.... Adieu, mon amour, adieu! »

Un moment encore, et elle s'éloignait au milieu de l'orage et de la pluie; mais, s'il la perdit de vue, il emportait son image dans son cœur.

Il reprit ensuite le chemin de la maison à travers la nuit sombre, farouche et désolé.

A une heure de là, pâle, mais calme, Ida, après avoir fait ce bout de toilette qui précède toujours le dîner, entra au salon. Peu après, le squire arrive de Boisingham.

« Diavolo! Diavolo! s'écria-t-il, je ne puis vous trouver nulle part: Georges vient de me dire qu'il vous a aperçue dans le parc.

— Vraiment? répondit-elle d'un ton indifférent. Oui, je suis sortie, je suffoquais dans la maison. »

Puis elle ajouta, d'une voix plus vibrante :

« Mon père, je suis fiancée. »

Le squire regarda sa fille en clignant des yeux. Il est à noter que dans les grands moments il ne perdait pas la tramontane.

« Vertu de ma vie! s'écria-t-il avec force, c'est une nouvelle d'une importance capitale! »

Puis il reprit, d'un timbre plus radouci :

« Malgré la différence d'âge, j'estime que le colonel Quaritch....

— Non,... non,... interrompit-elle, la figure bouleversée; je ne suis pas fiancée au colonel Quaritch, mais à Édouard Cossey.

— Bah! fit son interlocuteur d'un air de grand étonnement : d'après ce que j'avais vu,... je croyais.... »

A ce moment, on annonça que le dîner était servi.

« Je vous serai reconnaissante, mon père, de ne plus m'en parler; pour l'instant,... je suis rompue de fatigue et j'ai besoin de dîner. M. Cossey a l'intention, m'at-il dit, de venir ici demain pour causer de tout cela avec vous. Nous en reparlerons ensuite, si vous voulez bien. »

En conséquence, le squire garda pour lui ses réflexions au sujet de la communication que sa fille venait de lui faire.

Ainsi qu'il en avait prévenu le squire la veille au soir par une lettre, Édouard Cossey arriva au château le lendemain matin vers dix heures. Il trouva M. de la Molle assis devant le hall, le dos au feu et plongé dans une méditation profonde.

« Eh bien, monsieur, » fit le nouvel arrivant d'un
ton nerveux, dès qu'il eut donné une poignée de main
au châtelain, « je ne sais si mademoiselle votre fille
vous a mis au courant de la conversation que nous
avons eue ensemble hier?

— Oui : Ida m'a raconté quelque chose qui équivalait
à dire que vous aviez demandé sa main et qu'elle vous
l'avait accordée, à la condition, bien entendu, que je
ratifie son choix; mais j'étais si peu préparé à cette
nouvelle, que j'en suis encore tout ébranlé.

— C'est la chose du monde la plus simple, reprit
Édouard. Mademoiselle votre fille m'inspire le plus
tendre attachement et j'ai été assez heureux pour qu'elle
ne repousse pas mes vœux : voilà tout. Si, de votre
côté, vous donnez votre consentement à ce projet, je
puis dire que, d'ores et déjà, Mlle de la Molle peut
compter sur des avantages pécuniaires considérables.
En premier lieu, je lui ferai présent, par contrat, de
l'acte où j'ai stipulé que je prenais une hypothèque de
750 000 francs sur la propriété; libre à elle de le jeter
ensuite au feu. Secondement, je compte, à la mort de
mon père (événement qui semble imminent), donner
à ma femme une inscription de 5 millions de francs,
et, en outre, il sera convenu que, si nous avons un
fils, il prendra le nom de La Molle, si bon lui semble.

— Il est certain, reprit le squire en se tournant
pour dissimuler l'expression de gratitude répandue
sur son visage, que vos intentions de libéralités à
l'égard de ma fille sont extrêmement flatteuses. En
ce qui me concerne, je laisserai à Ida le château et
les terres, lesquelles ne sauraient manquer, avec le
temps, d'acquérir une plus-value considérable.

— Je suis heureux que mes plans aient votre approbation, ajouta Édouard. Maintenant, il est encore une
chose dont je désire vous entretenir et que vous
comprendrez à coup sûr. C'est de ne rien laisser
transpirer, pour le moment, de ce projet. Le fait
est, poursuivit-il à mots pressés, que mon père est un
vieillard très bizarre, très quinteux et très volontaire.
Il veut me voir épouser une femme riche, et il n'en saurait démordre. Or, pour éviter ses mercuriales, le
mieux est de ne rien lui dire. Le médecin prétend
qu'il peut mourir demain, ou vivre encore trois mois;
si je lui fais part de mes projets, il en résultera des
scènes très pénibles entre lui et moi, sans compter
ce qu'il m'en pourrait coûter sur son testament.

— Dieu puissant! cela me glace jusqu'aux moelles
de penser que l'on doit faire mystère d'un projet de
mariage avec ma fille, Mlle de la Molle, châtelaine de
Honham, comme si c'était une chose infamante, et,
d'un autre côté, certaines circonstances militent en
faveur de mon consentement à ce mariage : vous êtes
tous les deux d'âge à savoir ce que vous faites ; c'est
vous que cela regarde. De fait, cette alliance serait
aussi avantageuse pour vous, qu'elle pourrait l'être
pour nous, car, même aujourd'hui, la famille et le
physique comptent pour quelque chose dans la question mariage. Tout considéré, et bien que j'aime que
l'on joue cartes sur table, je consens à l'ajournement
proposé par vous, à condition toutefois qu'il n'excé-
dera pas deux mois.

— Merci de prendre mes désirs en considération
comme vous le faites, dit Édouard Cossey en poussant un soupir de soulagement; alors, c'est bien

entendu, bien convenu, vous donnez votre consentement? »

Le squire réfléchit un moment : il se défiait de son interlocuteur et craignait qu'il ne lui tendît un piège; or son antipathie pour Édouard Cossey s'accentuait de plus en plus : aussi hésitait-il, sans avoir aucun motif plausible d'hésitation.

« Ma parole d'honneur, je suis fort embarrassé, finit par dire le squire d'une voix grave; tout cela marche à la vapeur. Mais Ida est d'âge à ne prendre conseil que d'elle-même. En conséquence, comme sa décision paraît irrévocablement arrêtée, et que, de mon côté, je ne puis qu'être touché de vos libéralités envers elle, je ne mets aucune objection à la réalisation de vos vœux. Tout ce que puis dire, monsieur, c'est que j'espère que vous serez un bon mari et heureux l'un et l'autre. Ida est une femme d'une intelligence remarquable, mais aux idées assez singulières à certains égards; en somme, elle est fort supérieure à la moyenne de son sexe, et pourvu que vous sachiez lui inspirer de l'attachement et que vous n'essayiez pas de la conduire à la baguette, j'ai la conviction qu'elle passera par toutes vos volontés. Au fait, j'oubliais de vous dire qu'elle a la migraine ce matin et qu'elle garde le lit. Ce n'est pas du tout dans ses habitudes, mais elle a un peu abusé de ses forces ces temps derniers. Que diriez-vous de venir dîner avec nous ce soir? »

Édouard accepta la proposition avec reconnaissance; seulement il ne se paya pas de mots, et comprit que le mal de tête d'Ida n'était qu'une défaite.

Dès que le visiteur eut tourné les talons, la jeune châtelaine refit son apparition.

« Je viens d'avoir le plaisir de recevoir M. Cossey, mon enfant, dit gaîment le squire, et je lui ai dit, ainsi que vous sembliez le souhaiter, que... »

A ces mots, Ida tressaillit comme si elle eût ressenti une commotion douloureuse. Parvenant enfin à se dominer, elle garda le silence.

Le squire répéta :

« ... et je lui ai dit, ainsi que vous sembliez le souhaiter, que je n'avais aucune objection à la réalisation de vos désirs. Il est aussi de mon devoir d'ajouter qu'il a manifesté les intentions les plus généreuses à votre égard.

— Ah! répondit Ida d'un ton indifférent. M. Cossey doit-il venir dîner?

— Oui, je l'en ai prié; j'ai pensé que vous seriez contente de le voir.

— Moi! Je me demande, au contraire, pourquoi cette invitation, ajouta-t-elle en s'animant. Il n'y a simplement que de la viande froide. Vrai, mon père, c'est manque de réflexion de votre part », fit-elle en frappant du pied.

Puis elle s'esquiva, laissant le squire pétrifié.

« Que diable! se dit à part lui le châtelain; je me demande ce que tout cela signifie. »

Il arriva que, ce même jour, M. Quest eut une signature à demander au squire au sujet d'un bail pour une boulangerie à Boisingham, qui attenait à plusieurs maisons dont il était propriétaire. Il s'aperçut, en abordant M. de la Molle, qu'il était dans la situation d'esprit d'un homme qui contemple son bon-

11

heur, et qui ne demande que l'occasion de s'épancher.

Le squire apposa sa signature au bas du bail sans
prêter la moindre attention aux explications de
M. Quest, puis subitement il lui demanda, à brûle-
pourpoint, à partir de quelle époque couraient les
intérêts à payer sur les dernières hypothèques.

M. Quest ayant indiqué une certaine date, le squire
reprit :

« Il faudra y pourvoir.... Mais par le fait, il importe
peu, puisque ce sera la dernière fois. »

Dressant les oreilles, M. Quest le regarda droit.

« La vérité, monsieur Quest, ajouta M. de la Molle,
c'est que, grâce à certains projets et arrangements
de famille, l'avenir s'offre à nous sous de meilleurs
auspices.

— Ma foi ! monsieur, je suis heureux de l'apprendre.

— Oui,... oui,... répondit le squire ; malheureusement je suis tenu à une certaine réserve ; autrement
j'aurais aimé à faire appel à votre jugement, jugement pour lequel je professe, comme vous savez, un
grand respect. En résumé, je ne vois pas pourquoi,
en pareille matière, je ne consulterais pas un homme
d'affaires tel que vous ;... en réalité, je me suis seulement engagé à ne pas crier la chose sur les toits.

— Les hommes d'affaires sont discrets comme la
tombe ! répliqua M. Quest d'un ton mielleux.

— Je le crois effectivement ; ils se font un devoir
de la discrétion. Je puis compter sur la vôtre, hein,
monsieur Quest ?

— Comment donc !... Je vous écoute, riposta son
interlocuteur.

— Eh bien, voici de quoi il s'agit : M. Édouard
Cossey est fiancé à ma fille;... il sort d'ici; il est venu
solliciter mon consentement, et, comme je ne connais rien, absolument rien contre ce jeune homme,
nous sommes tombés d'accord; il n'a posé qu'une
condition, que je trouve d'ailleurs, vu les circonstances, parfaitement raisonnable, c'est de tenir la
chose secrète pendant quelque temps, à cause de la
santé de son père, homme grincheux, difficile, avare,
qui pourrait mettre des bâtons dans les roues. »

Tout en écoutant chaque mot de cette communication, le visage de M. Quest restait impassible, mais
son œil brillait d'un éclat étrange.

« C'est là une nouvelle des plus intéressantes, dit-il
d'un air convaincu.

— En effet; c'est bien pour cela que je vous disais
qu'il était inutile de se préoccuper des prochaines
échéances, Cossey m'ayant dit qu'il était résolu, avant
son mariage, à annuler l'acte par lequel il avait pris
une hypothèque de 750 000 francs sur la propriété.

— En somme, il ne peut faire moins, reprit
M. Quest; mais je vous offre pourtant mes félicitations
de grand cœur. Il est si rare qu'une propriété se
trouve dégrevée d'une telle façon et avec tant d'à-
propos. Je suis désolé d'être forcé de vous quitter si
tôt, mais j'ai promis d'être rentré pour l'heure du
lunch. Du moment que les choses doivent être tenues
secrètes, ce serait prématuré, de ma part, de faire
mes compliments à Mlle de la Molle, n'est-il pas
vrai?

— Oui,... oui;... surtout n'en dites rien maintenant.... Bonsoir. »

XXII

M. Quest monta dans son dog-cart, et reprit le chemin de sa maison. Les sentiments qu'il éprouvait ne laissaient pas d'être fort difficiles à analyser. Il avait la tête pleine de rêves, la tête pleine de visions. L'heure de la vengeance était arrivée, il avait partie gagnée! Son ennemi était à sa merci, et sa fortune à lui, Quest, était faite. Il jeta un regard aux tours du château, et se dit que, selon toute probabilité, il en deviendrait propriétaire avant la fin de l'année. Or ce n'était plus là l'objet principal de ses désirs; en réalité, ce qu'il convoitait, c'était de l'or, des revenus, et, en somme, avec 750 000 francs on est riche! Déjà il avait dressé ses plans d'avenir. Édith, matée, faisait la morte; mais, à coup sûr, pas pour longtemps. Sa rapacité devait prendre bientôt le dessus et recommencer à le persécuter. Il décida de mettre le monde entre eux. Une fois qu'il aurait de l'argent liquide, quoi de plus facile que de quitter l'Angleterre! Au demeurant, il était encore d'âge à s'expatrier, et la richesse aurait raison des soucis qui avaient empoi-

sonné son existence. Si Belle voulait le suivre, tant
mieux; sinon, tant pis! »

Arrivé aux Chènes, il voit le lunch servi, et la maîtresse de la maison assise devant la table, vètue d'un
costume noir, et justifiant en tout point son nom de
Belle. Toutefois son visage, malgré ses airs enfan-
tins, portait de l'ombre sur son front et des traits
noirs sous ses yeux.

« J'ignorais que vous reviendriez déjeuner, dit-
elle; j'ai peur d'être prise un peu au dépourvu.

— Ayant terminé mes affaires au château plus vite
que je ne voulais, j'ai cru ne pouvoir mieux faire que
de rentrer déjeuner ici; je viens d'apprendre une
nouvelle pour vous, Belle.

— Qu'est-ce? » demanda-t-elle brusquement.

Quelque chose dans la voix de son mari avait
éveillé ses craintes.

« Eh bien, votre ami Édouard doit épouser Mlle de
la Molle. »

A ces mots, le visage de son interlocutrice devint
pâle comme la mort. Elle porta aussitôt la main à
son cœur, comme si elle eût reçu un coup de poignard.

« C'est du squire lui-même que je le tiens », poursuivit-il, la regardant droit.

Elle trébucha, et parut prête à tomber en syncope;
mais, faisant un effort suprême, elle recouvra bientôt
son sang-froid, but un verre de vin de Xérès, se leva,
et dit d'une voix basse :

« C'est à quoi je m'attendais.

— Dites plutôt ce que vous redoutiez », riposta
Quest avec calme.

Sur ce, il se leva, alla fermer la porte, et, se rapprochant tout près d'elle, il ajouta :

« Écoutez-moi, Belle : votre liaison avec Édouard Cossey m'est parfaitement connue; j'en ai la preuve èn main. Je renonce à en faire usage. Je savais qu'un jour viendrait où ses sentiments se refroidiraient et où il chercherait à plaire à une autre. Je savoure ma vengeance. En réalité, vous avez été pour lui un joli jouet, un bébé avec lequel il amusait ses loisirs, et rien de plus. J'en conviens, Belle : j'ai eu tort de vous prendre pour femme, malgré le peu de goût que vous aviez pour moi; mais, une fois mariée, vous avez trahi votre parole. Au surplus, nous n'avons pas à nous faire de reproches sur notre infidélité réciproque. Voici aujourd'hui le traité que je vous propose : Nous avons eu des torts l'un vis-à-vis de l'autre; nous sommes quittes; tâchons d'oublier, et pardonnez-moi comme je vous pardonne; faisons la paix, sinon pour le présent, du moins pour l'avenir; fuyons ensemble, loin d'Édouard Cossey, d'Ida de la Molle, du château de Boisingham, et allons chercher la tranquillité dans une autre partie du monde; nous recommencerons une vie nouvelle, en tâchant d'oublier le passé.... Partons, Belle, partons.... »

Elle leva alors les yeux vers lui, et secoua la tète; deux fois, elle essaya de parler, et deux fois en vain; enfin, à une troisième tentative, la parole lui revint, et elle s'exprima en ces termes :

« Ah! vous ne me comprenez pas, fit-elle; vous êtes très bon, et je vous suis profondément reconnaissante; mais, comme tant d'autres de mes pareilles, je n'ai pas la faculté d'oublier et de faire maison

neuve. Il est des choses qui, ayant été, durent quand
même. La faute ne doit pas retomber sur lui seul :
je suis la plus coupable des deux; je le dis comme
je le pense; du moment que je lui ai donné mon
cœur, ni vous ni personne au monde ne saurez
l'avoir jamais plus! Si vous le souhaitez, je consens
à vivre avec vous et à faire ce qui sera en mon pouvoir pour vous rendre l'existence douce et agréable,
mais rien de plus, vous entendez.

— Il me paraît, Belle, dit son mari d'un ton presque
implorant, que vous ne vous êtes jamais doutée de
la passion que vous m'inspirez, et pourtant j'ai,
comme vous, des faiblesses à me reprocher. Au fond,
je n'ai jamais ressenti d'amour véritable que pour
vous, et je vous jure d'être un bon mari à l'avenir.

— Non, non, fit-elle, c'est impossible.... Divorcez,
épousez qui vous voudrez! Je suis résignée à accepter les conséquences de ma conduite.

— Encore une fois, Belle, je vous adjure de réfléchir. Ah! que ne connaissez-vous mieux l'homme
pour qui vous allez lancer votre barque à la dérive.
Non seulement il vous a abandonnée pour une autre
femme, mais, bon Dieu! il a passé un bon marché;
il l'a achetée, payée est le mot, comme l'est une
esclave sur la place publique : dans ces conditions,
les créanciers seront désintéressés, et la débâcle
évitée!

— Vrai! fit-elle en regardant curieusement Quest.
Ce n'est pas une si mauvaise idée, ça! Je sais que
vous parlez sérieusement. Quel misérable!... Alors
c'est le commencement de la fin. J'ai semé, je dois
recueillir. »

Après quoi, elle se leva et sortit.

Une fois dans sa chambre, elle se jeta à la renverse dans son fauteuil, et réfléchit. A quelques moments de là, elle prit son chapeau, et se dirigea vers le château de Honham. A peine avait-elle fait une centaine de pas, qu'elle rencontra Édouard Cossey. Il sortait de chez un armurier, à qui il avait commandé des cartouches.

« Comment ça va-t-il, Belle? fit-il en levant son chapeau et en rougissant.

— Et vous-même, monsieur Cossey? fit-elle en le dévisageant.

— Où donc allez-vous? dit-il avec un certain embarras.

— Je vais faire une visite à Mlle de la Molle.

— Je doute qu'elle vous reçoive; elle a un violent mal de tête qui l'oblige à garder le lit.

— Ah! vous êtes allé au château ce matin?

— Oui, j'avais à entretenir le squire de questions d'affaires. »

Le regardant droit, Belle reprit :

« Êtes-vous réellement fiancé à Mlle de la Molle?

— Non, répondit son interlocuteur. Pourquoi cette question?

— Curiosité féminine, sans doute.... Je me figurais qu'il y avait quelque chose de vrai dans le bruit qui court. Adieu! »

Ce court dialogue avait suffi pour mettre martel en tête à Édouard Cossey.

« Quel lâche! pensa Belle : il n'ose même pas dire la vérité. »

A une heure de là, elle arrivait au château, et

demandait à voir Mlle de la Molle. On l'introduisit
dans le salon où la jeune châtelaine était assise, un
livre à la main. Elle fit un accueil amical à la surve-
nante, car, tout en étant aussi dissemblables que faire
se peut, elles ressentaient néanmoins de la sympathie l'une pour l'autre : toutes deux avaient de l'énergie
et de la force, la force reconnaît et respecte toujours
la force.

« Vous êtes venue à pied? demanda Ida.

— Oui, j'ai quelque chose à vous dire.

— Parlez vite.

— Est-il vrai que vous êtes fiancée à Édouard
Cossey? »

Le regard que la châtelaine jeta à Mme Quest semblait lui demander de quel droit elle lui adressait
cette question.

« Eh bien, reprit Ida, M. Cossey avait exprimé le
désir que je gardasse la chose secrète ; mais je m'aperçois qu'il a été le premier à commettre l'indiscré-
tion;... en effet, je dois l'épouser. »

A ces paroles, Belle, bien que livide, se sentit
pâlir encore; ses yeux avaient des reflets durs comme
l'acier. Elle reprit :

« Vous ignorez pourquoi je vous pose cette question, n'est-il pas vrai? Je vais vous le dire : il est
probable qu'après cela vous n'oseriez plus m'adresser
la parole. J'ai été la maîtresse d'Édouard Cossey. »

Ida fit un sursaut, et rougit comme toute femme
honnête qui se trouve pour la première fois exposée
au contact du vice.

« Il va de soi, reprit Mme Quest, que je dois vous
paraître un être méprisable; mais priez Dieu, made-

moiselle de la Molle, que vous, si froide et si ver-
tueuse que vous êtes, vous ne soyez jamais induite à
la tentation. Oui, priez Dieu de n'être jamais contrainte d'épouser un homme que vous détestez, et
de ne pas apprendre tout à coup ce que c'est que
l'amour!

— Chut! dit Ida d'une voix douce. De quel droit
vous jetterais-je la pierre?

— Ah! si vous saviez, je l'ai tant aimé! poursuivit
Belle.... Oui, je l'ai aimé passionnément; j'étais heureuse comme pas une, car il semblait épris de moi.... »

Ida fit un geste d'impatience, et dit :

« Mais pourquoi me faire vos confidences? Ah!
j'aurais préféré vous les voir garder pour vous.

— Vous me demandez pourquoi cette explication?
fit Belle en la cinglant du regard.... Parce que je
n'entends pas que vous épousiez Édouard, et je voudrais qu'il souffrît, de son côté, comme je souffre du
mien. Je ne veux pas qu'il vous épouse.

— Ah! riposta Ida avec feu, vous ne sauriez rencontrer personne plus disposée que moi à servir vos
désirs. M. Édouard Cossey m'est odieux, et je ne
comprends pas qu'il ait pu inspirer d'autres sentiments.

— Merci, reprit son interlocutrice, du ton de l'ironie;
il est devenu pour moi un objet d'horreur, je vous
le jure; je viens de le rencontrer à l'instant, et il a
prétendu que vous n'êtes pas fiancés. Pourquoi alors
consentiriez-vous à devenir sa femme? N'êtes-vous
pas libre et majeure?

— Sachez donc que, moi aussi, je ne suis pas libre;
si je me marie, c'est que j'y serai contrainte, forcée....

L'épreuve la plus cruelle pour vous est passée ; pour moi, elle commence.

— Ma foi, c'est qu'en réalité vous le voulez bien, répondit Belle. Une telle promesse vous tient-elle donc tant au cœur ? Qui donc peut vous forcer à l'épouser ? Mourir plutôt que de devenir la femme d'un homme que l'on déteste, surtout, dit-elle très intentionnellement, quand on a donné son cœur à un autre. Croyez-m'en, je sais ce que c'est !

— Je n'y contredis pas, reprit Ida, mais la mort n'est pas chose si facile ; quant à l'engagement que j'ai pris, vous semblez ignorer que manquer à sa parole, s'il s'agit d'un somme d'argent, est une chose que ni un honnête homme ni une honnête femme ne peuvent se permettre. Ainsi, quoi qu'il arrive, je dois épouser M. Cossey... Je ne vois donc pas la nécessité d'une plus longue discussion à ce sujet. »

Belle se leva sans prononcer un mot.

Ida lui tendit la main ; mais Belle, humiliée, resta immobile. Au bout d'un instant, elle s'acheminait du côté de Boisingham, sous les reflets violents d'un brillant coucher de soleil. Au cas où Édouard Cossey l'eût rencontrée, il n'eût sans doute pas considéré avec calme l'expression qui animait le visage de cette misérable créature.

XXIII

Tout cet après-midi et même un peu tard dans la soirée, M. Quest fut occupé à faire des comptes et à chercher des papiers dans un carton, sur lequel on lisait ces mots : « Propriété de Honham ». Vers dix heures, sa besogne achevée, tous les papiers classés, le carton soigneusement refermé, il se coula dans ses draps.

D'autre part, nous retrouvons Édouard Cossey, à dix heures du matin, déjeunant seul, d'assez mauvaise humeur. Il était allé dîner au château la veille, et s'en était médiocrement trouvé. Il avait admiré Ida dans une toilette lui seyant en perfection ; or, à son grand regret, il put constater que la châtelaine était aussi froide qu'une pierre et insensible comme une statue.

M. Quest se présenta de but en blanc, comme, quelques jours auparavant, s'était présenté le colonel Quaritch.

« Comment allez-vous aujourd'hui, monsieur Quest? fit-il d'un ton passant du grave à l'aigre, ton qu'il

prenait d'ordinaire avec ses subordonnés. Prenez ce
siège, et expliquez-moi le motif de votre visite à
pareille heure.

— Des affaires, encore les affaires, et toujours les
affaires! répondit le nouvel arrivant.

— J'espère du moins que ce n'est pas un nouvel
appel de fonds que vous venez me faire, car je fini-
rais par arriver au bout de mon rouleau. Souvenez-
vous que je n'ai pas hérité de la fortune de mon père.
Allons, s'agit-il des hypothèques?

— Vous l'avez dit; mais l'explication ne sera pas
longue à donner.

— Eh bien, veuillez tirer le cordon de la sonnette,
et allumer une cigarette. »

Dès que la table fut desservie, M. Quest, pour le
besoin de la circonstance, s'assit de façon à voir le
visage d'Édouard Cossey en pleine lumière, et se mit
ensuite à rouler méthodiquement une feuille de papier.

« Veuillez avoir la bonté de lire ceci, monsieur
Cossey », fit-il du ton le plus tranquille, en lui présentant à travers la table la copie d'une lettre.

Une fois sa cigarette allumée, Édouard prit la lettre
d'un air indifférent. A peine avait-il pris connaissance de la première ligne, qu'il devint pâle comme
un mort; une sueur froide perlait son front, et la
cigarette tomba par terre : émotion bien naturelle du
reste, car c'était la copie d'une des lettres les plus
passionnées que Belle lui eût adressées. Il n'avait
jamais pu obtenir d'elle qu'elle se dispensât de lui en
écrire sur un diapason pareil. C'était précisément la
lettre que M. Quest avait prise à Londres dans la
poche du paletot de son rival.

Après avoir pris rapidement connaissance de cette prose enflammée, Édouard Cossey posa le pli sur la table. Pourquoi en eût-il continué la lecture?

« Vous voyez, monsieur Cossey, que ce n'est qu'une copie de la lettre; mais, si vous le désirez, je puis vous mettre sous les yeux le document original. »

Édouard Cossey resta muet comme un terme.

M. Quest poursuivit :

« Voici maintenant la copie d'une autre lettre, dont l'original est de votre propre écriture. »

Il posa cette seconde épître à côté de la première, et, n'attendant pas que son interlocuteur rouvrît la conversation, il dit :

« J'ai encore d'autres preuves tout aussi accablantes devers moi; mais vous êtes suffisamment éclairé pour savoir que de pareilles lettres suffiront pour me donner gain de cause. C'est vous dire que je me propose d'intenter une instance en divorce contre ma femme et de vous dénoncer comme son complice. J'ai déjà donné l'ordre à mes hommes d'affaires d'agir. »

En ce disant, il poussa une troisième feuille de papier devant son interlocuteur.

Édouard Cossey lui tourna le dos, et, se prenant la tête dans les deux mains, il resta un moment absorbé dans ses réflexions, puis il ajouta d'une voix rauque :

« Vous voulez donc me perdre? » demanda-t-il, épouvanté.

M. Quest, résolu à pousser sa pointe, reprit :

« Il pourra vous en coûter les yeux de la tête, car, en apprenant comment vous avez braconné sur mes terres, votre père, indigné, refera son testament.

Comme vous le disiez vous-même tout à l'heure, ce sera sans doute votre ruine morale et pécuniaire; par conséquent, le moment est bien choisi pour un homme qui n'aspire qu'à se venger.

— Sans rien concéder, répondit Édouard Cossey dominé par la peur, je désire vous adresser une question. N'y a-t-il pas un moyen quelconque de transiger? Ne puis-je vous offrir une compensation pour le tort que je vous ai fait, si tort il y a?

— Si fait, et j'y ai déjà pensé. Tout a son prix en ce monde, moi compris. Or la somme que j'entends toucher comme indemnité est considérable. »

Abordant brutalement la question vénale, Édouard Cossey s'écria :

« Quelle somme exigez-vous? A quelles conditions renoncerez-vous à cette instance en divorce?

— J'exige la somme que présente l'hypothèque dont sont grevés le château et la propriété, reprit-il sans broncher; vous voyez que je suis bon prince.

— Ciel et terre! Sept cent cinquante mille francs! Y pensez-vous?

— Certainement; songez qu'il y a un procès scandaleux à éviter, un héritage à ménager, et la rupture d'un mariage à conjurer! A cet effet, voici un écrit que j'ai préparé; il ne vous reste qu'à y apposer votre signature; si vous refusez, j'expédierai, ce soir même, mes instructions à mes agents. Je me propose également d'adresser à M. Cossey père et à Mlle de la Molle la copie de ces deux lettres accablantes, fit-il en les lui montrant; plus, cette pièce destinée à mes hommes d'affaires. Faites votre choix : si oui, c'est la paix; si non, c'est la guerre. »

Après de longues hésitations, Édouard Cossey finit par dire :

« Eh bien, oui, je signerai ; mais laissez-moi voir au moins de quoi il s'agit. »

M. Quest fit un mouvement pour cacher l'expression de joie qui illuminait son visage. Il passa à Édouard Cossey l'écrit préparé d'avance, par lequel M. Quest devenait, à son tour, subrogé d'hypothèques, et renonçait à tenter une instance en divorce contre sa femme.

« Vous remarquerez, reprit M. Quest, que, si vous essayez de constater la validité de cet écrit, vous aurez à vous en repentir, vu que tout le scandale retomba sur vous. Du reste, je prétends vous faire signer devant témoins ; avec votre permission, je tirerai le cordon de la sonnette, et demanderai à la femme de charge et au valet de chambre de monter. Il va de soi que nous ne leur ferons pas la lecture de la pièce.

— Et où sont les lettres ? demanda Édouard Cossey d'un ton impératif.

— Dans ma poche. »

L'instant d'après, il les lui montra a distance, et poursuivit :

« Dès que la femme de charge sera ici, je lui donnerai cette enveloppe à garder, en lui disant de vous la passer aussitôt l'acte signé. Elle s'imaginera que cela fait partie du programme. »

Ce qui fut dit fut fait.

Édouard Cossey, résigné à son sort, signa en présence des deux serviteurs ; après quoi, ils apposèrent leur signature à l'endroit qu'on leur désigna.

Cinq minutes suffirent à cette importante formalité,
par laquelle M. Quest devenait possesseur de sept
cent cinquante mille francs.

Dès que M. Quest se fut éloigné, Édouard Cossey
donna libre cours à ses sentiments et ressentiments,
dans un langage plus énergique que parlementaire.
Outre la perte d'argent et le scandale, il se trouvait
aux prises avec une nouvelle difficulté. De deux choses
l'une : ou avouer à Ida que les hypothèques étaient
passées en d'autres mains, ou dire qu'il les avait
encore. Dans le premier cas, c'était lui donner un
prétexte parfaitement honnête pour se dégager de sa
promesse de mariage; dans le second cas, il fallait
commettre un mensonge qui, tôt ou tard, serait découvert, et alors? Bah! advienne que pourra : après la
célébration de leur union, la débâcle! Pour une
femme de bonne éducation, il n'y a qu'une chose plus
irréprochable que le mariage, c'est la mort. Toujours
est-il qu'après avoir tant souffert à cause d'elle, il
n'entendait pas renoncer à la posséder.

XXIV

Le lendemain du jour où M. Édouard Cossey avait été contraint de signer l'acte préparé par M. Quest, le colonel projetait d'aller à la chasse; il devait se servir pour la première fois d'un fusil sortant de chez l'un des premiers armuriers de Londres; il avait acheté cette arme, commandée par lui et pour lui, après la mort de sa tante; enthousiasmé de sa nouvelle acquisition, il l'examinait sous toutes ses faces, faisant mine de viser des oiseaux dans le jardin; en ce faisant, il oubliait ses chagrins; quel est celui que la possession d'une pareille arme n'adoucirait pas? Le lendemain, le fusil sur l'épaule, il escomptait d'avance le résultat de sa chasse aux bécassines dans les marais. Or, ce même matin, Édouard Cossey recevait une lettre ainsi conçue :

Cher Édouard,

Voudriez-vous passer chez moi vers trois heures? J'a bon espoir que vous ne vous ferez pas attendre.
A bientôt,

B. Q.

Malgré tout, Édouard ne laissa pas d'hésiter. Belle
était bien la personne de qui il se souciait le moins.
D'une part il avait le système nerveux très surexcité,
et, d'autre part, il redoutait les scènes. En admettant
qu'il lui fît faux bond, qu'adviendrait-il? Il savait qu'il
n'avait plus rien à redouter de M. Quest, qui l'avait
bel et bien saigné à blanc. Mais quant à Belle, c'était
une autre paire de manches! Même à prix d'or, on ne
saurait se mettre en garde contre les audaces d'une
femme jalouse. Puis il craignait par-dessus tout de
donner prise aux caquets. Or ce serait la conséquence
immédiate d'une rupture avec les Quest. Donc il se
décida, bien à contre-cœur, à se rendre chez Belle.

Il était environ trois heures quand on l'introduisit
dans le salon. Il fut frappé de prime saut de la pâleur
de Mme Quest; sur son front d'ivoire se dessinaient
des veines bleues. Tout en elle avait une intensité
d'expression extraordinaire; son calme, comme celui
qui précède l'orage, était rempli de mauvais symp-
tômes.

Quand elle parlait, c'était à mots pressés, saccadés,
haletants. Tout en se dispensant de tendre la main
au survenant, elle s'assit et le regarda droit, en agi-
tant d'un geste nerveux un éventail d'ivoire qu'elle
saisit sur la table. Le premier, Édouard Cossey,
rompit le silence :

« Vous m'avez exprimé le désir de me voir,
Belle ?

— L'autre jour, vous avez eu l'audace de me dire
que vous n'étiez pas fiancé à Mlle de la Molle. Or
c'est faux, archi-faux. Vous vous êtes promis mariage,
je le sais.

— Qui vous l'a dit? demanda-t-il avec une nuance d'embarras. Probablement M. Quest?

— Non, une personne plus autorisée encore, répondit-elle : Mlle de la Molle elle-même! Écoutez-moi, Édouard : je consens à rompre, mais à la condition formelle que vous n'épouserez pas Ida de la Molle. »

Voulant éviter une réponse directe, Édouard Cossey reprit :

« Du moment que vous tenez le renseignement de Mlle de la Molle, il s'ensuit que vous avez dû causer à fond avec elle, vous expliquer,... tout lui dire;... du reste, c'est ce que sa manière d'être, avec moi, hier soir, m'a fait pressentir.

— Misérable! fit froidement son interlocutrice; à tous vos défauts il faut ajouter celui de menteur!

— Jarnidieu! peu vous importent mes qualités ou mes défauts! De quel droit vous permettez-vous de me faire des observations? Ciel! il y a longtemps que votre mari me tient dans ses griffes maudites. Aujourd'hui j'y suis pour sept cent cinquante mille francs! Savez-vous cela? Parbleu! vous devez le savoir. L'affaire a dû être complotée par vous deux avec promesse de partager le bénéfice!

— Ah! fit-elle en poussant un long soupir.

— Avant tout, j'entends rester maître absolu de mes actions. Je me suis fiancé à Mlle de la Molle, et, avec ou sans votre autorisation, je l'épouserai. De plus, je ne saurais tolérer plus longtemps vos relations avec Ida; vous m'entendez? Cela, je vous l'interdis formellement.

— Pourquoi? interrogea-t-elle avec calme.

— Vous osez demander pourquoi? Pareille question a tout lieu de me surprendre; mais, puisque vous insistez, je vais vous le dire : c'est parce qu'Ida, ma future femme, ne saurait se commettre avec une personne de votre catégorie.

— Ah! vous y voilà! Je vous comprends », répondit Belle avec un sifflement pénible.

A ce moment de la discussion, Édouard Cossey, debout à la fenêtre du salon, avisa le colonel Quaritch et M. Quest qui franchissaient la porte du jardin.

« Du sang-froid, dit-il à mi-voix, voici votre mari. »

M. Quest se borna à faire un signe de tête à Édouard Cossey. Le colonel, lui, posa son fusil près de la muraille, donna une poignée de main à Mme Quest, et salua d'un signe de tête Édouard Cossey.

« J'ai fait la rencontre du colonel qui venait vous offrir des bécassines; je me suis empressé de lui indiquer le plus court chemin. »

Belle, s'adressant d'un air gracieux au colonel, dit :

« Comme c'est aimable à vous! »

Très frappé de la physionomie de son interlocutrice, il tint ses regards fixés sur elle comme pour deviner sa pensée.

« Que regardez-vous donc ainsi? demanda-t-elle d'un ton froid.

— Vous, répondit-il de façon à n'être entendu que d'elle. Si j'étais dans des dispositions d'esprit poétiques, je vous comparerais à la Muse de la tragédie.

— Vrai? répondit-elle en riant, mais nerveuse et blême. Comme c'est singulier! moi, qui me fais plutôt l'effet de la comédie personnifiée. »

« L'expression de cette femme ne me dit rien qui vaille, pensa le colonel en tirant avec peine de sa poche deux couples de bécassines; que diable peut-elle comploter? » Puis il reprit à haute voix :

« Je suis horriblement maladroit; mais il est vrai que l'on tire moins bien avec un fusil dont on se sert pour la première fois.

— Ayez donc la bonté, colonel, d'arracher quelques plumes des ailes de ces jolis oiseaux : je voudrais les piquer dans le nœud de mon chapeau. Est-ce là votre nouveau fusil? Quelle belle arme !

— Faites attention, madame, dit-il d'un ton impératif : il n'est pas déchargé. »

Si Harold eût fixé ses regards sur Belle, il eût vu combien elle avait à ce moment l'air méchant et résolu.

« N'ayez crainte, colonel; mon père, un chasseur émérite, me donnait souvent son fusil à nettoyer.

— C'est possible; mais, madame, je ne vous en réitère pas moins ma recommandation.

— Vous pouvez compter sur ma prudence, reprit-elle en s'emparant du fusil. Il est si léger que je m'en servirais sans fatigue. »

Entre temps, Édouard Cossey et M. Quest, après s'être promenés dans le jardin, s'étaient séparés : celui-ci, pour ramasser un gant tombé dans l'herbe; celui-là, pour considérer un chrysanthème japonais.

Le colonel crut comprendre, au geste que fit Mme Quest, qu'elle voulait poser le fusil contre le mur; mais, au même moment, une explosion se produisit, et un cri formidable, poussé par elle, retentit.

Le colonel s'élança dans le jardin, et, en moins de

temps qu'il n'en faut pour l'écrire, il vit Édouard Cossey, le visage inondé d'un flot de sang, qui, sans prononcer un mot, s'abattit, la face contre terre. Puis, un silence. La fumée bleue de la poudre monta lentement dans l'atmosphère lourde de l'automne.

Belle, ses yeux grands ouverts, une expression de terreur — ou de remords — répandue sur son visage blanc comme le marbre, restait inerte comme une statue.

Le colonel et M. Quest retournèrent le blessé.

Mme Quest tomba à genoux près de son amant; le sang s'échappait d'une blessure à la tête du malheureux blessé.

« Il est mort, gémit-elle; il est mort! Je l'ai tué, ô Édouard. »

Étreignant le bras de sa femme, M. Quest, qui comprenait que sa douleur pouvait amener des révélations terribles, dit :

« Allez chercher le docteur, car s'il n'est pas mort, le pauvre homme aura bientôt perdu tout son sang. »

Faisant un effort suprême, Belle se releva, se prit la tête dans les mains, puis, traversant le jardin, elle s'enfuit, et franchit la porte.

XXV

MM. Quest et Harold emportèrent le blessé, sans se rendre compte s'il respirait encore. Après l'avoir étendu sur une chaise longue, ils se mirent en demeure de couper ses vêtements et d'étancher le sang qui coulait de sa blessure; ils purent bientôt se convaincre qu'Édouard Cossey avait reçu seulement un certain nombre de grains de plomb; s'il eût reçu toute la décharge, il était tué raide. Une omoplate, la nuque et une partie de l'oreille droite étaient fort maltraitées. En outre, un ou deux grains de plomb avaient fracassé le crâne et les muscles le long du dos.

« Ma parole d'honneur, je crois qu'il est mort! » s'écria M. Quest.

Le colonel répondit par un signe affirmatif. Ce n'était pas la première fois qu'il examinait des blessures d'armes à feu, et celle-là ne lui parut pas de nature à laisser l'espoir de sauver le patient.

« Comment, diable, cela est-il arrivé? demanda M. Quest en étanchant le sang avec une éponge.

— C'est un accident, riposta Harold Quaritch. Voulant examiner mon nouveau fusil, Mme Quest l'a pris à l'endroit où je l'avais placé, et au moment que je lui recommandais la prudence, le coup est parti. Je me reproche cruellement ma négligence.

— Que voulez-vous ! elle a la prétention de savoir manier un fusil.... C'est un accident fâcheux. »

Presque aussitôt Belle revint, accompagnée d'un chirurgien. Dès qu'il eut constaté que le blessé respirait encore, il se mit en demeure de ligoter une des petites artères de la gorge ; alors arriva un autre médecin, et l'examen des blessures recommença.

Sans prononcer un mot, Belle, une cuvette d'eau froide à la main, se tenant debout près du blessé, conservait sur sa physionomie cette expression d'horreur dont le colonel avait été frappé au moment de la détonation.

Une fois leur besogne achevée, les deux docteurs se concertèrent à voix basse.

« Y a-t-il espoir de le sauver? demanda M. Quest.

— Les probabilités, autant qu'on en peut juger, lui fut-il répondu, ne font pas croire à la guérison ; tout dépend des ravages causés par le plomb ; si l'épine dorsale est atteinte, il est perdu ; mais s'il survit, l'on doit supposer qu'il restera paralysé d'un côté. Quant à l'ouïe de l'oreille droite, c'en est fait. »

A cette communication, Belle se laissa tomber sur une chaise.

Les deux médecins, aidés de Harold Quaritch, se mirent en demeure de porter Édouard Cossey dans une pièce préparée à cet effet.

M. et Mme Quest restèrent seuls dans la pièce. En

dévisageant sa femme, le mari se prit à rire d'un air méprisant :

« Bah! les hommes ne valent pas cher, mais les femmes valent encore moins.

— Vous dites? reprit-elle avec ironie.

— Je dis que vous êtes une odieuse criminelle, répliqua M. Quest d'une voix lente et solennelle.

— Je proteste; le coup est parti.... Voilà!

— Vous ne sauriez tenir un autre langage;... cela pourrait vous coûter cher; je vous conseille de garder un silence absolu. Je n'entends pas vous voir continuer ici votre œuvre assassine. Bon Dieu! n'allez pas vous aviser d'achever lentement le crime commencé en hâte.

— Pour qui me prenez-vous? Moi faire du mal à un blessé?

— Ma foi, je ne réponds de rien, dit M. Quest en haussant les épaules. Je vous prends pour une femme aveuglée par la passion et qui a perdu la raison. »

Ceci dit, il quitta la pièce.

Voyant qu'il ne pouvait plus être d'aucune utilité dans cette triste maison, le colonel se décida à se rendre directement au château ; mais en passant devant le salon, dont la porte était grande ouverte, il aperçut Mme Quest plongée dans un fauteuil, regardant vaguement devant elle.

« Allons, du courage, madame Quest, fit-il avec bonté. On espère sauver le malheureux blessé. C'est un accident horrible, dont presque toute la responsabilité retombe sur moi : j'aurais dû décharger mon fusil. Que la volonté de Dieu soit faite!

« — La volonté de Dieu! dites-vous? » répéta son interlocutrice.

D'un bond elle se leva et saisit le colonel par le bras.

« Croyez-vous qu'il meure, dites? interrogea-t-elle d'une voix étranglée par l'émotion. C'est votre opinion que je tiens à connaître, colonel : vous avez vu tant de blessés!

— Moi? vrai, je ne saurais me prononcer », répondit Harold en haussant les épaules.

Après une courte pause, elle demanda d'un air troublé :

« Que feriez-vous, colonel, s'il vous était arrivé de tuer la personne que vous aimez le plus au monde?... Mais je perds la raison, mon Dieu! Je veux sortir,... je veux dire à Ida la bonne nouvelle pour elle... Quel affreux malheur pour moi! »

Sur ce, le colonel reprit son fusil, et sortit.

Arrivé devant le château, il apprit que le squire était sorti, mais non sa fille. On l'introduisit dans le salon, et bientôt il entendit le froufrou de la robe de Mlle de la Molle, et, à ce bruit, le cœur du colonel palpita. Est-il une musique qui puisse rivaliser avec le doux frôlement de la robe de la femme aimée?

« Grand Dieu! que venez-vous m'apprendre? demanda Ida, frappée de l'expression bouleversée du visiteur.

— Un accident très grave vient de se produire, répondit-il en affermissant sa voix.

— Quoi! un accident.... A qui?... Pas à mon père? dites.

— Non, non; à M. Cossey, répondit le colonel.

— Alors pourquoi tant m'effrayer? » reprit-elle avec animation.

Cette démonstration inconsciente d'affection fit
sourire le colonel.

« Enfin, que lui est-il arrivé? demanda Ida d'un
ton suffisamment troublé.

— Il a été blessé accidentellement.

— Par qui?

— Par Mme Quest.

— Elle l'a fait exprès, je suppose;... je veux dire :
est-il mort?

— Non, mais il est en grand danger. »

Le regard qu'ils échangèrent en ce moment exprimait clairement cette pensée : « Si Édouard Cossey
mourait, rien ne s'opposerait plus à la réalisation de
nos vœux les plus chers! »

Ida crut même le lire si nettement dans les yeux de
son interlocuteur, qu'elle se permit de dire :

« C'est très mal à vous, colonel, de penser une
chose pareille.

— Peut-être bien ; malheureusement la nature
humaine est ce qu'elle est, et nous n'y pouvons rien. »

Le squire rentra à son tour.

Le colonel recommença, pour lui, le récit qu'il venait
de faire, récit pendant lequel la physionomie de M. de
la Molle ne laissait pas de prouver qu'il trouvait la
chose grave. Si Édouard Cossey allait passer de vie à
trépas, que deviendraient les engagements pris par
lui au sujet des hypothèques? Ce serait à son père
qu'incomberait la charge de les remplir, au cas où
Édouard Cossey n'aurait pas fait de testament. Or
M. de la Molle savait qu'il ne pouvait faire fond ni
sur la bienveillance ni sur l'obligeance du vieux banquier.

XXVI

Deux princes de la science qui avaient été appelés de Londres au chevet d'Édouard Cossey, ne voulurent pas s'aventurer à prédire si le blessé avait plus de chances de mort que de guérison; ils retournèrent à Londres après avoir touché cinq mille francs pour déclarer avec une sérénité parfaite qu'ils donnaient leur complète approbation aux prescriptions de leurs confrères de Boisingham. Durant toute la semaine suivante, Édouard Cossey, soigné jour et nuit par Belle, resta entre la vie et la mort.

Le colonel étant venu, le jeudi, au château, Harold resta à causer un instant avec les châtelains, lorsqu'alors un des clercs de M. Quest vint remettre au squire un pli de la part de son patron. Cet individu repartit aussitôt, disant qu'il n'y avait pas de réponse. Le squire avait eu à peine le temps de déchiffrer cet écrit, qu'il froissa nerveusement la feuille de papier.

« Qu'est-ce donc, mon père? interrogea Ida anxieuse.

— C'est la copie d'un acte d'où il appert que c'est M. Quest qui est subrogé aux hypothèques, et non

M. Cossey. Il me met en demeure de lui payer sa créance dans les six mois!

Tout en parlant, le châtelain arpentait la pièce à pas de géant, dans un état de surexcitation fébrile.

« Pardon, père : je ne saisis pas parfaitement,... fit Ida haletante d'émotion.

— Vraiment, ma fille! Eh bien, alors, lisez vous-même. »

En ce disant, il passa le pli à Ida; une lettre qu'il n'avait pas vue tomba d'entre les feuillets. M. de la Molle en fit la lecture à haute voix :

> Cher Monsieur,
>
> Je vous communique l'acte par lequel je suis devenu subrogé aux hypothèques aux lieu et place de M. Édouard Cossey. C'est à ce titre que je viens vous réclamer la somme de 750 000 fr. représentée par les dites hypothèques. Je vous accorde, pour le payement, un délai de six mois à dater d'aujourd'hui. Si vous refusez de satisfaire à vos engagements, j'aurai forcément recours aux moyens dont la loi arme les créanciers contre les débiteurs impécunieux : saisie judiciaire, vente aux enchères, etc., etc. Croyez, monsieur, qu'il m'est pénible de presser ainsi un ancien client, mais les circonstances m'en font une obligation. Soyez persuadé que s'il m'était possible de vous aider à trouver ladite somme, vous pouvez compter sur ma bonne volonté à vous servir.
>
> Je reste, avec respect, votre dévoué
>
> W. QUEST.

— Ah! je comprends, reprit Ida : M. Édouard Cossey n'est plus votre créancier.

— Bon Dieu, non, puisque c'est ce gredin de Quest, riposta M. de la Molle.... J'avoue que je n'y comprends goutte... après tout ce qu'il m'avait dit.... »

A ce moment, le colonel prit congé et s'éloigna. Ida poursuivit :

« Mon père, M. Cossey m'a dit ceci : « Lorsque
« vous serez ma femme, je vous donnerai à détruire
« l'acte par lequel la propriété de Honham est grevée
« d'une hypothèque de 750 000 francs. »

— O quelle révélation! s'écria le squire.

— Malgré tout ce qu'il m'en a coûté, j'ai accepté cette
combinaison. Du moment que j'avais décidé Édouard
Cossey à nous servir de son crédit et de sa bourse, je
n'étais plus libre de lui refuser ma main.

— Vrai, je tombe des nues! répondit le squire.

— Si je n'eusse été contrainte et forcée par les
circonstances, je n'aurais eu garde, mon père, de
vous rien révéler. Mon seul mobile était de sauver
ma famille de la ruine. Puisque Édouard Cossey a
manqué à sa parole et que nous sommes à la veille
d'être sur la paille, je déclare nul et non avenu le
traité qui me liait à lui.

— Est-ce à dire que vous renoncez à l'épouser?
interrogea M. de la Molle.

— Oui, mon père.

— A Dieu ne plaise que je veuille prendre sa
défense; mais, enfin, il se pourrait encore qu'il eût
eu la main forcée au sujet des hypothèques, et que,
en réalité, il comptait payer les 750 000 francs.

— Qu'importe! il n'a pas respecté l'une des clauses
du traité; donc le pacte est rompu : je suis libre,
mon père! J'avais donné mon consentement à
M. Édouard Cossey parce que j'estime que le devoir
d'une femme est de ne pas sacrifier l'honneur d'un
nom comme le nôtre à ses propres inclinations, ajouta
Ida en rougissant; mais depuis lors, je l'avoue, ma
haine contre lui n'a fait que s'accroître et mon cœur

a parlé pour un autre. Songez donc au martyre
d'être unie, corps et âme, à un mari que l'on méprise,
lorsque l'objet de notre sympathie, de notre amour
est digne de notre choix !

— Bon,.. bon,... bon..., reprit M. de la Molle. Seulement, pour ce qui est du sentiment, je me récuse...
Ce n'est pas mon affaire. Je sais que les femmes ont
des idées particulières là-dessus et qu'on ne les en
fera pas démordre. Comment voulez-vous que je me
place au même point de vue que vous?... Et cet heureux mortel à qui vous pensez, est le colonel Quaritch? »

Ida fit un signe de tête affirmatif.

« Je n'ai rien à dire contre lui, ma fille; loin de là,
il m'inspire plutôt de la sympathie; mais je crois
rester dans la vérité en disant que, s'il a 15 000 francs
de rente, c'est le bout du monde.

— J'aimerais mieux l'épouser avec 15 000 francs de
rente qu'Édouard Cossey avec des millions ! riposta Ida.

— Ah! les femmes,... les femmes, reprit le squire
avec vivacité : elles raisonnent toutes de même *avant*,
quitte à se déjuger *après*! Puis, sans avoir la prétention de vous influencer, ne puis-je me demander ce
que deviendra Honham et moi par-dessus le marché,
alors que vous serez mariée à votre gré et jouissant
d'une vie assez confortable, après tout?

— Je n'en sais rien moi-même, mon père chéri,
répondit Ida les yeux humides. La Providence ne
nous abandonnera pas, j'en ai la conviction. Je crains
que vous ne me trouviez bien égoïste, fit-elle en
posant la main sur le bras de son père. A un mariage
détesté, la mort est cent fois préférable, je vous l'af-

firme. Cependant, ce mariage, je l'eusse fait, si M. Cossey n'eût rompu ses engagements.

— Loin de moi l'idée de m'interposer, reprit le squire... Non,... non. Je ne saurais vous faire épouser de force un homme qui vous est odieux. Mais il est terrible d'être aux prises avec d'aussi graves difficultés... Hélas! le berceau de la famille sera vendu aux enchères! Tenez, quand j'y pense, je voudrais être mort! Pourtant il faut courber la tête et se faire une raison. »

A peine M. de la Molle avait-il refermé la porte, que les larmes jaillirent des yeux d'Ida. Harold revint après dîner comme il l'avait dit; Ida l'accueillit avec un sourire épanoui. En présence de son adorateur, les préoccupations de la jeune fille s'évanouirent en fumée. Faisant contre mauvaise fortune bon cœur, il dit avec calme :

« J'ai à vous annoncer que les nouvelles du blessé sont plus rassurantes.

— Oh! reprit Ida en rougissant légèrement, moi aussi, j'ai une nouvelle à vous apprendre. Colonel, je me considère comme déliée du serment qui m'attachait à M. Édouard Cossey. Je ne l'épouserai pas.

— Quoi! parlez-vous sérieusement? fit Harold en frémissant d'émotion.

— Oui, très sérieusement ; ma résolution est prise. »

Et elle lui tendit la main comme pour donner plus de poids encore à ses paroles. Il se pencha sur cette petite main et y déposa un baiser.

« Que le ciel soit béni, Ida! dit le colonel d'un ton ému.

— Que le ciel soit béni! » reprit son interlocutrice.

A ce moment, le squire rentra accablé et découragé, et la conversation prit un autre tour.

XXVII

Il se produisit des choses d'une importance extrême pendant les six semaines qui suivirent. Disons d'abord que le vieux banquier Cossey passa de vie à trépas, en léguant toute sa fortune à son fils ; cette succession lui mit en main un avoir de quinze millions de francs.

Le testament ne contenait que deux clauses : 1º laisser une partie de ses capitaux dans la banque ; 2º prendre la direction de la maison.

Grâce aux bons soins qu'Édouard Cossey recevait de Belle, il resta sourd de l'oreille droite, mais la paralysie redoutée par les médecins put être évitée. Fouillant la vérité dans les yeux de la jeune femme, il lui dit un jour :

« Ainsi donc, vous vous êtes constituée ma garde-malade depuis cette terrible blessure ?

— Oui, Édouard.

— Que vous êtes bonne ! Comment ne m'avez-vous pas plutôt laissé mourir ? »

En écoutant ces paroles, Belle baissa la tête, et

jamais plus il ne fut question entre eux de ce drame
mystérieux. Or, à mesure que les forces revenaient au
blessé, il sentait croître son amour pour Ida. Comme
il lui était absolument interdit de lire ou d'écrire des
lettres, il se demandait s'il devait voir dans cette
consigne une manière d'expliquer le silence de sa
fiancée. Il savait cependant que le squire était venu
prendre de ses nouvelles accompagné de sa fille.

Deux jours après la mort de son vieux père,
Édouard fut autorisé à réintégrer son domicile, et à
dépouiller lui-même son courrier. Le transport du
blessé s'opéra sans difficulté. Au moment où Belle
allait franchir le seuil de la porte, Georges arriva
porteur d'un pli volumineux à l'adresse d'Édouard
Cossey. Il contenait deux lettres. Voici le contenu de
l'une :

    Cher Monsieur,

    La voix publique m'ayant fait savoir qu'il vous était
désormais permis de lire votre correspondance, je m'em-
presse de vous féliciter de l'heureuse issue d'un accident
qui semblait irrémédiable. Il me reste aussi à vous informer d'une chose qui ne laissera pas, je le crains, d'être
aussi pénible à lire qu'il me l'est de l'écrire. Désormais
il ne saurait plus être question de mariage entre nous;
vous n'avez pas oublié, je pense, notre traité. A tort ou à
raison, je vous avais accordé ma main à la condition
expresse que vous désintéressiez nos créanciers. Or, du
moment que vous n'avez pas respecté cette clause et que
M. Quest, devenu subrogé aux hypothèques, presse mon
père de lui payer sa créance, je me crois parfaitement
fondée à reprendre ma liberté. Est-il besoin d'ajouter que
mon inclination personnelle n'avait exercé aucune influence
sur ma décision? Ceci ne saurait m'empêcher de vous
souhaiter un prompt et complet rétablissement, ainsi que
tout le bonheur possible. Croyez, cher Monsieur, à mes
sentiments les plus distingués.

                Ida de LA MOLLE.

Une fois qu'Édouard eut terminé la lecture de cette missive, en proie à une grande agitation, il déplia celle du châtelain. En voici la teneur :

Mon cher Édouard,

Ida m'a donné communication de la lettre ci-jointe. Écoutez-moi : vous avez eu tort de lui mettre le marché à la main comme vous l'avez fait. Il ne m'appartient ni d'approuver, ni de blâmer sa décision; ce n'est pas mon affaire; ma fille est en âge de raison. Je ne peux ni ne veux modifier en rien l'exercice de sa volonté. Croyez-moi votre tout dévoué.

Jacques de LA MOLLE.

Le contenu de ces lettres n'était pas de nature à réjouir Édouard Cossey : la mort de son père semblait, à première vue, écarter tout empêchement à la réalisation de ses vœux matrimoniaux. Or voilà que ce gredin de Quest avait fait crouler cet échafaudage d'espérances! Ida avait saisi la balle au bond; cependant, lui, ne désespérait pas encore. De fait, le cas n'était pas désespéré, puisque le squire était incapable de s'acquitter à l'échéance fixée et que, comme banquier, il pouvait cautionner de grosses sommes. Le ton de sa lettre ne donnait-il pas à penser qu'il avait des objections à formuler contre la décision de sa fille?

Il résolut alors d'aller plaider sa propre cause, et écrivit qu'il aurait l'honneur de se présenter au château dès que la Faculté aurait levé ses arrêts.

Georges remit la lettre pour M. de la Molle au laquais et il se rendit ensuite chez M. Quest.

« Comment cela va-t-il au château, hein? dit ce dernier sans s'émouvoir.

— Par le fait, ce n'est pas brillant. L'agriculture
est en souffrance; la terre est plus dépréciée que
jamais, répondit Georges.

— C'est là une antienne vieille comme le monde!

— Après tout, arrivons au fait : à quoi bon battre
l'eau avec un bâton? Je viens vous entretenir de la
situation de mon maître, reprit le majordome.

— Je vous écoute.

— Sachez donc qu'il est de toute impossibilité que
M. de la Molle soit prêt à l'échéance; alors que faire?

— Que voulez-vous! la terre n'est plus en odeur de
sainteté aujourd'hui. C'est tout simple : si je ne suis
pas payé de ma créance, je saisirai la justice de mes
griefs, et la propriété sera vendue aux enchères. »

Le visage de Georges se rembrunit, et il ajouta :

« D'où je conclus que Mlle Ida de la Molle sera
chassée de Honham, berceau de sa famille, pour vous
laisser le champ libre?

— Mille diables! je ne suis pas en position de
jeter 750 000 francs par la fenêtre! Les affaires sont
les affaires.

— Savez-vous, monsieur Quest, que tout cela me
paraît louche; il est des façons d'agir que les fripons
sont seuls à connaître et que les honnêtes gens igno-
rent. Je me permets d'ajouter que les premiers ont
généralement à s'en mordre les doigts…. Que voulez-
vous! c'est fatal!

— Expliquez-vous plus clairement, Georges, répondit son interlocuteur, le sourcil froncé.

— J'entends établir que les choses qui paraissent
oubliées depuis longtemps parfois ne le sont pas; au
contraire, elles crient vengeance, un jour donné. Si

vous chassez du château M. de la Molle et sa fille, il
vous arrivera peut-être la même chose plus tard. Dieu
merci! la justice n'est pas bannie du royaume de
Grande-Bretagne et de l'Irlande! C'est tout ce que j'ai
à vous dire. Adieu, monsieur. »

M. Quest, enfoncé dans son fauteuil, abîmé dans ses
réflexions, se disait : « A quoi diable cet homme veut-il
faire allusion? Il est improbable qu'il soit au fait de ma
vie passée,... de l'existence d'Édith.... Non,... c'est impossible.... Il aura voulu m'effrayer.... Il a parlé à tort
et à travers. Juste ciel! qu'arriverait-il si la vérité lui
était connue?... Il ferait un éclat.... Je serais perdu.
Non,... tout cela ne tient pas debout », fit-il en haussant les épaules. Néanmoins son trouble était si grand
qu'il dut sabler quelques verres de vin généreux pour
raviver ses forces.

Édouard, ne recevant plus aucune communication
des châtelains de Honham et malgré son extrême
désir d'arriver à une solution, dut pourtant attendre
encore une quinzaine de jours avant de faire sa première sortie. Enfin, par une belle journée du mois de
septembre, il donna l'ordre à son cocher de le conduire à Honham.

En voyant une voiture s'arrêter devant le perron, le
squire demanda à sa fille qui pouvait être ce visiteur
enveloppé de fourrures, pâle comme un déterré, à la
mine si longue, aux traits si défaits et aux yeux
enfoncés derrière la tête.

« Ciel! c'est Édouard Cossey! s'écria Ida en traversant le salon en courant.

— Restez, restez ici, mon enfant : vous vous êtes
mise dans l'embarras; ma foi, c'est à vous d'en sortir. »

M. Cossey fut introduit dans le salon ; tout son sang semblait affluer à ses joues.

A l'arrivée de cet être souffrant, déjeté, vieilli, à peine arraché des serres de la mort, si différent d'Édouard Cossey jeune, superbe et outrecuidant, Ida se sentit prise de compassion, sinon de sympathie. Elle s'informa de son état de santé : mais il la pria de répéter sa question, car il était resté sourd de l'oreille droite.

Ayant avancé un siège près du feu, le squire échangea quelques phrases banales avec le visiteur ; puis il se fit un silence.

« Ma visite a pour but, dit le nouvel arrivant en cherchant à esquisser un sourire, de m'entretenir avec vous de deux lettres que vous m'avez adressées ; si ma santé me l'eût permis, je vous affirme que je serais venu plus tôt.

— Je vous remercie de votre démarche, reprit le squire pendant qu'Ida, les mains croisées sur les genoux, tenait ses regards fixés sur l'âtre.

— La mortification que j'ai éprouvée, ajouta Édouard Cossey, me confirme une fois de plus la vérité de cet adage : les absents ont toujours tort. Quoi ! tout serait-il rompu entre nous ? (Ida fit un signe affirmatif.) Sous prétexte que M. Quest, par une suite de circonstances que je ne saurais vous expliquer, est devenu subrogé aux hypothèques, vous prétendez que je n'ai pas observé fidèlement notre programme, et alors vous m'éconduisez !

— Oui, monsieur : j'y suis parfaitement décidée, répondit Ida.

— Mais enfin, mademoiselle, que diriez-vous si je

mettais à votre disposition les 750 000 francs dont
M. Quest vous réclame payement?

— Oh! fit le squire en poussant un gros soupir.

— Que diriez-vous si je m'engageais, en outre, à
faire par contrat à Mlle de la Molle une donation
de 750 000 francs? »

En prononçant ces derniers mots, le visiteur regardait le squire jusque dans le blanc des yeux comme
pour solliciter une réponse.

« Je n'ai pas voix délibérative dans la question, fit
M. de la Molle d'un ton nerveux; adressez-vous à ma
fille. »

Là-dessus, Édouard Cossey se tourna du côté de
celle-ci, qui se cacha le visage dans ses mains et fit
un signe de tête négatif.

« Je demeure convaincu que le colonel Quaritch a,
dans cette affaire, plus de part que la question d'argent », ajouta M. Cossey.

Le regardant droit, Ida répliqua d'un ton ferme :

« Vous ne vous trompez pas, monsieur. Le colonel
et moi, nous nous sentons attirés l'un vers l'autre
par un sentiment très vif et nous espérons nous
marier un jour.

— Que le colonel aille au diable! » grommela le squire.
Son interlocuteur fronça le sourcil.

« Je ne me donne pas pour un saint, fit-il en balbu-
tiant, et on ne se fera peut-être même pas faute de
vous conter certaine aventure tant soit peu extraordinaire de ma vie. Le titre le plus sérieux que j'aie à
faire valoir près de vous, mademoiselle, c'est l'affection illimitée que vous m'inspirez; avant de m'écon-
duire, je vous supplie de réfléchir encore.

— Toutes mes réflexions sont faites, répliqua Ida du ton de l'impatience : c'est une affaire finie, et, soit dit en passant, je ne trouve pas délicat de votre part d'insister davantage, surtout en présence de mon père. »

Ida donna la main à Édouard Cossey, et le squire, lui offrant le bras, le reconduisit jusqu'à sa voiture. Profitant de la circonstance, le visiteur glissa ces mots à l'oreille du squire :

« Si désespérée que soit ma cause, je compte pourtant sur votre intercession en ma faveur.

— Je vous dis tout franchement que mes vœux sont pour vous, répliqua le châtelain ; certaines raisons particulières vous en donnent l'assurance. Mais Ida, à l'inverse d'un grand nombre de femmes, est inébranlable dans ses résolutions. Rappelez-vous, jeune homme,

Qu'en attrapant du temps, à tout on remédie. »

Dès que la voiture se fut éloignée, le squire s'achemina vers le salon. Rien qu'à le voir, sa fille pressentait ce qui allait suivre ; avec le courage qui la caractérisait, elle marcha droit à son père, bien décidée à tenir tête à l'orage prêt à éclater.

Pendant quelques instants, le squire agita nerveusement différents papiers sans desserrer les dents, puis il ouvrit la conversation en disant :

« La résolution que vous avez prise est très grave, ma fille. Vous êtes majeure, vous avez dû prendre conseil de vous-même, et il faut bien se dire que ni votre père, ni votre famille n'ont mieux à voir dans vos décisions. Néanmoins je considère comme un

devoir de parler à cœur ouvert avec vous. Vous refusez un des plus beaux partis de l'Angleterre pour
épouser un colonel avachi, sans fortune, en retraite
et, en outre, si paresseux, qu'il renonce à solliciter
un autre emploi. »

A ces derniers mots, les yeux d'Ida exprimèrent
un mécontentement très sérieux, mais elle n'eut garde
de rien objecter, craignant sans doute de perdre son
sang-froid. Son père poursuivit :

« Vous avez par là prouvé combien vous mécon-
naissez les désirs de votre père, sachant pertinemment que l'acte que vous entendez perpétrer entraî-
nera sa ruine et celle de votre famille.

— Pourtant vous ne sauriez m'imposer d'épouser
un homme que je déteste, alors que j'en aime un
autre. A l'époque où j'ai accueilli favorablement la
demande de M. Édouard Cossey, mon cœur n'avait
pas encore battu pour le colonel Quaritch.

— Ah! nous y voilà! Vous allez parler d'amour
comme les pensionnaires romanesques. Vous avez
passé l'âge des enfantillages, Ida. En ma qualité
d'homme d'ancienne roche, je crois à la famille, à
l'affection, au devoir. Au total, l'amour, comme vous
l'appelez, n'est trop souvent qu'un mot, dont on se
sert pour déguiser l'égoïsme et d'autres vilains sentiments.

— Il est évident, mon père, reprit Ida en s'efforçant de paraître calme, que mon refus d'épouser
M. Édouard Cossey vous paraît particulièrement
désagréable, et cependant, il y a peu de temps
encore, vous professiez pour lui une antipathie très
accentuée. Je ne puis comprendre pourquoi l'affection

d'une honnête femme pour un noble et digne homme
serait taxée de crime. C'est très joli de vous gausser
de l'amour! Vous oubliez donc que nous sommes
faites de chair et de sang; que nous ne sommes ni
des esclaves ni des meubles, et que le mariage signifie
beaucoup de choses pour nous; seulement cet acte
civil et religieux n'a pas le pouvoir de rendre juste et
équitable une chose qui, en elle-même, ne l'est pas.

— Vos discours sur le mariage me laissent froid,
ma fille. Du moment que vous n'entendez pas épouser
M. Cossey, je ne puis vous y forcer, libre à vous de
nous ruiner; mais écoutez bien ceci : Tant que les
choses demeurent dans l'état présent, ce qui, hélas!
ne saurait durer, je suis le maître chez moi. Donc, je
ne compte pas voir le colonel s'y implanter, et je me
propose de lui écrire. Maintenant, vous restez
libre d'agir et de vous marier à votre guise, mais ce
sera sans mon consentement, ce qui n'est d'ailleurs
qu'une formalité inutile; me comprenez-vous, Ida?

— Dès que vous aurez terminé, mon père, je vous
dirai que vous pouvez écrire au colonel Quaritch. »

Pour toute réponse, M. de la Molle s'assit à une
table, saisit une plume, et alors Ida quitta la pièce,
le cœur lourd, pendant que son père traçait ces mots :

Cher Monsieur,

J'ai été informé par ma fille Ida de vos intentions réci-
proques. Pour des raisons qu'il est inutile de vous donner
ici, je désapprouve en tout point ce projet. Ida est majeure,
je n'ai donc pas le droit d'intervenir, et comme ma
conscience se refuse à ratifier ces projets d'avenir, je viens
vous prier de cesser vos visites chez nous.

Je suis, Monsieur, votre très humble serviteur.

J. DE LA MOLLE.

Dès qu'Ida fut remise de cette cruelle émotion, elle écrivit, de son côté, au colonel et le mit au courant de tout ce qui s'était passé :

Jamais, mon cher Harold, une femme ne s'est vue placée en pareille difficulté et jamais elle n'a eu plus besoin d'appui et de conseil! Vous savez, et pour des raisons péremptoires, combien la pensée d'un mariage avec M. Édouard Cossey m'est odieuse, vous aimant comme je vous aime et n'ayant pas de plus ardent désir que de devenir votre femme; mais cela ne m'empêche pas de voir le mauvais côté de la situation. J'envisage les choses telles qu'elles sont, sans me faire d'illusion; cependant je ne suis pas aussi égoïste que mon père le croit ou prétend le croire. Je comprends fort bien les avantages exceptionnels qu'une alliance avec M. Cossey aurait pour lui. Vous n'avez peut-être pas oublié que je vous ai dit un jour qu'une femme n'a pas le droit de songer à son propre bonheur plutôt qu'à la propriété de sa famille. Proclamer de tels principes est chose facile, mais non pas de les mettre en pratique. Que puis-je faire et que dois-je faire? Mais comment puis-je m'adresser à vous pour avoir un conseil? Ah! que Dieu me vienne en aide! N'est-il donc pas un moyen de sortir de difficulté?

Ces deux lettres, que le colonel reçut le lendemain matin, lui donnèrent une véritable fièvre d'anxiété.

Voici sa réponse au squire :

Monsieur,

J'ai reçu votre lettre et celle de Mlle de la Molle. J'espère que vous me croirez sur parole quand je vous dirai que je comprends et que je sympathise même avec les motifs qui vous ont déterminé à m'écrire. Bien que je ne l'aie jamais regretté jusqu'à aujourd'hui, j'ai le malheur d'être pauvre et mon rival est archi-millionnaire. Vous pouvez compter sur l'engagement que je prends de me conformer à vos injonctions. Je tiens aussi à vous affirmer que, quels que soient mes sentiments personnels, je ne chercherai jamais à influencer directement ou indirecte-

ment la résolution de Mlle de la Molle. A elle appartient
le droit de décider de mon sort!

Je suis, Monsieur, avec un profond respect, votre tout
dévoué.

Colonel QUARITCH.

Nous transcrivons ici les lignes qui terminent la
lettre que Harold écrivit à Mlle de la Molle :

Ma bien chère Ida, vous êtes juge de la situation; j'ac-
cepterai loyalement votre décision, quelle qu'elle soit. Je
n'entreprendrai pas de vous dire à quel point mon bonheur
est entre vos mains, ni ne chercherai à influencer vos sentiments. Si, d'un côté, j'estime qu'il est mal à une femme
de sacrifier sa vie entière aux intérêts pécuniaires de sa
famille, je ne puis, d'un autre côté, vous donner aucun
conseil. Je m'efforce de me tenir en dehors de la question
et de ne considérer que vous seule; mais alors j'ai lieu de
craindre que mon jugement ne soit pas impartial. En tout
cas, moins nous nous verrons désormais, mieux cela
vaudra. Je dois éviter de sembler peser sur vos décisions.
Si nous sommes destinés à passer notre vie ensemble,
l'avenir nous dédommagera de cet éloignement passager;
si, d'autre part, nous sommes menacés d'une séparation
éternelle, alors il vaut mieux faire notre sacrifice plus tôt
que plus tard. La vie est une longue épreuve et quelquefois, comme aujourd'hui par exemple, mon cœur se brise
à la pensée que le bonheur s'évapore dès que j'étends
la main pour le saisir. Si tel est le sentiment qui m'op-
presse, que ne devez-vous pas souffrir vous-même? Que
dire de plus à la bien-aimée de **mon cœur**, si ce n'est
répéter avec elle : *God bless you.*

Par une matinée très froide, M. de la Molle et sa
fille suivaient à travers champs le sentier qui conduit
à l'église. A voir leur air défait et mélancolique, il
était difficile de dire quel était le plus abattu des
deux. La veille, le vieillard avait eu l'occasion de rencontrer M. Quest qui n'avait répondu que par une fin

de non-recevoir à l'appel *ad misericordiam* qu'il lui avait adressé quelques heures auparavant. Par une lettre de Londres, il avait appris que tout espoir de trouver prêteur était perdu.

Nos promeneurs suivaient une allée bordée de chênes, aboutissant à la grande route. Sur le chemin ils aperçurent Georges, une hachette à la main, en train de marquer les arbres à abattre.

« Que faites-vous là? demanda le squire d'une voix triste.

— Comme monsieur voit, je prépare de la besogne aux bûcherons.

— Allez, Georges, c'est inutile, puisque Honham aura changé de propriétaire avant que la sève remonte aux arbres.

— Que voulez-vous, monsieur! moi, je n'y crois pas... et cela ne sera pas!

— Mon pauvre stupide Georges, reprit M. de la Molle avec aménité, *cela sera*. Tenez, voyez plutôt. »

En ce disant, il pointa du doigt un dog-cart arrêté sur la route. Les occupants prenaient des notes : ils n'étaient autres que M. Quest et un expert bien connu dans ces parages. Un carnet à la main, il donnait tour à tour un coup d'œil sur le château et inscrivait ensuite ses observations.

« Que le diable les emporte! » s'écria Georges en perdant complètement ses manières.

Les grands yeux du squire jetaient des éclairs et il semblait dire à sa fille : « Considérez votre ouvrage! » Elle détourna la tête, n'en pouvant supporter davantage. Dans la soirée, elle prit une détermination, qu'elle communiqua à Harold seulement : c'était de

laisser aller les choses et de s'en remettre à la destinée! Si la Providence n'apportait aucun remède à
la situation, il faudrait courber la tête et faire son
sacrifice au dernier moment. Ida savait de reste qu'il
ne tiendrait qu'à elle de ramener Édouard Cossey à
ses pieds; si ce compromis, comme tant d'autres,
avait un point défectueux, c'était cependant gagner
du temps, et le temps était pour elle ce qu'est la
respiration pour un mourant.

Georges demanda derechef à M. de la Molle d'aller
à Londres.

« Comment! encore à Londres? mais vous y étiez
ces jours-ci! répliqua le squire.

— C'est pour une affaire privée, monsieur, répondit
Georges d'un air en dessous.

— C'est bon, c'est bon, allez à Londres et gardez
pour vous vos mystères de deux sous. »

Sur ce, le squire reprit sa marche, et, de son côté,
Georges, faisant demi-tour sur ses talons, montra le
poing au dog-cart et se dit à part lui : « Ah! cré
nom! le moment est critique; mais, vrai comme je
m'appelle Georges, nous verrons qui l'emportera, des
honnêtes gens ou des fripons. »

XXVIII

Le hasard d'une rencontre avait mis Georges sur la piste des anciennes amours de M. Quest : il connaissait l'existence du domicile d'Édith. Le surlendemain du jour où il avait obtenu l'autorisation d'aller à Londres, il prit le chemin de fer pour cette ville, et, à peine arrivé, il se fit conduire chez la belle Édith. Arrivé devant la maison, il constata à regret qu'elle semblait inhabitée. Des brins de paille, des morceaux de loques éveillaient l'idée d'un récent déménagement. L'oiseau s'était envolé sans laisser d'adresse!

Dans l'impossibilité de se servir de la sonnette électrique, qui n'était pas chargée, il avisa une porte entre-bâillée; il en franchit le seuil, pénétra dans le salon, où il ne restait plus qu'un matelas pour tout mobilier, un verre et une bouteille vide. Étendue sur son divan, la belle Édith offrait le spectacle le plus répugnant que Georges eût jamais vu. Le visage empourpré, les yeux injectés de sang de cette créature, témoignaient de ses copieuses libations. Sa

14

chevelure, à l'état de crinière, n'était certes pas un
effet de l'art. Ses souliers, de même que sa robe de
satin rose-thé, étaient dans un état lamentable. La
vue seule de cette odieuse virago fit reculer Georges
d'horreur.

Après avoir demandé au survenant qui il était, elle
entreprit de lui raconter, bien qu'elle eût la langue
fort embarrassée, qu'une saisie avait été opérée dans
la maison ; que tout avait été vendu, que sa servante
l'avait volée, dépouillée, comme dans le coin d'un
bois, et qu'enfin il la trouvait crevant de faim, contrainte d'aller se réfugier dans un *work-house*. Sur ce,
Georges lui offrit d'acheter à son intention des vic-
tuailles. Bientôt il apporta un pâté et une bouteille
d'eau-de-vie : la Tigresse fit plus d'honneur au
liquide qu'au solide. Georges reprit d'un ton bien-
veillant :

« Maintenant, madame, que vous êtes un peu res-
taurée, vous me raconterez volontiers, j'espère, comment vous êtes tombée dans une telle misère ; vous
étiez la femme d'un homme riche, amoureux et dévoué?

— Amoureux et dévoué? répéta la Tigresse... Quelle
blague! Sachez donc que je lui ai écrit trois fois
pour lui faire savoir que je meurs de faim et il ne
m'a pas envoyé un centime. Je dois dire aussi que le
terme de la pension qu'il doit me faire n'est pas
encore échu. Mais je suis endettée par-dessus la
tête!

— Comment! riposta Georges avec stupéfaction ;
mais il roule sur l'or et l'argent! Je sais même qu'il
a reçu 750 000 fr. ces jours-ci.... Oui, madame, je le
dis comme je le pense : il faut que vous soyez un

ange sans ailes pour supporter pareil état de choses.
A votre place, je lui demanderais raison de sa conduite.

— Je n'ose! il serait capable de me tuer! Déjà il
m'en a menacée.

— Vrai, est-il Dieu possible! Lui, M. Quest, vous
assassiner? Allons donc! C'est le plus grand poltron
de tout Boisingham. Ah! à quelle vie pénible vous
êtes condamnée! il va vous falloir vaquer aux soins
du ménage, frotter, astiquer, nettoyer.

— Non, non,... jamais! répondit Édith d'un ton tragique.

— Oh! alors, madame, usez de vos droits : exigez
des secours de ce mari riche; la loi l'y oblige. Et
enfin c'est un fait avéré qu'il vit maritalement avec
une autre femme.

— Tout cela est bel et bon, reprit son interlocutrice en absorbant un verre de cognac, mais comment
puis-je l'aller chercher? Je vous répète que je crains
tout de lui. Je ne dispose pas d'un rouge liard, et,
vous savez, les chemins de fer ne font pas crédit.
Puis, en réalité, si je parvenais à aller jusqu'à lui, que
pourrais-je dire? demanda Édith d'un ton plus calme.

— Si vous le permettez, madame, en prenant mon
billet pour Boisingham, j'en prendrai un autre pour
vous, et, munie de votre acte de mariage, vous direz
à M. Quest : « Vous êtes mon époux devant la loi, ei
« si vous ne cessez de vivre en concubinage avec une
« autre femme, je vous dénonce comme bigame! »

— Hum! hum! je me demande si vous n'entendez
pas me faire tirer les marrons du feu, dit la Tigresse
en regardant son interlocuteur d'un air étrange.

— Puisque l'infortune vous rend soupçonneuse, madame, je me bornerai à vous souhaiter du travail et meilleure chance. »

Sur ce, il se dirigea vers la porte; mais, faisant un bond, Édith s'élança sur lui et s'écria :

« Mille diables ! je suis décidée à suivre vos conseils, entendez-vous, et je vais apprendre à ce triste personnage à quoi l'on s'expose quand on laisse mourir de faim *sa légitime*. Je le ruinerai, je le perdrai,... je le coulerai à jamais.

— Si vous m'en croyez, madame, il vaudrait mieux aller mettre votre chapeau que d'exhaler ici vos ressentiments en pure perte. Il n'y a pas une minute à perdre pour prendre le train. »

Édith, persuadée que le conseil était bon, alla chercher son contrat de mariage et le fourra dans sa poche.

Le brave Georges n'était pas sans se rendre compte de l'effet ridicule que produisait à ses côtés cette femme plus qu'à moitié ivre, au chapeau orné de plumes de paon, aux souliers de satin blanc percés, tandis que lui portait son costume poivre et sel, du dimanche !

Entre temps, M. Quest assistait à une réunion des notabilités de Boisingham et il était à cent lieues de se douter que le glaive, suspendu sur sa tête depuis si longtemps, allait tomber et que la main qui devait couper le fil de cette épée menaçante serait celle du pauvre paysan dont il avait dédaigné les avertissements !

XXIX

Il héla un fiacre, où il fit monter la belle Édith.

« Maintenant, dit-il, nous allons aller trouver votre mari. Vous savez, ou vous ne savez pas, que nous sommes en pleine saison de Cour d'assises. Le jury est rassemblé et M. Quest est chargé de dresser procès-verbal. Évitez de dire qu'il est votre mari, car il pourrait donner ordre de vous expulser; d'autre part, je vous conseille de déclarer nettement que vous êtes dans l'intention de le poursuivre comme bigame, et, en ce disant, produisez votre acte de mariage. Si vous ne le prenez de haut, vous échouerez dans votre tentative; mais aussi, s'il est jugé, pincé, condamné, comme vous vous frotterez les mains, hein! »

La salle où siégeait le jury était bondée; on attendait avec une impatience fiévreuse le dénoûment d'une affaire qui passionnait tout le pays. Or le jury venait de rendre son verdic. Le président, qui n'était autre que M. de la Molle, allait prononcer le jugement. Assis devant une table, M. Quest prenait des notes, en dominant la barre.

« Voici votre mari, madame, dit Georges à l'oreille
d'Édith.... Parlez,... parlez haut, courage ! »

Édith fendit la foule avec peine : les derniers lam-
beaux de son ulster furent arrachés avant qu'elle parvînt jusqu'à la barre près de laquelle M. Quest était
en train de rédiger le procès-verbal. Tout à coup
celui-ci leva les yeux, avisa un chapeau de femme
orné de plumes de paon et regarda dessous.

« Ah ! misérable ! s'écria la Tigresse, vous voyez
que je suis parvenue à vous dénicher, à vous démas-
quer ! »

Faisant un effort suprême pour conserver son
sang-froid, M. Quest fait signe au policeman qui se
tient près de lui de mettre cette femme à la porte.

« Allons, venez, vous êtes en état d'ivresse, dit
l'homme de la police.

— Non certes, je ne suis pas ivre, riposta
Mme Quest; et j'ai le droit d'être ici.

— Pas de résistance. Le greffier, M. Quest, m'a
donné l'ordre de vous emmener.

— Moi ? cria Édith assez haut pour être entendue de
tout le monde. Ah ! je vais vous dire en deux mots ce
que c'est que votre greffier : c'est mon mari.... Oui,
mon mari devant la loi; tenez, voici les preuves. »

En ce disant, elle remit sur le bureau du jury l'acte
de mariage qu'elle avait dans sa poche.

M. Quest se laissa choir sur son siège; chacun
semblait muet d'étonnement, un silence de mort
régnait dans la salle. Le président fut le premier à le
rompre, disant :

« On ne peut tolérer ici un pareil scandale.

— Comment ! je fais appel à la justice.... Cet homme

est mon époux légitime; après s'être rendu coupable
de bigamie, il m'a abandonnée, il me laisse mourir
de faim et de froid, moi, sa vraie femme, dit-elle en
montrant sa robe de satin rose en guenille; non, je
ne puis supporter plus longtemps ce martyre et je
viens faire appel à la justice!

— Silence! dit le président. Si vous avez une action
à intenter contre quelqu'un, suivez la procédure ordinaire.... Taisez-vous, ou sortez. »

Mais la Tigresse vociféra de plus belle contre son
mari.

« Allons,... dépêchons-nous », dit le policeman en
la prenant par le bras.

La malheureuse femme, en se débattant, finit par
tomber, épuisée, dans le corridor. « Tout cela est
parfait, pensait Georges en suivant des yeux ce qui
se passait; on ne peut rien souhaiter de mieux. »
Ensuite il regarda du côté de M. Quest, qui, comme
mû par un ressort, s'était levé pour protester. Soit
que la parole ou le courage lui manquât, il se borna
à sortir de la salle à pas pressés. Dans le corridor, la
Tigresse, son chapeau de côté, sa robe déchirée,
criait à tue-tête. Elle avisa M. Quest, l'arrêta, l'inter-
pella, le dévisagea et grinça des dents. Lui, donna à
ses agents l'ordre de la *filer*, disant que, s'ils per-
daient sa piste, ils auraient affaire à lui.

De là, il se rendit directement à son bureau, chercha des papiers, mit de côté les uns, brûla les autres
et plaça à part deux pièces importantes. L'une
d'elles, son testament, avait été rédigée par lui quelques années auparavant; par ce document il instituait sa soi-disant femme, surnommée Belle, sa léga-

taire universelle. Pour plus de sûreté, il s'était borné
à mettre, au lieu de Belle, Quest-Gennet, connue
généralement sous le nom de Belle Quest. Une fois
cette rectification faite, il replaça son testament dans
son enveloppe, qu'il cacheta, et y écrivit le nom de
Belle avec ces mots : « A n'ouvrir qu'après ma mort ».
Puis il pensa que, du moment que Belle n'était pas
sa femme légitime, le contrat par lequel M. Cossey
lui avait passé ses droits sur les hypothèques du
château de Honham, à condition qu'il renoncerait à
toute instance de divorce contre sa femme, n'avait
plus de raison d'être. Alors il écrivit les mots suivants sur une feuille de papier qu'il intercala dans le
testament :

« Chère B..., vous devez rendre l'acte des hypothèques à M. Édouard Cossey. N'étant pas ma femme
égitime, la clause sur laquelle le traité reposait n'a
plus sa raison d'être, du moment que vous ne pouvez
la faire valoir légalement. W. Q. »

Il venait de fermer à clef le tiroir de son bureau,
lorsqu'il vit entrer l'individu chargé par lui d'es-
pionner Édith.

« Eh bien? dit-il au survenant.

— Ma foi, monsieur, je l'ai filée jusqu'au moment
où Georges, le majordome du squire, l'a abordée; il
lui a conseillé de retourner à Londres, et il a ajouté
une pièce d'or pour payer le chemin de fer.

— Dites-moi, à quelle heure part le premier train?
dit Quest.

— A sept heures quinze minutes.

— C'est bien. Retournez à la gare; surtout ne
perdez pas de vue cette femme; prenez-moi un billet

de première classe, aller et retour, pour Londres. Dès que nous y serons arrivés, je la ferai coffrer. »

Puis il remit un billet de 100 francs dans la main du policeman.

Après avoir mis ses affaires en ordre, Quest sortit et se dirigea vers sa maison; il se demanda s'il devait passer outre ou bien entrer. Belle aurait-elle été déjà instruite de la situation? Si ses mains n'étaient pas nettes, elle n'aurait pas, du moins, falsifié son acte de mariage. L'antipathie, pour ne pas dire l'aversion de cette femme pour son seigneur et maître, ne s'était jamais démentie.

Il se décida à pénétrer dans le jardin par une porte dérobée. Alors il s'approcha comme un voleur et regarda... dans le salon éclairé. Belle était étendue sur une chaise longue près du feu, vêtue d'une robe sans le moindre ornement.

M. Quest, dont le cœur était pris et qui ne l'avait jamais vue plus charmante, fit la remarque qu'un livre était posé sur ses genoux et que ce livre était la Bible; toutefois Belle ne lisait pas pour l'instant, elle tenait son joli menton appuyé sur sa main; ses yeux bleu-violet regardaient vaguement devant elle, et même ils étaient humides de larmes, comme il put s'en apercevoir malgré la distance. A l'expression de son visage, on devinait qu'elle n'était au courant de rien; elle songeait, à coup sûr, à ses propres chagrins et non à la honte de son mari. La décision de celui-ci était prise, il allait entrer dans la pièce.

XXX

Après avoir pénétré dans la maison par une porte de côté, M. Quest enleva son chapeau et son paletot, puis il entra dans le salon. Il avait encore une heure devant lui avant de prendre le train.

« D'où vient que vous êtes si pâle? lui demanda Belle.

— La journée n'a été pour moi qu'une série d'épreuves, répondit-il. Et vous, comment avez-vous passé votre temps?

— Comme vous voyez.

— A lire la Bible? interrogea Quest.

— Ah! d'où vient que vous êtes si bien renseigné? demanda Belle en rougissant légèrement, car, au bruit des pas du nouvel arrivant, elle avait jeté un journal sur le livre. Oui, je lisais la Bible : vous n'êtes pas sans savoir que, quand une femme sent que tout lui manque dans la vie, elle se réfugie dans les idées religieuses.

— Ou dans les libations alcooliques. Avez-vous vu M. Cossey dernièrement? reprit M. Quest du ton de la curiosité.

— Non. Pourquoi me demandez-vous cela? Je croyais que nous étions convenus de ne plus aborder ce sujet, répondit Belle sans se troubler.

— Vous savez sans doute que, toute réflexion faite, Mlle de la Molle ne l'épouse pas?

— Oui, je le sais, répondit son interlocutrice avec calme; elle a pris ce parti par suite des nouvelles dispositions d'Édouard Cossey relativement aux hypothèques du château de Honham.

— Vous devez m'en avoir une grande reconnaissance? répliqua Quest.

— Mon Dieu, non! Je n'ai plus de cœur à rien, William. Je suis fatiguée de tout, du bien, du mal, de l'amour et de la haine!

— Il me semble que nous sommes arrivés tous deux au même point, mais par des routes différentes, reprit Quest.

— En tout cas, vous êtes toujours passionné pour le lucre.

— Moi? Jamais de la vie je n'ai aimé l'argent pour lui-même; ce que j'en aime, c'est la puissance qu'il donne et le piédestal sur lequel il vous place.

— Et vous avez cru que tous les moyens étaient bons pour arriver à ce but? demanda Belle.

— Oui, je l'ai cru, je l'avoue; mais j'ai changé d'avis.

— Vrai, je ne vous reconnais plus, William! Mais j'oublie qu'il me reste à faire un bout de toilette. »

M. Quest répondit d'un ton engageant :

« Donnez-moi encore quelques minutes avant que je parte, dites?

— Vous, partir? Où allez-vous? reprit Belle d'un ton intrigué.

— A Londres, où m'appellent mes affaires.

— Ah! Et quand reviendrez-vous, William?

— Demain, peut-être. Je me demande, dit Quest d'une voix mal assurée, si vous portez sur moi un jugement toujours aussi défavorable.

— Moi! fit-elle en écarquillant les yeux. De quel droit vous jugerais-je, à la rigueur? Si lourd que soit le poids de vos indignités, je suis encore plus coupable que vous.

— Hélas! il se peut qu'il existe pour nous deux des circonstances atténuantes; il se peut que nous agissions, poussés par une force invisible. Il se peut, enfin, que nous ne soyons que des jetons mus par une puissance supérieure. Mais je ne veux pas vous retenir plus longtemps; adieu, Belle.

— Adieu, répondit-elle froidement.

— Avant de m'éloigner, je me demande si vous ne m'accorderez pas un baiser. »

Belle considéra Quest d'un air étonné. Il y avait, du reste, des années qu'il ne l'avait embrassée; elle laissa voir que son premier mouvement était un refus, mais l'expression mélancolique de la physionomie de Quest avait quelque chose de si touchant et même de si peu humain, qu'elle ne put y rester insensible.

« Eh bien, oui, William, si tel est votre désir, fit Belle; seulement, je vous demanderai d'où vient ce regain de tendresse.

— Laissons les morts enterrer leurs morts! répondit Quest en l'enlaçant de ses bras et en déposant sur son front un baiser tendre plutôt que passionné. Adieu, adieu, je regrette de n'avoir pas été un meilleur mari. »

L'instant d'après, il était parti.

Arrivé dans sa chambre, Quest se jeta sur son lit; on aurait presque pu croire qu'il sanglotait. Or son visage portait les traces d'une lutte terrible, mais non celles de larmes. Au bout de peu d'instants, il se leva, alla prendre dans un tiroir un revolver petit modèle, en enleva les cartouches, qu'il replaça avec d'autres dans une boîte en métal. Il prit son pardessus, glissa l'arme dans sa poche, enfonça sur sa tête son chapeau mou, descendit l'escalier et sortit. Il ventait dur, la pluie tombait par rafales, les rues étaient désertes; Quest arriva à la gare sans avoir rencontré âme qui vive. Il promena ses regards autour de lui, cherchant l'individu qu'il avait chargé de prendre son billet pour Londres.

« Ah! pardon, monsieur, je ne vous remettais pas. Voilà le billet.

— La femme en question est-elle encore là? demanda le survenant.

— Oui, monsieur, elle a pris un billet de troisième classe. Figurez-vous qu'elle a raconté à la personne qui tient le buffet toutes sortes d'histoires sur votre compte et a fini par dire qu'elle se rendait à Londres de peur de recevoir de vous un mauvais coup.

— Cette femme est une voleuse et pire encore! répliqua M. Quest. Ah! demain à pareille heure, elle sera coffrée! Mais voilà le train,... cela suffit.... Bonsoir! »

Là-dessus, il gagne le quai par une porte dérobée. Notre voyageur, tapi dans un coin, guette l'arrivée du train; il entend un employé crier de toute la force de ses poumons : « Allons, madame, plus loin, les troisièmes! » Alors la Tigresse frôle M. Quest en passant, jure tout en marchant, et se hisse dans un compartiment vide. D'un bond, M. Quest saute dans un wagon à côté de celui qu'elle occupe ; le sifflet donne le signal, et l'on part.

A quelques minutes de là, le train s'arrête. Aucun voyageur ne monte, et l'on se remet en marche.

« Personne pour Effry? » demande le chef de train.

Il ne devait plus y avoir d'arrêt avant quarante minutes. Le moment décisif approchait; Quest attendait, pour parler, que la locomotive fût lancée à toute vitesse. Le pays que l'on traversait était humide et triste.

La tempête, si assourdissante qu'elle fût, dominait le bruit du train en marche. Quest, à cet instant, se décide à enjamber tout doucement la barre en bois qui sépare les deux compartiments, le sien et celui d'Édith. A la faveur des lueurs de la lampe, il devine que la voyageuse est endormie. Sur le visage de cette créature, il considère les marques que des vices répugnants y ont imprimées, et tressaille! Qui sait? sans cette ignoble femme, peut-être fût-il resté un honnête homme!

A l'heure présente, sa ruine morale est consommée; il est tombé sous le mépris. Oh! mais elle ne lui échappera pas, il se vengera. Pour lui, la mort est la dernière ressource, et pour elle aussi! Les dents serrées, il tire de sa poche son pistolet chargé, et, d'un geste farouche, braque le canon sur la poitrine de la voyageuse endormie. D'où vient que l'arme est si dure à la détente? C'est que la main du malheureux se refuse à perpétrer un acte infâme.

Au moment où il dépose son pistolet sur son genou, Édith se réveille. Quest constate aussitôt l'expression de stupeur et de terreur que reflète le visage de la voyageuse. Ses traits se contractent d'horreur; glacées d'épouvante, ses lèvres s'entr'ouvrent pour crier, mais sans proférer un son. Elle regarde fixement le pistolet.

« Si vous criez, vous êtes morte ! dit Quest.

— Pourquoi cette arme?... Comment êtes-vous ici?... D'où venez-vous? demanda Édith, transie de peur.

— De la nuit où vous allez entrer! reprit Quest d'un ton lugubre.

— Oh! vous n'entendez pas me tuer.... J'ai peur de la mort.... Ma conscience me dit que je ne saurais échapper au châtiment.

— Il y a de longs mois que je vous ai menacée de vous tuer si vous me poursuiviez de vos menaces; vous m'avez ruiné, je suis un homme perdu;... il ne me reste, misérable femme, qu'à vous tuer, et à mourir moi-même ensuite!

— Non,... non,... j'étais affolée,... déséquilibrée,... ivre, en un mot;... en réalité, je ne suis pas responsable du scandale de l'audience.... C'est l'affreux homme qui m'y a entraînée, voilà tout! »

En ce disant, elle se jette aux genoux de son interlocuteur, implorant la pitié,... évoquant les scènes du passé,... le souvenir des baisers qu'il lui avait prodigués jadis....

« Oh grâce! pitié! » disait-elle, la voix étranglée par l'épouvante.

Quest approche le canon du revolver de la tempe d'Édith; au contact du métal, elle tressaille : mais, au

dernier moment, la main du voyageur recule; il se dit
que désormais il n'a plus rien à redouter de cette
créature maudite, puisque le lendemain, avant l'aube,
il aura atteint des régions inaccessibles aux humains.
Il considère avec mépris le serpent humain qui se
tord et se détord à ses pieds.

Édith comprend à cette heure terrible qu'il commence à lâcher prise. Ah! si elle pouvait profiter de
la circonstance pour avoir le dernier! Il n'est pas si
robuste après tout! N'est-elle pas plus grande et plus
forte que lui? L'important serait de commencer par
désarmer Quest.

D'une voix implorante, elle fait appel à la pitié de
son mari, elle se soulève alors à demi, et lui de crier
d'une voix accentuée par la menace :

« Silence! »

Puis, comme par une subite transition d'idées, il
ajoute :

« Je réfléchis en ce moment à un dilemme qui vient
de surgir de mon cerveau. »

Édith reste coite et écoute.

Le grondement du vent et le vacarme des wagons,
passant sur un pont, se font seuls entendre. Tout à
coup la Tigresse fond sur Quest, le désarme et le
saisit à la gorge avant même qu'il eût le temps de
ressaisir ses esprits. Tous les deux se débattent en
une lutte horrible, s'excitent, perdent l'équilibre, tombent sur le plancher, se heurtent contre la portière
du wagon mal fermée; elle s'ouvre béante, et les deux
voyageurs tombent d'une hauteur d'une soixantaine
de pieds dans les eaux profondes et noires, et dans
le gouffre plus noir encore de la mort!

XXXI

Des jours s'étaient écoulés; la nouvelle de ce drame s'étant répandue comme une traînée de poudre, des articles innombrables avaient raconté, commenté et discuté le fait; puis, peu à peu, l'émotion s'était calmée; les deux acteurs du drame étaient morts, la perspective d'un procès à sensation ne tenait plus la curiosité du public en éveil. Les cadavres furent retrouvés sur un banc de sable; on procéda à une enquête, comme de juste, et ensuite à l'inhumation du bigame et de sa femme; après quoi on oublia.

A Boisingham et aux environs, l'on témoigna une sympathie sincère à la pauvre Belle qui continua à porter le nom de Mme Quest, bien qu'elle n'y eût aucun droit. Du reste, elle le portait modestement et vivait très retirée. Dès que l'acte de décès de M. Quest fut légalisé, elle ouvrit le coffre-fort de son soi-disant mari; il avait laissé les clefs sur une table dans son cabinet de toilette. Elle y trouva le testament du défunt et d'autres papiers d'affaires, y compris l'acte par lequel M. Édouard Cossey faisait à M. Quest l'abandon de la créance sur M. de la Molle et l'instituait égale-

15

ment subrogé aux hypothèques. Or, même au cas où
M. Quest n'eût pas spécifié par écrit à Belle de res-
tituer cet acte à M. Édouard Cossey, elle n'en eût pas
moins agi de la sorte de son propre mouvement. Elle
renvoya l'acte sous pli cacheté à Édouard Cossey,
tout en se demandant ce qui allait en advenir. Son
attente ne fut pas de longue durée. Il lui en accusa
réception trois jours après, et elle apprit que M. de
la Molle avait reçu un avis l'invitant à liquider sa
situation à l'échéance prescrite.

Après la fin tragique de Quest et la réception des
documents que Belle avait retrouvés, Édouard Cossey,
à une quinzaine de là, se tenait près du feu, dans son
salon, abîmé dans ses réflexions. Bien que d'importantes affaires réclamassent sa présence à Londres,
il avait renoncé à y aller, en sorte que les questions
qui ne pouvaient être traitées que là restaient en
souffrance. Il continua à poursuivre le rêve d'épouser
Ida, et cela d'une manière si opiniâtre même que
cette pensée avait pris chez lui la forme d'une obses-
sion. Tout d'abord, il avait mesuré les avantages
résultant pour lui de la mort de M. Quest, y compris
celui de recouvrer la créance sur le château et les
propriétés y attenantes. Or, sans se faire illusion sur
l'effet déplorable que produirait sur Mlle de la Molle
un pareil procédé, il ordonna à ses agents de rappeler
au squire le terme de l'échéance et de prendre tous
les moyens légaux dont ils étaient armés pour obtenir
satisfaction. D'autre part, il avait écrit une lettre
confidentielle au squire, appelant son attention sur
ce fait que la situation était redevenue ce qu'elle était
en principe, mais qu'il entendait néanmoins mettre

à exécution les arrangements déjà spécifiés, pour que,
de son côté, Mlle de la Molle les ratifiât. Le squire
lui répondit une lettre assez polie, bien qu'il eût été
très offensé de la manière d'agir d'Édouard Cossey
après la mort de M. Quest; il répéta ce qu'il avait
déjà dit, à savoir qu'il ne pouvait faire épouser de
force à sa fille un homme qui ne lui agréait pas; mais
il ajoutait que, si elle changeait d'avis, il n'y ferait
pas obstacle. Les choses en restèrent là. Une ou
deux fois, Édouard Cossey ayant rencontré Ida à la
promenade soit à cheval, soit à pied, elle s'était
bornée à lui faire une inclination de tête en passant.
Une seule goutte de miel se mêlait à l'amertume de
son désappointement : à savoir que l'on avait interdit
au colonel Quaritch l'entrée du château et que toute
relation entre lui et la famille des La Molle avait
cessé.

Ainsi donc, un après-midi sur le tard, Édouard
Cossey, plongé dans un fauteuil, regardait attentivement le portrait de la belle châtelaine qu'il avait fait
peindre en pied et en costume de cour. Le crépuscule
commençait déjà à en atténuer les contours; tout à
coup la cameriste vint dire qu'une dame désirait
parler à M. Cossey. Il demanda son nom; mais, pour
toute réponse, il apprit qu'elle portait un voile épais
et qu'un grand manteau l'enveloppait. Presque aussitôt l'inconnue fit son entrée. Édouard Cossey, sans
cesse absorbé par son idée fixe, se disait que, à part
Ida, rien n'avait d'intérêt pour lui en ce monde. La
jeune femme entra et resta immobile; une expression
de pitié dédaigneuse se répandit sur son pâle visage,
puis elle dit à haute voix :

« Je me demande pourquoi nous sommes condamnés par le sort à aspirer après ce que nous ne
pouvons trouver. »

Reconnaissant la voix de Belle, Édouard Cossey
leva les yeux et vit la jeune femme qui laissa tomber
son voile et le capuchon de son manteau. Mais
qu'étaient devenues les boucles d'or de sa coiffure
hurluberlu et sa taille de nymphe? Le tout avait disparu sous la robe de bure, la coiffe blanche et le cru-
cifix d'une religieuse! Édouard Cossey bondit hors
de son siège en poussant une exclamation, se demandant, stupéfait, s'il avait devant lui un fantôme de
son imagination, éclairé par la réverbération du feu!

Ce n'était que trop véritablement Belle!

« Pardon, Édouard, dit-elle d'une voix douce; je
conviens que mon apparition chez vous a quelque
chose de théâtral, mais deux motifs m'ont décidée à
revêtir ce costume : *primo*, parce que je dois quitter
Boisingham d'ici deux heures et que mon désir est
de partir incognito; *secundo*, je viens vous assurer
que désormais je ne saurais être un sujet de trouble
pour vous. Voulez-vous allumer les bougies? »

Édouard obéit machinalement et ferma les rideaux.
Entre temps, Belle s'était assise près de la table, le
visage caché dans ses mains.

« Qu'est-ce que tout cela signifie ? interrogea
Édouard d'un ton tragique.

— Sachez que désormais mon nom est sœur Agnès,
dit-elle en laissant voir son visage à découvert; il y a
un abîme entre nous. J'ai quitté le monde à jamais et
j'appartiens aujourd'hui à une congrégation de sœurs
hospitalières. Je viens vous dire un dernier adieu.

— Édouard, fit-elle en continuant, vous rappelant quelles ont été nos relations,... vous pouvez mesurer la portée de ce mot dans la bouche d'une femme. Vous le savez,... je vous ai aimé de toutes les forces de mon âme, de toutes les fibres de mon cœur. Vous savez aussi quelle a été la fin de tout cela,... la fin triste et honteuse! Je ne suis pas venue ici pour vous adresser des reproches.... Non, ce n'est pas votre faute, mais la mienne, et, si j'ai quelque chose à pardonner, je le fais dans toute la sincérité de mon âme. Je vous affirme que je ne vous en veux pas, quels que puissent être les souvenirs qui me hantent; je fais les vœux les plus ardents pour votre bonheur. »

Il leva les yeux vers elle, mais ne répondit rien.

« Je sais, reprit-elle en avisant la peinture placée au-dessus de la cheminée, que vous pensez toujours à elle et que je ne suis rien ou moins que rien pour vous. Quand je vous aurai quitté, c'est à peine si vous vous souviendrez de moi. Je me demande encore si vous atteindrez votre but. Je réprouve de toutes mes forces les moyens que vous avez adoptés: mais enfin, si vous parvenez à réaliser vos vœux, nous aurons eu tous les deux le même sort : celui d'épouser une personne qui ne ressent que de l'antipathie pour vous; en un mot, qui a donné son cœur à un autre. Je ne sache pas qu'il soit au monde une plus dure chaîne de chagrins quotidiens.

— Vous êtes très consolante, dit Édouard d'un ton ironique.

— Je ne vous dis que la vérité, répondit son interlocutrice. Que pensez-vous qu'ait été ma vie, pour que, de désespoir, je me sois décidée à quitter le

monde, à me cacher, moi et |ma honte, dans un
couvent! Maintenant, Édouard, poursuivit-elle, j'ai
encore autre chose à vous dire, car je ne m'éloignerai
que lorsque vous aurez entendu ce dernier aveu. »

Alors, se penchant vers lui et le regardant droit,
elle murmura d'une voix funèbre :

« J'ai tiré sur vous avec préméditation.

— Comment! fit-il en bondissant en arrière avec un
geste d'horreur. Quoi, vous vouliez me tuer?

— Oui, je le voulais.... Mais ne me jugez pas
trop avec rigueur, ajouta-elle en le regardant avec
anxiété : je suis une femme passionnée, vindicative
et poussée à bout par la jalousie.... Vous m'avez
jeté l'insulte à la face.... Vous avez dit à qui voulait l'entendre qu'ayant été votre maîtresse j'étais
indigne de frayer avec celle que vous vous voulez
épouser. Il n'en fallait pas davantage pour me mettre
hors des gonds.... L'occasion a fait le reste : le fusil
était là, je l'ai saisi, j'ai tiré! Que Dieu ait pitié de
moi.... Il me semble que mes souffrances dépassent
les vôtres. Oh! quand je veillais jour et nuit à votre
chevet et que je me demandais si vous alliez mourir
ou non, il me semblait que ma tête s'égarait. »

Soudain Édouard se lève, murmure une malédic-
tion, et se dirige du côté de la sonnette; mais Belle
s'avance, lui barre le passage, le saisit par le bras et,
après l'avoir dévisagé, elle lâche prise en disant :

« C'est juste, vous êtes dans votre droit en faisant
prévenir la justice; seulement, réfléchissez que rien
n'a transpiré jusqu'ici, et que la vérité tout entière
sera révélée pendant le procès. Bref, vous ne ferez
qu'ajouter un scandale à un crime. »

A ces mots, il s'arrête court et reste pensif.

« Tiens! pourquoi ne sonnez-vous pas? dit Belle.

— Je ne sonne pas, répéta Édouard en lui jetant un regard profondément triste, parce que je pense que le parti le plus sage est de vous rendre votre liberté. Tout ce que je souhaite, c'est de ne plus entendre parler de vous.... Vous m'avez fait assez de mal.... Partez.... Je pense qu'un couvent est ce qui vous convient le mieux. Vous êtes trop redoutable pour que l'on vous laisse impunément au large.

— Juste ciel! s'écria Belle d'un accent douloureux,... dire que vous êtes celui pour lequel j'en suis arrivée là! Oh! que le monde est cruel! » fit-elle.

Puis dans une attitude douloureuse et résignée, posant la main sur son cœur, elle se dirigea d'un pas mal assuré vers la porte; arrivée là, elle se retourna et d'une voix entrecoupée elle murmura d'un ton plaintif :

« Édouard, n'avez-vous pas une bonne parole à me dire? »

Il considéra son interlocutrice d'un air de mépris suprême, et pour toute réponse, il tourna les talons.

Belle s'éloigna de Boisingham, la main toujours posée sur son pauvre cœur prêt à se fendre. Plus tard encore, le sort les rapprocha dans des circonstances singulièrement tragiques, mais que nous passerons sous silence. Belle est morte, pour le monde, en réalité; mais il est un autre monde de souffrances, de honte et de misère où son doux visage apparaît comme un rayon de lumière céleste. C'est là qu'il faut l'aller chercher.

XXXII

Entre temps, les choses allaient de mal en pis au château. Les agents d'Édouard Cossey suivaient à la lettre ses instructions, et cela avec une persévérance et une ingénuité exécrables. Chaque jour, on découvrait un nouveau moyen d'action contre l'infortuné squire; chaque jour, il surgissait de nouveaux droits à payer. Chaque jour, on en exigeait le montant intégral dans un langage presque insolent; chaque jour, enfin, c'étaient des intérêts en retard que l'on réclamait avec autorité! Bref, le vieux brave homme en perdait la tête, et, par contre, il la faisait perdre aussi à ceux qui l'entouraient. Cet état de perpétuelle surexcitation ébranla sa constitution physique; bien que robuste, il ne pouvait à son âge supporter les préoccupations qui l'accablaient. On le voyait vieillir à vue d'œil; il se voûtait; sa mémoire se brouillait, surtout lorsqu'il s'agissait des comptes d'hypothèques et de fermages. Ida, elle aussi, était pâle et sombre; l'expression de son visage avait quelque chose de douloureux et d'inquiet. Le 15 décembre fut spécialement un jour de crise. Au moment de se mettre à table pour déjeuner, elle trouva son père lisant d'un œil anxieux les lettres de ses hommes d'affaires.

« Qu'est-ce qu'il y a, père? » demanda-t-elle en lui voyant la mine si longue.

Il se prit à sourire d'un sourire plein de tristesse.

« Comment, ce qu'il y a? répéta M. de la Molle d'un ton irrité. On me demande la bagatelle de 5 000 francs; il est clair que l'on ne tient aucun compte de mes observations. J'ai répondu d'écrire à mon notaire. Vertu de ma vie! j'ai de tout cela par-dessus la tête! »

Sur ce, il montra à Ida une grande feuille de papier noircie d'encre et couverte de chiffres.

« 5 000 francs, répéta encore une fois le squire. Où les puis-je prendre? Je ne saurais même arriver à payer trois mois d'intérêts échus! Je n'en puis plus, Ida. Il ne me reste qu'à mourir, il n'y a point pour moi d'autre moyen de sortir d'embarras. La vue seule de ces chiffres me met la cervelle à l'envers. C'en est trop pour un vieillard déjà engourdi par l'âge. Ah! ciel, comme la mort arriverait à propos!

— Il ne faut pas parler ainsi, mon père, répondit Ida ne sachant trop que dire.

— Oui,... oui, tout cela est bel et bon, mais rien n'est brutal comme un fait et comme un chiffre! Nous sommes ruinés, et force nous est de le reconnaître.

— Nous est-il donc absolument impossible de nous procurer de l'argent par un moyen quelconque, mon père? dit Ida avec douceur.

— Voyons, à quoi bon m'adresser cette question?
répliqua M. de la Molle. Il est une chose, une seule,
qui serait le salut pour nous, vous le savez aussi bien
que moi, Ida; mais il n'entre pas dans mes calculs
de vous imposer une résolution contraire à vos inclinations. De fait, vous êtes libre de vos actes; toutefois mieux vaudrait quitter Honham et nous retirer
dans un cottage que de demeurer ici, n'y devant pas
rester. Si nous sommes condamnés à mourir de faim,
je ne saurais sauver plus longtemps les apparences. »

Ida se leva et, avec une expression de fermeté singulière, se rapprocha de son père, posa sa main sur
l'épaule du vieillard et, le regardant droit, dit d'un
ton solennel :

« Votre désir est-il que j'épouse cet homme?

— Mon désir à moi, Ida! Qu'entendez-vous dire
par là? demanda le squire du ton de l'impatience et en
évitant le regard de sa fille; ce n'est pas mon affaire....
Il n'a aucune de mes sympathies, vous le savez du
reste.... Il a agi comme un gredin qu'il est, en nous
mettant le pistolet sur la gorge; mais la destinée
nous offre cependant un moyen de nous tirer de difficultés, et ce moyen, c'est lui!

— Mon père, reprit-elle, voulez-vous m'accorder
dix jours de répit, c'est-à-dire jusqu'à Noël? Si rien
ne se produit d'ici là, eh bien! j'épouserai M. Édouard
Cossey. »

Un éclair d'espérance jaillit soudain des yeux du
vieillard. Ida devina sa pensée secrète, bien qu'il
détournât la tête pour se cacher.

« Certainement, ma fille, si tel est votre désir; pre-
nons la date du 25 décembre, si vous voulez, et alors

nous serons fixés au nouvel an. Hélas! depuis la mort
de votre frère Jacques, je n'ai plus personne pour me
venir en aide et je me fais vieux. La vérité, c'est que
je ne me sens plus de force à tenir tête aux événements. Enfin, Ida, faites ce qui vous conviendra le
mieux. »

Il se leva de table sans avoir achevé son déjeuner
pour aller ensuite promener ses méditations à travers le parc. Enfin, la lutte allait finir, car Mlle de la
Molle avait pris la résolution de ne pas laisser chasser
de chez lui le châtelain de Honham comme un débi-
teur insolvable et sans pitance pour le lendemain.

Il fallait faire le sacrifice de son amour, d'elle-même,
de tout! Eh bien, oui, elle le ferait, ce sacrifice. Cette
longue lutte contre le sort avait fini par épuiser son
courage.... Elle se laisserait emporter par le courant
des choses jusqu'à cet océan envahisseur : l'oubli, où
tout paraît avoir dû être, ou n'avoir jamais été!

C'est à peine si elle avait adressé la parole à
Harold Quaritch depuis plusieurs semaines. Elle
s'était résignée à observer l'engagement tacite pris
avec son père à ce sujet, et, de son côté, le colonel
avait fait de même. Depuis leurs dernières lettres, ils
s'étaient rencontrés accidentellement à la promenade
ou à l'église, avaient échangé quelques paroles sans
importance, laissant leurs regards exprimer les
choses qu'ils ne disaient pas; puis, une simple poignée de main avant de se quitter, et c'était tout.
Seulement, après avoir pris cette dernière résolution,
Ida se représenta qu'il était de son devoir d'en
informer le colonel.

Elle se décida donc à lui écrire une lettre. Il ne

nous appartient pas de nous immiscer dans les épanchements de son cœur, rendus en style passionné, plus passionné même qu'on ne l'eût supposé d'une nature aussi calme en apparence ; mais une montagne peut cacher un volcan, même quand elle est revêtue de neige.

Après lui avoir exprimé toutes ses craintes et toutes ses préoccupations, elle disait :

J'ai pris ce parti, Harold, parce que c'est un devoir. J'ai demandé dix jours de répit, pourquoi? Tout bonnement pour avoir un peu de latitude ; voilà tout. Maintenant il ne me reste plus qu'à vous dire adieu. Je vous aime, Harold ;... je ne le cache pas ; oui, je n'aimerai jamais que vous. Rappelez-vous toute notre vie que je vous ai donné mon cœur, et aussi que je ne saurais vous oublier. Pour des infortunés comme nous, la mort est notre seule branche de salut, car dans la tombe c'en est fait des considérations humaines et des contrats humains! Espérons que là nous serons réunis et oublierons les supplices du passé. Mon cœur est si endolori, si triste, si brisé, que je ne sais plus que dire. Les mots sont impuissants à traduire le langage de l'âme. Je suis si découragée, si accablée que j'en suis arrivée à désirer que les rêves funèbres de la tombe soient plutôt des réalités que des rêves! Je me prends même à douter de l'existence d'un Dieu qui permet que ses créatures soient si éprouvées, si malheureuses!

... Mais que suis-je pour avoir le droit de me plaindre! Que sont nos peines, nos angoisses, nos tourments, comparés à ceux de certaines créatures que nous connaissons?... Oui, tout aura une fin. En attendant le jour de la délivrance, ayez pitié de moi et pensez à moi.... Mais, quant à vous revoir, c'est fini à jamais. Dès que mes fiançailles seront officiellement annoncées, fuyez immédiatement. Partez pour la Nouvelle-Zélande, comme vous m'en avez témoigné un jour l'intention. Par pitié pour la faiblesse de nos cœurs, faites que je ne vous revoie plus. Peut-être pourrez-vous m'écrire de temps en temps, si M. Cossey le permet. Partez, et tâchez de donner à vos pensées un

autre cours.... Vous êtes trop jeune pour vous désintéresser
de tout.... Mêlez-vous à la politique du pays. Écrivez....
Enfin essayez des moyens qui peuvent absorber l'esprit
d'un homme. Je vous envoie ma photographie — je n'ai
rien de mieux — et une bague que j'ai portée jour et nuit
depuis mon enfance. Je suppose qu'elle ira à votre petit
doigt, et que ce gage ne vous quittera jamais. Il me vient
de ma mère chérie. Il est tard, et je suis lasse. Que peut
dire de plus une femme à celui qu'elle aime passionnément et qu'elle doit quitter pour toujours? Un mot
encore,... un seul.... Adieu!

IDA.

A la lecture de cette lettre, Harold se sentit frappé
d'un coup au cœur. Ses espérances, ravivées un
moment, alors qu'il croyait tout perdu, étaient de
nouveau déjouées. Il n'entrevoyait plus aucune planche
de salut,... aucune! Il ne lui appartenait plus de
blâmer la décision de Mlle de la Molle, par la simple
raison que, la connaissant comme il la connaissait, il
se représentait que sa volonté, aux prises avec la
nécessité, ne cédait qu'à la voix d'un impérieux
devoir; mais cette pensée le rendait presque fou.

Il est donc tout naturel que Harold eût la mort dans
l'âme, qu'il fît retomber ses ressentiments sur celui
qui était la cause de ses chagrins et qu'il sentît
allumer en son âme le feu de la haine. Le colonel était
un homme juste, un homme droit, un homme d'honneur, et le spectacle d'une femme cédant à la pres-
sion de la misère et contractant un mariage abhorré
le révoltait; bien qu'il fût calme de caractère, il ne
pouvait maîtriser la rage qui lui montait à l'esprit.

Il se décida tout à coup à dire de vive voix à
Édouard Cossey ce qu'il pensait de la lâcheté de sa
conduite. Sur ce, il donna l'ordre d'atteler son dog-

cart et se dirigea vers la demeure du banquier, se promettant de lui faire passer un mauvais quart d'heure.
Effectivement, M. Cossey était chez lui; mais, craignant qu'il ne fît fermer sa porte, Harold grimpa l'escalier sur les talons de la servante et entra presque
en même temps qu'elle, au moment où elle annonçait
le colonel Quaritch. La physionomie rembrunie de
celui-ci, ses traits expressifs sinon réguliers, son air
militaire, presque brutal même, ne firent que s'accen-
tuer encore en voyant le portrait en pied d'Ida de
la Molle placé au beau milieu de la cheminée. Regardant l'intrus avec une surprise mêlée d'inquiétude,
Cossey se leva vivement; la dernière personne dont il
eût désiré la visite était bien celle du colonel Quaritch.
Il avait reçu dernièrement une série de visites désa-
gréables, et il avait des raisons pour redouter celles
qui pouvaient suivre.

« Bonjour, colonel, dit-il froidement. Veuillez
prendre un siège. Puis-je savoir à quoi je dois l'honneur de votre visite? »

Harold Quaritch s'installa dans un fauteuil, avec
son flegme ordinaire, répondit d'une voix timbrée et
ferme :

« La première fois que je suis venu ici, c'était avec
l'intention de vous donner des explications; aujour-
d'hui c'est pour vous en demander une.

— Vraiment! reprit son interlocuteur.

— Oui, voici de quoi il s'agit : Mlle de la Molle et
moi professons l'un pour l'autre les sentiments de l'affection la plus vive, de l'attachement le plus profond,
en un mot, d'un amour qui résistera à tout. Il est
entendu entre nous que, si cet attachement pouvait

se terminer par un mariage, nous serions au comble
de nos vœux.

— Ah bah! fit Édouard Cossey du ton de l'ironie.

— Parfaitement, répondit le colonel en conservant son calme autant que faire se pouvait; je sais de
bonne source que vous entendez profiter des circonstances fâcheuses où se trouve placé le squire, pour
mettre sa fille en demeure de conjurer la ruine qui
les menace, en vous épousant.

— Que vous importe, monsieur? s'écria Édouard
Cossey avec emportement. Ce que j'ai fait ou n'ai
pas fait ne vous regarde pas. Prenant en pitié l'irritation et le désappointement d'un prétendant éconduit, je condescends à vous prier de me dire quel est
l'objet de votre visite; car, en réalité, je ne vois pas
en quoi tout cela vous regarde.

— Parbleu! si Mlle de la Molle vous épouse de
force, j'aurai le regret de ne pouvoir l'appeler ma
femme; cela seul, et c'est assez!

— C'est ce qui arrivera certainement; pensez-vous,
de bonne foi, que je vais tenir compte de vos désirs?
Du reste, poursuivit-il en s'échauffant de plus en plus,
il vous eût suffi de réfléchir à la différence qui existe
entre nous, comme âge et comme fortune, pour percer
les véritables raisons qui doivent faire peser la
balance en ma faveur. Les jeunes filles, voyez-vous,
se trompent rarement dans leur choix : entre deux
prétendants, c'est toujours *le plus chic* qui fixe leur
choix.

— Je ne comprends pas ce que vous entendez dire
par *le plus chic*, repartit le colonel. Les comparaisons
me sont odieuses, et je me garderai d'en établir

aucune, mais je reconnais que vous avez l'avantage
sur moi pour ce qui est des gros sous et de la question d'âge; or le point délicat n'est pas là; il est
plutôt dans ce fait que j'ai l'avantage d'être l'objet des
préférences de Mlle de la Molle. Je sais pertinemment
que l'idée seule de vous épouser lui inspire autant de
répulsion qu'elle m'est insupportable à moi-même.
Je le sais, parce qu'elle me l'a dit. Si elle vous épouse,
pour tout dire d'un mot, ce ne sera que sous la pres-
sion de la misère noire, et pour détourner la catastrophe dont vous semblez prendre plaisir à précipiter
le dénoûment.

— En vérité je me demande quand vous aurez fini
votre mercuriale. Pour mon compte, j'ai hâte de vous
dire, puisque vous paraissez anxieux de le savoir,
que, si je puis trouver un moyen légal d'épouser Ida
de la Molle, j'en userai certainement. Il est encore
une autre chose dont je tiens à vous informer, c'est
qu'à partir du jour où nous serons mariés vous devrez
renoncer à la voir.

— Merci, reprit Harold d'un ton plus calme encore,
de vos flatteuses intentions à mon égard; mais sachez
que je ne retire rien de ce que je viens de dire. Il
vous plaît de jeter votre argent par les fenêtres afin
de réduire par la famine Mlle de la Molle à se rendre
comme une place forte. Or celui qui se conduit
pareillement est un animal, un gredin, un égoïste, un
lâche! C'est ce que vous êtes vous-même, monsieur
Cossey.... Vous commettez là une infamie! »

Blême de colère, d'un bond Édouard Cossey s'élança
hors de son siège, et alla droit au colonel.

« Halte-là! fit Harold en parant l'attaque de la

main. Premièrement, ces brutalités sont d'un homme
mal élevé; secondement, vous oubliez que vous êtes
à peine remis d'un accident très grave; troisième-
ment, vous ne sauriez être de force à lutter contre
moi, bien que j'aie dépassé la quarantaine. Nos pères
avaient un moyen très simple d'arranger certaines
affaires; ce moyen, je ne l'approuve pas en thèse
générale, mais dans certaines circonstances il n'est
pas à dédaigner. Si vous vous tenez pour offensé, libre
à vous de passer le détroit.

— Votre intention est-elle de me faire entendre par
là que nous devrions échanger des balles? répondit
Édouard Cossey.

— A Dieu ne plaise que je vous provoque! Je me
borne à prendre l'initiative de certaines ouvertures....
Si cela vous va, dit le colonel en appuyant sur
chaque mot, comme il me paraît probable, nous pourrions sans doute, comme par hasard, nous rencontrer
dans quelques jours sur le continent, et là vider plus
à fond la querelle.

— D'ici là, que le diable vous emporte! s'écria
Édouard Cossey très surexcité. Qu'aurais-je à gagner,
je vous le demande, à me battre en duel avec vous,
hormis la chance très probable d'être tué par vous?
Or j'en ai assez comme cela; je préfère laisser les
événements suivre leur cours, et conserver le ferme
espoir de gagner la partie en dernier lieu.

— Comme il vous plaira, reprit Harold; je vous ai
fait une ouverture, vous l'avez éludée. Eh bien, ma
foi, c'est votre affaire. En somme, la partie n'étant pas
encore engagée, j'estime que c'est un peu trop tôt en
prévoir le dénoûment.

16

— Vous oubliez que j'ai en main les atouts! ricana Édouard Cossey.

— Je vous tiens pour un gredin, un lâche, un égoïste fieffé, et je vous souhaite le bonsoir. »

L'instant d'après, le colonel sortait de la pièce, laissant Édouard Cossey en proie à un accès de colère, qui, pour concentré qu'il fût, n'en était pas moins violent.

Le colonel fut avisé que, le lendemain de son entrevue avec son rival, le squire avait écrit à Édouard Cossey pour le prévenir qu'une réponse décisive lui serait faite le jour de Noël. Dès lors, les procédés vexatoires, les tracasseries des agents avaient pris fin, il était donc sûr d'être fixé à cette date. Il n'y avait pour lui d'autre moyen de mettre une sourdine sur les cordes trop vibrantes de son cœur que de suivre en tout point les conseils d'Ida : quitter le voisinage du château et s'absorber dans un travail sérieux et de longue haleine.

En conséquence, il fit mettre à vendre ou à louer le cottage de Honham et s'enquit de lettres d'introduction pour des notables de la Nouvelle-Zélande ; mais, en résumé, cela ne pouvait suffire à remplir ses journées et il se promenait dans les allées du jardin comme une âme en peine. Il ne dédaignait même pas de travailler à la terre, de cultiver ses fleurs ; mais à quoi sert de semer la bonne semence pour autrui? Il y renonça bientôt.

Le temps se traîna ainsi lentement jusqu'au 24 décembre, dernier jour du délai qu'Ida s'était accordé. Le colonel dîna seul ce soir-là, comme d'habitude ; à peine son repas fini, il entendit des bandes d'indigents chanter sous ses fenêtres les gaies chansons de la saison, mais, n'étant point en disposition de s'associer à la joie générale, il envoya 5 francs aux chanteurs en les priant de passer outre, sous prétexte qu'il avait la migraine.

Dès que les mendiants se furent éloignés, un grand vent s'éleva. Harold Quaritch marchait de long en large par la salle à manger, se livrant à des réflexions amères; l'heure pressait, la situation n'avait jamais été aussi tendue; le mauvais destin semblait les poursuivre, lui et celle qu'il aimait. Comment! pas une chance de salut ne leur restait? Pourtant il y avait un moyen infaillible de faire prendre aux choses une bonne tournure : il s'agissait simplement de découvrir le nerf de la guerre, et de bien d'autres choses encore! Or où le trouver? Ne possédant pas d'argent, à quel plan s'arrêter? Ah! si, du moins, le fameux trésor caché par Jacques de la Molle pouvait surgir du sol. En vérité, le besoin ne s'en était était jamais fait autant sentir. Toutefois ce précieux trésor ressemblait fort à un mythe; si, par impossible, il existait, il ne paraissait pas probable qu'on parvînt à le découvrir un jour... comme ça... à l'heure dite !

Le colonel alla prendre dans son portefeuille la copie qu'il avait faite de l'écrit placé entre les feuillets de la Bible trouvée au fond de la poche de sir Jacques, le jour où on l'avait fusillé. Le fait était curieux, extraordinaire même. Pourquoi cet héroïque vieillard avait-il intercalé cette note dans ce livre pieux? Pourquoi tenait-il à ce que cette Bible fût remise à son fils? Admettons qu'Ida eût raison et que ces lignes représentassent la clef du mystère et qu'elles servissent à indiquer l'endroit où se trouvait le trésor. Il y avait tout à parier, s'il en était ainsi, que cette clef serait des plus simples, car un homme enfermé entre les quatre murs d'un donjon et condamné à mort n'est pas dans une situation d'esprit qui lui permette de combiner un problème aussi difficile à poser qu'à résoudre.

D'autre part, il ne faut pas perdre de vue que la situation de sir Jacques était des plus compromises; que sa vie ne tenait qu'à un fil; qu'il se croyait traqué de toutes parts, et que c'était le seul et unique moyen de transmettre son secret à son fils.

Plaçant la feuille de papier sur la cheminée, le colonel l'examina avec une intensité d'attention de plus en plus vive. De crainte que le lecteur n'en ait oublié le contenu, nous allons le transcrire ici :

« Mon fils, inutile de me plaindre; Oh non! parce que les Rebelles me condamnent à la plus Terrible des peines; car Dieu est Maître de toute chose ici-bas. Oublions nos chagrins en pensant que Nous nous retrouverons là-haut. Le Trésor est caché et à jamais introuvable pour le cruel et affreux Cromwell. mais Dieu seul indiquera à Un être privilégié où aller pour Le trouver, car je ne veux Et ne peux en dire plus. A. B. C. »

Harold lut et relut cette note, la plaça en long et en large, à droite, à gauche, en avant, en arrière, mais sans parvenir à y rien découvrir de plus.

Il était alors onze heures du soir environ. Il ne tarda pas à s'endormir, puis il se réveilla en sursaut, passant instantanément d'un sommeil profond à un

réveil complet. Il se souvint plus tard qu'il avait
éprouvé la sensation d'être réveillé par quelqu'un ;
bref, la chose était si anormale qu'il se figurait être
mort pendant son sommeil, pour se reprendre ensuite
à la vie. Cet état, en réalité, devait avoir duré quelque
temps, puisque la lampe était éteinte, et le feu aussi.
Tout à coup Harold se lève, cherche des allumettes
dans l'obscurité, et en frotte une dont la lueur éclaire
le message, écrit en belle cursive, sur une grande
feuille de papier. La première ligne contenait les
mots suivants :

« Mon fils, inutile de me plaindre ; Oh ! non ; parce
que les Rebelles me condamnent à la plus Terrible
des peines. »

Pendant que l'allumette brûlait, un singulier
hasard, expliqué du reste par l'obscurité, voulut que
les regards du colonel tombassent sur quatre lettres
seulement de la phrase ci-dessus. Le reste lui parut
vague, indistinct et confus. Voici ces quatre lettres :
M.O.R.T. « Mort ! s'écrie-t-il en prononçant chaque
lettre d'une façon presque automatique ; comme
c'est curieux ! » Sur ce, il allume une bougie et examine cette ligne de plus près. Une chose le frappe
tout d'abord, c'est que les quatre lettres du mot
Mort étaient presque à égale distance. Il les considère, les compte et constate que chacune de ces
quatre lettres était la première d'un septième mot.

Donc, il continua sa lecture en attachant une attention toute particulière à la première lettre de chaque
septième mot. Pour plus de clarté, nous recopierons
cette missive avec chacune des lettres du septième
mot écrites en majuscules :

« Mon fils, inutile de me plaindre; Oh non! parce que les Rebelles me condamnent à la plus Terrible des peines ; car Dieu est Maître de toute chose ici-bas. Oublions nos chagrins en pensant que Nous nous retrouverons là-haut. Le Trésor est caché et à jamais Introuvable pour le cruel et affreux Cromwell, mais Dieu seul indiquera à Un être privilégié où aller pour Le trouver, car je ne veux Et ne peux en dire plus. A. B. C. »

Ensuite Harold écrivit les lettres à la suite les unes des autres : *mortmonticule abc* et conclut que cela n'avait aucun sens. Puis, soudain, il se frappa le front et s'écria : *Eureka!* « Mort monticule ». Il n'y avait pas à douter que le mot *homme* ne fût sous-entendu, et que cela ne signifiât : *Monticule de l'Homme mort*. Il lut et relut ces lettres mystérieuses, et la lumière se fit dans son esprit. *Monticule de l'Homme mort*, c'était depuis des siècles le nom sous lequel était connu le tumulus qui s'élevait à l'extrémité du jardin derrière la maison du colonel, ce fameux monticule sur lequel tant d'archéologues avaient amoncelé des hypothèses, accumulé des assertions, échafaudé des théories, tout cela pour prouver que cet endroit avait servi de retraite aux premiers habitants de l'île. Était-ce une simple coïncidence qui faisait que chaque septième mot contenu dans le message formait le nom de cet endroit si connu : ou bien était-ce avec intention?

Il se laissa tomber sur un siège et se prit à réfléchir sur cette découverte extraordinaire en tremblant comme un enfant. Non, certainement, l'on ne pouvait attribuer un fait pareil au hasard. Évidemment l'in-

fortuné prisonnier avait inventé dans sa détresse un
moyen cryptographique, espérant que son fils ou ses
descendants en découvriraient la clef et se retrouve-
raient par là en possession de leur richesse cachée.
Nulle place ne pouvait être mieux choisie que celle à
laquelle le vieux squire avait donné la préférence
pour mettre son or en sûreté, par ce fait seul, qu'elle
passait pour être hantée. Qui songerait jamais à aller
chercher un trésor relativement moderne sur une
tombe de si ancienne date! Ce tumulus appartenait
à la famille La Molle qui l'avait acheté d'un Ordre
religieux dispersé depuis longtemps. Ce fut seulement à l'époque de la Restauration que la branche
Dofferleigh en prit possession par suite du legs fait
en sa faveur par le dernier baronnet du nom : sir
Édouard de la Molle, mort à l'étranger; mais, s'il en
était ainsi, à quoi pouvaient répondre les lettres A. B.C.
au bas du document cité plus haut? Peut-être était-ce
une indication comme filière à suivre pour déchiffrer
l'énigme. Harold hésitait encore sur le moyen le plus
sûr pour en saisir le sens; toujours est-il que ni
alors, ni plus tard, il ne put en venir à bout.

XXXIII

Harold consulta la pendule, qui marquait tout près d'une heure du matin! S'il devait se coucher, le temps en était venu, mais il se sentait agité et n'avait nul besoin de repos. La grande découverte qu'il venait de faire lui travaillait l'esprit au point de l'empêcher de clore l'œil. Puis, autre chose encore! On était à la veille de Noël ou, pour parler plus exactement, au jour de Noël même; c'était la date fixée par Ida pour rendre sa réponse suprême. Le colonel comprit que, s'il y avait un besoin urgent de secours, c'était avant que la forteresse capitulât. Une fois les accords faits entre Mlle de la Molle et Édouard Cossey, et même au cas où les embarras d'argent pourraient être aplanis plus tard, Harold n'en aurait pas moins beaucoup de difficultés à triompher de la situation.

Le colonel passa dans la pièce où ses fusils étaient au râtelier, il enfila ses bottes, puis un vieux veston, un ulster, décrocha une lanterne sourde accrochée au mur, prit la clef de la décharge qui surmontait le *monticule de l'Homme mort*, et sortit de chez lui après avoir fermé la porte. La nuit était lugubre et le vent tellement froid, qu'il hésita à s'y exposer. Pourtant il se décida quand même à mettre son plan à exécution. A deux minutes de là, il gravissait la pente rapide du tumulus en se disant : « A l'escalade, morbleu ! » La lune, à son déclin, brillait faiblement dans un ciel d'hiver. Le vent hurlait d'une façon plus sinistre encore que d'ordinaire à travers les branchages des grands chênes qui gémissaient en se tordant. Tout en n'étant ni nerveux ni impressionnable, Harold se disait que l'aspect du lieu avait quelque chose de sinistre. Il ne put même chasser de son esprit l'idée que cet endroit passait pour être hanté, et c'était à peine s'il existait, soit dans le village de Honham, soit dans la ville de Boisingham, un individu que l'on eût pu décider à rester une demi-heure sur le *monticule de l'Homme mort* après le soleil couché! Harold avait souvent demandé aux anciens la cause de cet effroi général, et eux de répondre qu'elle provenait non pas de ce qu'ils voyaient, mais bien de ce qu'ils ressentaient.

Harold en avait ri tout d'abord; mais. à cette heure nocturne, s'il avait dû analyser ses impressions, il aurait dit qu'il éprouvait comme la sensation d'être poursuivi par quelqu'un.

Harold se dirigea, sans broncher, vers la porte du kiosque et l'ouvrit. En dépit du stuc épais qui recouvrait les murs, l'humidité n'en suintait pas moins par tous les pores.

Ce kiosque, mal famé et complètement abandonné depuis une éternité, n'offrait plus qu'un réceptacle aux outils de jardinage, aux vieux meubles éclopés et aux objets de rebut.

Après avoir poussé la porte, Harold entre, puis la

referme. La sensation pénible qu'il ressent s'accentue
encore plus à l'intérieur qu'à l'extérieur du kiosque. Si
le trésor avait été déposé là, il devait être enfoui dans les
entrailles de la terre humide. Pourquoi ne donnerait-il
pas quelques coups de pioche à la surface de la terre?
Dans un coin, il avise des outils de jardinage, en
saisit un dans le tas, s'avance vers l'orifice, tout en se
raillant lui-même de sa folie. Il se met à l'œuvre. Premièrement, il allume sa lanterne, prend une binette,
enlève d'abord le stuc et les briques, puis se met à
entamer le sol. Après avoir enlevé son ulster, il se
met à piocher avec force. Le terrain, très sablonneux
et malléable, donne à penser à Harold que ce n'est
pas de la terre vierge que l'on avait apportée là;
presque aussitôt, l'instrument frappe contre quelque
chose de très résistant; il approche sa lanterne, regarde
et ramasse un objet en fer : c'est la pointe d'une lance;
çà et là, des ossements dans un tel état de vétusté,
qu'il est impossible de préciser à quelle catégorie
des êtres organisés ils appartiennent; mais, si intéressante que fût cette découverte, elle n'avançait en
rien les recherches d'Harold. Loin de se décourager, il
se remet à l'œuvre avec tant d'ardeur, qu'il se trouve
bientôt enterré jusqu'à mi-corps. Il piochait, bêchait,
travaillait ainsi depuis une demi-heure, et déjà il suait
à grosses gouttes. Il fit une pause, et entendit sonner
deux heures du matin. Ce tintement de l'horloge en
pleine nuit d'hiver, au milieu de l'ouragan, avait
quelque chose de singulièrement impressionnant. Il
recommença à piocher, mais il fut plusieurs fois sur
le point de jeter le manche après la cognée, honteux
de s'être fourvoyé de la sorte.

A présent, il a de la difficulté à jeter les pelletées de
terre hors du trou ; il en sort lui-même non sans peine.
A côté de lui, il avise un croc en fer ; il s'en empare,
redescend, et recommence sa besogne. Il s'acharne à
cogner le sol, si bien que le croc pénètre bientôt à
une profondeur de deux pieds. Harold s'aperçoit qu'il
frappe contre quelque chose de très dur.

C'était, en effet, un ouvrage en maçonnerie. Harold
retire l'instrument de l'excavation, reprend une pelle
à la place, et continue ses fouilles avec vigueur. Mais
bientôt il lui est impossible de jeter la terre hors
du trou ; alors, s'emparant d'un panier en osier, il le
remplit de terre, et le vide par-dessus son épaule.
Pendant près d'une heure il se livre à cet exercice,
se baissant, se relevant, se baissant et se relevant
encore avec une vigueur incroyable.

Une fois la maçonnerie mise à découvert, il approche la lanterne sourde, et il voit que la construction, entre autres particularités, a celle d'être voûtée ;
il frappe sur la paroi un coup de pioche qui produit
un son creux à l'intérieur. La surexcitation et la curiosité d'Harold redoublent ; les pierres se dégagent à
vue d'œil ; heureusement que la terre ou plutôt le
sable est si friable que le colonel peut continuer sa
besogne sans trop peiner. Ayant placé le croc en fer
dans l'interstice de deux pierres mal jointes, il pèse
dessus avec une énergie qui décuple ses forces ; il
entend dégringoler de gros cailloux et comme quelque
chose qui éclate. Un vaste orifice reste à découvert.
Le corps replié en deux, il se penche en avant,
regarde, et se demande si le sol ne s'affaisse pas sous
ses pieds. Puis, relevant la tête, il tousse pour se

nettoyer la gorge; l'air pestilentiel qui se dégage de
cette cavité l'a presque empoisonné. Il a besoin de
respirer de l'oxygène plus pur; impossible à lui de
continuer le travail commencé. Assurément il lui
faudra de l'aide pour redescendre dans l'excavation
qu'il vient de pratiquer à une certaine profondeur du
sol; pour l'instant, il ne peut reprendre la besogne à
lui seul.

Donc, Harold reste là assis sur le talus, les yeux
fixés sur la terre, à se torturer la cervelle pour savoir
à qui s'adresser. A son jardinier? Oh! que non pas.
Primo, cet homme, poursuivi par l'idée des revenants,
ne consentirait jamais à venir, la nuit, dans ces
parages. *Secundo*, c'était un bavard fieffé comme tous
les gens de son espèce. Au squire? De bonne foi, pou-
vait-il l'aller réveiller à pareille heure? Tout à coup
le colonel prend son parti : Georges est l'homme à la
discrétion de qui il peut le mieux se fier.

Harold remet son manteau, éteint sa lanterne, sort
et donne un tour de clef à la porte du kiosque; il descend la butte à grands pas. Entre temps, l'ouragan
est arrivé à son apogée; il pouvait être quatre heures
du matin; les étoiles palpitaient dans un ciel clair;
leur rayonnement chancelant et celui de la lune à son
déclin permirent cependant au colonel de diriger ses
pas. Comme il passe sous les grands chênes, un formidable craquement se fait entendre, si formidable
même que notre héros se sauve comme un lièvre
apeuré. Il était temps! La rafale vient d'enlever à
l'un des rois sylvains du pays sa couronne, qui tombe
sur la terre avec un fracas terrible. Harold est pris de
frisson; mais, une fois la première stupeur passée, il

poursuit sa route, en ayant soin toutefois d'éviter le
voisinage des chênes. Georges habitait une petite
ferme distante d'un kilomètre. Le colonel Quaritch
coupe au plus court.

Après de longs et pénibles efforts, il atteint enfin
cette demeure. Un silence profond règne à l'entour;
par contre, une lueur brille à l'intérieur de la maison-
nette. Un temps pareil tient sans doute tout le monde
éveillé, mais comment parvenir à se faire entendre?
Inutile de frapper à la porte. La seule ressource possible, c'est de jeter du sable dans les vitres. Harold
prend un caillou pas trop gros et le lance avec tant
de force que non seulement il brise le carreau, mais
va frapper le nez de la femme de Georges; du moins,
c'est ce qui lui fut raconté plus tard. Sur-le-champ
la fenêtre s'ouvre et un individu en bonnet de coton
rouge en émerge. Profitant d'un moment d'accalmie,
le colonel s'écrie :

« Georges!

— Qui appelle? lui répond-on d'une voix tremblante.

— Moi, le colonel Quaritch; descendez, je vous prie;
il s'agit d'une chose très importante. »

Bientôt on entend le grincement de la porte. A la
vue de son visage, de ses mains et de ses vêtements
trempés d'eau, Georges s'écrie :

«Ah! mon Dieu! est-il donc arrivé quelque catastrophe au château, ou le toit de votre maison a-t-il
été emporté par l'ouragan?

— Non pas, répond le colonel d'un ton haletant;
mais, Georges, écoutez-moi. Vous vous rappelez bien
avoir entendu parler du trésor de sir Jacques de la

Molle, mort du temps de Cromwell et des têtes rondes?

— Parfaitement : la force du vent aurait-elle fait jaillir de terre ce précieux trésor? demande avec animation son interlocuteur.

— Non, non, ce n'est pas ça; mais j'ai bon espoir de le découvrir, Dieu aidant », riposte le colonel

Georges, ébaubi, recule.... Certain propos de Mme Gobson lui revient à l'esprit. Le colonel Quaritch n'aurait-il pas un coup de marteau?

« Donnez-moi n'importe quoi à boire, Georges,... de l'eau,... du lait, et je vous raconterai tout. Je pioche depuis minuit et j'ai la gorge à l'état de four à chaux.

— Piocher, vous? pic   er? interroge le paysan. Où ça, colonel?

— Sur le sommet du *monticule de l'Homme mort.*

— Sur *le sommet du monticule de l'Homme mort!* répète Georges Quel singulier endroit pour faire des fouilles à pareille heure, et par un sale temps comme celui de ce soir! »

Sur ce, il va chercher du lait, et le colonel en absorbe trois tasses, en racontant tout ce qu'il juge à propos, de cette étrange aventure.

XXXIV

Assis en face du colonel, Georges, ses mains sur ses genoux, son bonnet sur la tête, et sa physionomie exprimant un étonnement presque comique, s'écria, lorsque le récit de son interlocuteur fut achevé :

« Quand je songe que d'aucuns en sont à nier la Providence ! Toujours est-il que l'on n'a jamais trouvé jusqu'ici d'espèces sonnantes, et que ce sera encore longtemps ainsi.

— Je n'en sais rien, dit le colonel ; tout ce qui importe, c'est que je retourne au *monticule de l'Homme mort*, où j'ai besoin de vous, Georges. Allons, venez ; il le faut absolument.

— Tout de suite ? demanda le brave homme en se grattant l'oreille avec un air très sérieux. Dame ! colonel, ce n'est pas un lieu bien attirant à pareille heure et par ce chien de temps ! C'est un endroit mal famé, on ne peut le nier. Oh ! ce n'est pas que j'y attache grande importance pour mon compte.

— Faites comme vous voudrez, après tout ; même si vous refusez de me donner un coup de main, j'y retourne de ce pas pour recommencer mes fouilles,

Les gaz pestilentiels ont eu le temps de s'évaporer.
Je vais vous dire franchement mon idée : s'il y a des
raisons pour que le trésor soit retrouvé, c'est bien ce
matin.... Nous sommes à Noël,... vous savez le reste!

— Pardieu, oui, dit Georges, je sais tout. »

Comme s'il avait l'habitude de l'obéissance, il ajouta :

« C'est dit, colonel; si vous voulez m'attendre une
minute, nous irons ensemble rendre visite aux revenants,... s'il y en a;... seulement, il faut bien espérer
que ce ne sera pas pour donner un coup d'épée dans
l'eau. »

La tempête, loin de lâcher prise, sévissait de plus
belle; il n'y en avait pas eu de comparable depuis des
années ou même des siècles.

« L'ouragan de cette nuit, dit Georges, fait songer
à celui qui, du temps de Charles Ier, emporta la toi-
ture de l'église, à Noël. »

Harold ne répondit mot, mais il continua à marcher
côte à côte avec son compagnon.

Tout à coup le colonel, profitant d'un instant de
quasi-silence, s'arrêta et, du doigt, indiqua qu'un
seul des grands peupliers, battus par le vent, restait
debout. A peine la phrase achevée, le dernier de ces
beaux arbres subissait le sort des autres. Parvenu au
but sans accident, Harold referma la porte; il constata que la misérable construction était littéralement
secouée par l'aquilon.

« Espérons, du moins, que tout tiendra bon »,
s'écria Georges.

Son compagnon, qui avait l'esprit ailleurs, gardait
le silence.

Après avoir allumé leurs lanternes, le colonel descendit dans le trou qu'au prix de tant d'efforts il était parvenu à creuser dans le sol, faisant signe à Georges de le suivre; celui-ci obéit, bien que pris d'un tremblement nerveux.

Tous les deux, agenouillés par terre, le cou tendu, et penchés sur l'ouverture pratiquée dans l'ouvrage en maçonnerie, regardaient sans que leur faible lumière leur permît de distinguer quoi que ce fût.

« Auriez-vous une échelle, colonel? demanda Georges.

— Non, je ne possède qu'un rouleau de cordes, et je vais l'aller chercher. »

Harold fixa la corde au bout de l'excavation à l'aide du croc en fer, puis la laissa tomber dans le puits, bien résolu à y descendre lui-même au moyen de son échelle improvisée.

Mais, en cela, Georges l'avait devancé. L'ardeur de sa curiosité lui faisait oublier ses terreurs, que, la veille encore, lui inspirait le *monticule de l'Homme mort*. Il prit sa lanterne entre ses dents, et se laissa glisser le long de la corde.

« Tout va comme vous voulez? interrogea Harold d'une voix basse.

— Oui », répondit Georges d'un ton mal assuré.

La tête penchée sur l'orifice, Harold avisa Georges, immobile, occupé à considérer quelque chose.

L'instant d'après, il poussa un cri de terreur, la lanterne tomba, et la corde remua vivement, puis la grosse tête de Georges reparut avec une mine livide et décomposée; il s'écria comme fou :

« Ciel! faites-moi remonter; tirez, tirez fort, il va me saisir par la jambe!

17

— Qui ça? » demanda le colonel, sans pouvoir lui-même maîtriser une terreur superstitieuse, tout en aidant son malheureux compagnon à sortir de terre. Toutefois celui-ci ne desserra les dents que lorsqu'il fut hors de l'ouverture en maçonnerie. N'était l'obéissance qu'il devait au colonel, il se fût enfui à toutes jambes.

« Parlez, que diable! fit Harold du ton de l'impatience. Qu'y a-t-il?

— Pardieu! il y a un fantôme, colonel! Vrai, comme je vous le dis.

— Quelle bêtise! Voyons un peu, dites-moi quel genre de fantômes.

— Un fantôme blanc,... qui a l'air d'avoir de vrais os.

— Des os! répéta Harold interloqué : alors c'est un squelette.

— Je ne dis pas non. Tout ce que je sais, c'est qu'il est haut d'au moins sept pieds! Il est assis sur le rebord d'une baignoire en pierre, et hoche la tête.

— Tout cela est de la folie pure. A-t-on jamais vu un squelette assis, je vous le demande? Mais il tomberait en miettes, ce squelette!

— Cela, je n'en sais rien; mais, vrai, comme je vous le dis, c'est un fantôme. Que diable! ce n'est pas pour rien que ce lieu est appelé le *monticule de l'Homme mort.*

— Après tout, riposta le colonel, un fantôme est une chose parfaitement inoffensive.

— Oui, s'il est mort; mais, s'il est encore vivant, c'est autre chose. Je l'ai vu, comme je vous vois, me faire des signes, répondit Georges haletant.

— Allons, allons, s'écria vivement Harold qui com-

mençait à perdre patience.... Dépêchez-vous, car je
tiens à m'assurer par moi-même de la valeur de vos
assertions.

— Très bien; c'est entendu, je vous attendrai ici,...
en admettant que vous reparaissiez à la lumière du
jour. »

Aidé de Georges, le colonel se glissa à son tour le
long de la corde à nœuds, en proie, il faut bien en
convenir, à un certain trouble intérieur. Or, en ce faisant, il eut la maladresse de laisser tomber son falot,
accident fort regrettable quand on est exposé à se
trouver tête à tête avec un spectre. Bien qu'ayant ses
allumettes sur lui, soit à cause du froid, soit à cause
d'une extrême surexcitation nerveuse, il fallut un
certain temps à Harold pour en frotter une.

Le bruit des éléments déchaînés pénétrait jusque
dans cette cavité profonde. On croyait entendre alternativement des soupirs plaintifs et des coups secs.
Une humidité glacée pénétrait Harold jusqu'aux
moelles; une sueur froide perlait son front. Une fois
l'allumette enflammée, il tourna la tête, et promena
ses regards autour de lui.

Voici la scène extraordinaire qui s'offrit à sa vue :
A trois ou quatre pas de distance, au centre de cette
chambre sépulcrale, on voyait assis en double, sur le
rebord d'une pierre tombale trop petite pour lui, un
squelette, les radius ballants, le cou projeté en avant,
le crâne éburnéen tombant sur sa poitrine massive.
Le squelette ayant fait un mouvement, sa mâchoire
frappe contre sa clavicule, et ses dents claquent. A
son tour, le colonel est pris d'un sentiment d'effroi et
d'un désir de fuir, comme son compagnon. Comment

est-il possible qu'un squelette puisse mouvoir la tête sans qu'elle tombe?

Il se cramponne à la corde, et fait un effort pour remonter.

« Le spectre vous a-t-il appréhendé au corps? questionna Georges, penché, l'œil plongé sur l'orifice interne, en sorte que le son de sa voix aida Harold à retrouver son sang-froid.

— Non », répondit son interlocuteur, d'un ton qu'il s'efforça de rendre ferme.

Puis, les dents serrées, il se reprit à examiner le spectre assis sur le cercueil en pierre. Après avoir rapproché sa lanterne, il le considéra avec attention. C'était un squelette de dimension fabuleuse, et dont le crâne était attaché avec du fil d'archal à l'une des vertèbres.

Devant cette preuve de l'industrie humaine, l'effroi d'Harold se dissipa presque aussitôt, car il n'est pas admissible, en bonne conscience, que les fantômes aient la tête consolidée de cette manière.

Poussant un soupir de soulagement, il promène ses regards autour de lui. La pièce était voûtée, construite en pierres brutes. Quelques-unes mêmes étaient détachées de la muraille; mais la construction n'en était pas moins solide. Bientôt Harold constate que le squelette à la tête articulée est entouré de beaucoup d'autres, rangés en cercle, autour d'un de ces grands cercueils en pierre où les premiers habitants de l'île renfermaient leurs morts. En réalité, ces débris humains appartenaient-ils à une race ou tribu antérieure à la nôtre? C'était là, sans doute, le lieu de sépulture des guerriers morts sur les champs de

bataille; il fit aussi la découverte que l'un des sque-
lettes était celui d'un chien! On devinait, à la position
du métacarpe du squelette assis sur la pierre, que
cet individu était mort la main posée sur la tète de
l'animal. Harold, ayant examiné de plus près encore
le squelette monumental, en tira la conclusion que
ceux-là mêmes qui en avaient rajusté les pièces étaient
nés bien longtemps après qu'il eut été réduit à l'état
de squelette. Quant au trésor, on n'en voyait point
trace.

Harold se disait que, décidément, sa découverte ne
serait intéressante qu'au point de vue archéologique.
Il pria Georges de venir le joindre, l'assurant qu'il n'était
entouré que de débris humains parfaitement inoffensifs.

Georges s'étant décidé à descendre dans le caveau,
le colonel dut le raisonner longtemps, avant de lui
faire comprendre que cette nécropole n'avait rien de
redoutable. Harold continuait ses recherches avec
une obstination digne d'un meilleur sort. A un
endroit, à gauche de la maçonnerie, plusieurs pierres
étaient détachées du ciment; Harold entreprend d'en
enlever encore d'autres. C'est ainsi qu'il voit comme
un passage, menant sans doute à l'entrée secrète du
caveau; il cherche, observe, calcule, examine et se
dit que, décidément, le trésor a l'air d'être un mythe.
Cependant ce squelette, assis sur cette pierre, n'y
doit pas avoir été mis pour rien. Quoi! serait-il donc
placé là comme devant servir d'épouvantail aux
voleurs? Qui sait s'il n'était pas assis sur le trésor
même, en admettant qu'il existât! Mais Harold constate que le squelette repose sur la pierre, et, riant
d'un rire jaune, il dit à son compagnon :

« Eh bien, Georges, nous sommes refaits! Il n'y a pas là la moindre trace de trésor!

— S'il en existe un, répondit son interlocuteur, cela doit être ici ou là », dit-il en indiquant alternativement sa droite et sa gauche.

Saisissant alors une omoplate d'un de ces héros des temps passés, Harold s'en sert comme d'une truelle pour enlever le sable qui entoure le cercueil. Avait-il ou n'avait-il pas un double fond?

« Coûte que coûte, il faut savoir à quoi s'en tenir. »

Sur ce, il s'élance vers le squelette gigantesque, le saisit par l'épine dorsale, et jette de côté cette masse d'ossements. Au même moment, un coup de vent d'une incroyable furie fait trembler le *monticule de l'Homme mort*, et un craquement atroce retentit.

De terreur, Georges s'affaisse; Harold passe quelques instants à le réconforter. Puis, regardant au-dessus de sa tête, il lève les yeux, et voit le ciel éclairé par les premières lueurs du matin. O surprise! le kiosque vient d'être emporté par le vent; il en prévient son compagnon, qui s'écrie d'un ton navré:

« C'est une punition du ciel, mon colonel.

— Oui certes, si nous nous étions trouvés dans le kiosque;... mais, puisque nous sommes dehors.... Allons, Georges, allons, du courage! »

On se remet à l'ouvrage, et, dans leur zèle à tirer une pierre de ci, une pierre de là, ils tombent tous les deux à la renverse. Le premier, Harold se relève, et reprend sa besogne. Il croit sentir quelque chose de mou comme du linge pourri.... Serait-ce un linceul? Tout aussitôt Harold et Georges tirent à pleines mains une..., deux..., trois poignées de chiffons.

Juste ciel! de vieilles pièces d'or frustes, mais d'un éclat admirable, apparaissent à leurs yeux. De saisissement, les battements de cœur du colonel semblent s'arrêter. Georges mâchonne entre ses dents des exclamations incompréhensibles, en se laissant choir par terre. Harold, aussitôt, s'empare de deux pièces d'or. A la faveur de ses connaissances en numismatique, il reconnaît de prime saut que l'une est frappée à l'effigie de Charles Ier et l'autre de Jacques Ier.

Le doute n'était plus possible : c'était le trésor caché par sir Jacques de la Molle. C'était lui, à coup sûr, qui avait imaginé le truc du double fond, et celui d'installer sur la pierre tombale le squelette aux proportions monumentales.

Frappés de stupeur, le colonel et Georges ne quittent des yeux le trésor que pour se considérer mutuellement. C'est à peine s'ils peuvent échanger un mot, tant leur stupéfaction est grande !

Alors Harold prend à pleines mains des pièces d'or du temps d'Édouard IV, d'Édouard VI, de Marie Tudor de la reine Élisabeth, de Jacques Ier et de Charles Ier. Il se demande s'il aura jamais fini; cette épaisse couche d'or ne mesurait pas moins de vingt pouces de large sur trois pieds de long!

« Il nous faudra transporter cet or à la maison avant qu'il fasse grand jour, dit Harold à mi-voix.

— Pour sûr, colonel; mais, ma foi! c'est plus facile à dire qu'à faire. »

Après un instant de réflexion, Harold se décida à sortir le premier du souterrain et à confier à Georges la garde du trésor.

Or il fallut parlementer longtemps avant de par-

venir à vaincre ses terreurs. Le colonel sort enfin
du souterrain; la scène de désolation qui l'entoure
lui cause un frisson d'épouvante. Les débris du
kiosque ont été projetés à quarante mètres environ,
et ce n'était pas tout! La plupart des grands chênes,
la gloire du pays, sont déracinés, tordus ou fendus
en deux. Mais que lui importe le kiosque? Il a autre
chose à penser! Oubliant sa fatigue, il roule la précieuse corde et se rend chez lui en courant, y pénètre
par une porte de côté et constate que personne n'est
encore levé, la matinée de Noël n'étant pas de celles
où l'on soit pressé de quitter son lit. La bougie qu'il
avait laissée allumée dans la salle à manger est près
de s'éteindre; le papier à l'aide duquel il avait fait sa
grande découverte est encore là où il l'avait laissé. La
vue seule de cet écrit l'impressionne singulièrement.
Que de choses peuvent arriver pendant qu'une bougie
brûle! Il va dans sa chambre prendre un grand sac,
puis retourne d'un bon pas au *monticule de l'Homme
mort*.

« Hein, ça va bien, Georges? dit Harold une fois
arrivé sur le bord de la fosse.

— Très bien, colonel; mais comme quelqu'un qui
attend votre retour avec une grande impatience! Ce
n'est pas drôle d'être seul en pareille compagnie.

— Tenez, voici un sac vide : remplissez-le à votre
aise et renvoyez-le-moi au moyen de la corde », dit
Harold à mots pressés.

Trois minutes après, Georges annonce que le sac
est plein. Le colonel tire alors sur la corde, qu'il
amène à la surface avec un effort considérable, hisse
le sac sur son épaule; après quoi, il l'emporte chez

lui. Dans un coin noir de sa chambre, il découvre une malle remplie d'uniformes et de vieux vêtements dont il s'était servi dans ses voyages ; il jette le tout à terre, et, ceci fait, il déverse dedans son sac de pièces d'or qui brillaient d'un éclat aussi pur que deux siècles auparavant. Il fit le trajet une vingtaine de fois ; au dixième, Georges s'écria :

« Attention, colonel, il y a un écrit placé au milieu des pièces d'or. »

Saisissant le parchemin d'une main nerveuse, Harold le met dans sa poche sans le lire.

Sa besogne achevée, Georges prend la parole en ces termes :

« Il ne reste plus une seule pièce d'or, colonel ; veuillez avoir la bonté de me jeter la corde et je remonterai à mon tour.

— C'est ce que je ferai dès que vous aurez replacé le squelette sur la tombe en pierre.

— Mais, reprend Georges, je n'en vois pas la nécessité. Ma foi, il est bien là où il est ! »

Sur ce, Harold éclate de rire et voit son compagnon reparaître couvert de sueur, le corps maculé de terre humide.

« Vrai ! tout en me figurant que jamais je n'aurais pu me fatiguer à remuer de l'or, je suis esquinté. C'est une rude besogne, allez ! Miséricorde ! quoi ? le kiosque a disparu ?... les grands chênes aussi ?... C'est à n'y pas croire ! »

Harold reprit d'un ton calme :

« Voyons, il n'y a pas à se plaindre ; ramenez la terre dans la fosse et venez déjeuner ; la force de la tourmente commence elle-même à s'épuiser. Je vous souhaite un heureux Christmas, Georges, dit-il en tendant au dévoué serviteur une main couverte d'ecchymoses.

— Puis-je me permettre, colonel, de vous retourner le compliment, et cela de grand cœur, je vous jure! Que Dieu vous récompense de ce que vous avez fait cette nuit; après avoir repris le château des griffes du banquier, vous serez, à coup sûr, l'heureux mari de Mlle Ida. Ah! espérons que le squire va enfin ouvrir les yeux. »

En prononçant ces derniers mots, le brave homme essuya furtivement une larme, et de joie fit sauter en l'air son bonnet de coton.

Dès que tout l'or fut empilé dans le coffre, Harold s'assit dessus, et, tout crotté, tout saignant, tout pensif, il remercia Dieu d'un événement aussi heureux qu'inespéré!

Son état de lassitude était tel, qu'il allait céder au sommeil, lorsqu'il se souvint que Georges lui avait recommandé de lire l'écrit placé au milieu des pièces d'or, dans le dixième sac.

Voici la teneur de ce document, dont les caractères d'écriture étaient identiques à ceux de la lettre intercalée dans la Bible qu'Ida avait eu la bonne fortune de découvrir :

Les temps sont si troublés que personne ne peut compter sur le lendemain. Je me suis donc décidé, moi, Jacques de la Molle, à venir déposer en cette cachette tout ce que je possède en or. J'ai découvert, par hasard, l'entrée de ce souterrain. Puisse ce malheureux pays recouvrer la tranquillité et la paix! J'ai accompli cette besogne de grand matin, le jour de Noël an 1643, par une effroyable tempête.

JACQUES DE LA MOLLE.

Donc, par une nuit de Noël, où l'ouragan faisait rage, l'or avait été caché, et une autre nuit de Noël, par une bourrasque terrible, il fut retrouvé juste à temps pour sauver une descendante de la famille La Molle d'un sort cent fois plus affreux encore que la mort!

XXXV

Ida n'avait pu clore l'œil de la nuit. Comment s'endormir, alors que les éléments sont déchaînés avec une telle fureur, et la veille d'un tel lendemain! La nature qui gémit, mugit et pleure, semble en parfaite harmonie avec son état d'âme.

Vers neuf heures du matin, lorsqu'elle descendit déjeuner, le temps s'était rasséréné, bien que l'ouragan eût laissé partout des preuves irrécusables de son passage. Elle aussi, l'aimable Ida, avait été secouée de la tête aux pieds! Mais à la voir près de la fenêtre de la salle à manger, constatant d'un œil calme les ravages de la nuit, en attendant le retour de son père, il eût été difficile de s'imaginer que c'était la malheureuse qui, quelques heures auparavant, la tête nue, appuyée contre son lit, demandait à Dieu, anxieuse et frémissante, le secours qui ne peut venir que de lui seul! A la chaleur de l'emportement avait succédé la froideur de l'apaisement; à l'exception des cercles noirs tracés sous les yeux d'Ida, son visage était blanc comme la neige, et son cœur glacé.

A cet instant, son père entra, en s'écriant :

« Quel ouragan! Ma parole d'honneur, je commençais à craindre que le vieux château ne s'affaissât sur nos têtes. Le vent a fait voler en éclats un grand nombre de mes beaux arbres. Je ne crois pas que, depuis le règne de Charles Ier, pareille chose se soit produite. Le groom vient de m'apprendre que le pavillon de Mme Massey a bondi dans l'espace comme une sauterelle. A tout prendre, c'est un bon débarras pour le colonel Quaritch. Mais... qu'avez-vous, ma fille? vous êtes livide.

— Je n'ai pu fermer l'œil de la nuit, répondit Ida avec douceur.

— Ah! certes, je le crois bien. Mais comment, Ida, vous ne m'avez pas encore adressé vos compliments de Noël! Dieu sait que la vie n'est pas gaie à Honham depuis bien des années, et pour nous, les choses vont de mal en pis, c'est vrai.

— Je vous souhaite santé et bonheur! dit Ida d'une voix émue.

— Merci, mon enfant. De mon côté, je vous adresse les mêmes vœux, répondit M. de la Molle avec un sourire plein d'amitié paternelle. Que la paix soit avec vous, mon enfant! Vous verrez plus de noëls que moi. Je me souviens qu'il y a soixante ans sonnés, à pareil jour, la grosse branche de houx attachée au plafond de la salle à manger tomba au beau milieu de la table, brisant en morceaux toutes les tasses. Ma pauvre mère était furieuse. Je la vois encore. »

En ce disant, le vieux châtelain riait d'un rire plus franc qu'Ida ne l'avait constaté depuis des années.

Sans rien répondre, elle s'occupa de servir le thé·

Tout à coup elle lève les yeux, et voit son père changer de couleur ; sa physionomie s'était rembrunie, et il avait cessé de rire. À coup sûr, une nouvelle pensée l'avait frappé, comme un coup de poignard.

« Au fait, j'y pense : il faudrait nous dépêcher de déjeuner ; vous savez qu'Édouard Cossey doit venir ce matin, à dix heures.

— A dix heures? répéta Ida d'une voix mal assurée.

— Oui, reprit M. de la Molle ; je lui ai indiqué cette heure-là, afin que, si nous en avions le désir, nous puissions aller ensuite à l'église. Je ne sais encore rien de positif sur la décision que vous avez prise. Enfin, quelle qu'elle soit, il eût été préférable, selon moi, que je l'apprisse de vos propres lèvres, Ida ; si vous jugez à propos de me la communiquer ce matin, je serai bien aise de l'entendre. »

Elle leva les yeux vers son père ; il tenait sa tasse d'une main légèrement tremblante ; son visage exprimait l'anxiété avec laquelle il attendait la réponse à sa question.

« Rassurez-vous, mon père : j'épouserai M. Édouard Cossey », répondit Ida sans se troubler.

Entre temps, le squire posa sa tasse à thé de travers, en répandit la moitié sur ses vêtements, sans même s'apercevoir de sa maladresse, et tourna la tête.

« Bien entendu que ce n'est pas mon affaire, mais la vôtre, reprit-il en soi-même ; cela ne me regarde qu'indirectement. Je comprends vos hésitations : c'est très féminin ; mais, en bonne conscience, le colonel Quaritch, vu son âge, son physique et son manque de fortune, n'offre pas des conditions acceptables pour vous. Sans vouloir prétendre qu'Édouard Cossey soit l'idéal, je vous félicite, en somme, de votre choix.

— Ah! de grâce, épargnez-moi, du moins, vos félicitations, fit-elle d'une voix suppliante.

— Comment! Il est cependant convenu que ce sont des occasions de congratulations », répliqua le squire.

En dépit de ce que disait ou faisait M. de la Molle, il ne pouvait se méprendre sur le ton sombre avec lequel sa fille avait prononcé ces mots. Il se disait que c'était le dernier cri d'une âme en révolte, il se rendait bien compte que le mariage en question lui était odieux. Et cependant il voulait se persuader que c'était un enfantillage de jeune fille, et qu'elle se réconcilierait peu à peu avec l'inévitable. Plus tard, le rire de ses enfants lui ferait oublier ses larmes. S'il se trompait dans sa manière de voir, le château, la fortune et l'avenir des La Molle étaient en parfaite sécurité. Au demeurant, cela faisait plus que compenser le reste....

Il était à ce moment dix heures moins cinq minutes, et Ida savait que M. Édouard Cossey arriverait à dix heures précises. Le temps passait lentement ; le père et la fille demeuraient sous une impression d'appréhension profonde, mais sans échanger leurs pensées.

Soudain un bruit de roues écrasant le gravier se fait entendre.... C'en est fait.... La voiture entre dans la cour ;... il est là !

Ida crut sentir ses forces l'abandonner ; son pouls battait avec violence ; elle respirait mal.

Au bout d'un instant, une servante signala l'arrivée de M. Cossey.

« Où est-il? demanda le squire d'un ton surexcité.

— Dans le hall.

— Très bien! Prévenez M. Cossey que je vais descendre », fit le squire.

Dès que la servante se fut éloignée, il poursuivit :

« Maintenant, ma fille, je crois que plutôt cette affaire sera réglée, mieux cela vaudra.

— Mon père, je suis prête à vous suivre », dit Ida d'une voix serrée.

Puis, se raidissant, la tête haute, elle alla droit au-devant du sort qui l'attendait, en faisant appel à toute son énergie.

XXXVI

Arrivés dans le hall, Ida et son père y trouvèrent
Édouard Cossey occupé à examiner les bibelots posés
sur la cheminée ; sa tenue, comme toujours, était des
plus correctes, et son visage, quoique altéré par les
préoccupations morales, n'en conservait pas moins
toute sa beauté.

D'un geste solennel, le squire serra la main du
nouveau venu, comme font les gens qui se rencon-
trent à un convoi ; mais Ida lui effleura tout au plus
le bout des doigts. On échangea des remarques
banales sur le temps, puis il se fit une pause.

Le premier, le squire rompit le silence, en disant :

« Je sais, monsieur, que votre démarche a pour
objet de connaître la décision finale de ma fille relativement à la proposition de mariage que vous lui
avez faite à deux reprises différentes. C'est naturellement une question que, seule, elle a le droit de
trancher ; en conséquence, je lui passe la parole.

— Permettez-moi, je vous prie, dit son interlocuteur en interrompant le squire, tout en étant

18

quelque peu interloqué par le regard glacial d'Ida,
de prévenir la réponse de Mlle de la Molle, en réité-
rant ma demande.

« Je la prie, tout d'abord, de considérer combien
doit être sincère chez moi une affection si rudement
contrariée. Je crains, je l'avoue, de ne pas occuper
dans son cœur la place que je souhaiterais; mais
j'espère qu'avec le temps ses sentiments se modifie-
ront en ma faveur. En tout cas, je veux encore faire
une tentative.... Pour ce qui est de la question d'argent, je maintiens mes promesses de libéralités à son
égard.

— Pour Dieu! veuillez ne pas tant appuyer sur ce
point, répliqua le squire, impatienté.

— Pourquoi cela, mon père? demanda Ida avec un
suprême dédain. M. Cossey comprend toute la valeur
de cet argument. Je présume, monsieur, que, pour
premier effet de nos fiançailles, vos agents suspen-
dront leurs persécutions contre mon père?

— C'est évident, répondit le visiteur.

—'Et si, par impossible, notre engagement était
rompu, vous exigeriez, n'est-il pas vrai, monsieur,
capital et intérêt?

— Mes hommes d'affaires l'entendent ainsi, répondit
M. Édouard Cossey d'un air obstiné; c'est à vous,
mademoiselle, de poser vos conditions.... Le mariage,
après tout, est un marché,... et je ne demande qu'à
me montrer généreux.

— Merci, monsieur, de vos intentions et de vos
libéralités à mon égard; je regrette de ne pouvoir
mieux apprécier votre générosité, mais je puis, du
moins, vous accorder en retour tout ce que vous

méritez. Je ne saurais donc hésiter plus longtemps,
et je déclare ici, en présence de mon père, et une fois
pour toutes.... »

Là, elle s'arrête court ; ses regards trahissent, non
seulement la plus violente émotion, mais aussi la
froideur, la résistance et peut-être même la peur !
Puis, soudain, son expression change ; on dirait
qu'elle a une vision.

Son père et Édouard Cossey suivent le mouvement
de ses yeux, et avisent en même temps le colonel
Quaritch, suivi de Georges ; tous deux, d'une pâleur
livide, gravissaient quatre à quatre les marches de
l'escalier. Si la tenue de Harold était correcte, par
contre Georges était fait comme un voleur.

Le squire, furieux, s'écrie :

« Que diantre ! nous sommes occupés : vous repas-
serez.

— Eh bien, nous n'en forcerons pas moins la consigne, dit Georges d'un ton résolu, en poussant brusquement la porte. La communication que nous avons
à vous faire ne saurait s'ajourner.

— Que diantre ! laissez-nous la paix, dit le squire
d'un ton d'emportement. Suis-je ou ne suis-je pas le
maître ici ? Votre conduite m'étonne, colonel ; plus
que tout autre, vous devriez respecter ma volonté.

— Pardonnez-moi, monsieur de la Molle, mais ce
que j'ai à vous dire est....

— La meilleure manière de vous excuser est de
vous retirer, répliqua le squire avec dignité. Je
serai heureux d'entendre votre communication une
autre fois.

— Ah ! mon maître, c'est de la folie, excusez le mot !

dit Georges exaspéré. A quoi bon se frapper la tête contre un mur? Rien ne saurait nous faire lâcher prise.

— Faites-moi le plaisir de passer la porte », s'écria le squire, d'une voix retentissante, qui fit trembler les murailles.

Ida, qui lisait probablement dans les yeux de son adorateur, reprit à haute voix :

« Mon père, si vous persistez à interdire l'entrée de cette pièce au colonel, j'irai recevoir la communication qu'il a à vous faire.

— Puisque ma fille insiste, colonel, vous pouvez entrer. Je vous écoute : parlez.

— C'est bien ce que je vais faire, répondit le colonel Quaritch, parce qu'il est urgent que vous entendiez ce que j'ai à vous dire. Donc, monsieur de la Molle, si incroyable, si inattendu, si renversant que cela puisse paraître, sachez que j'ai eu le bonheur de découvrir le trésor caché par Jacques de la Molle en 1643. »

A ces mots, les personnes présentes poussèrent en chœur une exclamation d'étonnement.

« Qu'entends-je? s'écria le squire : j'ai toujours cru que cette histoire n'était qu'une fable.

— C'est ce qui vous trompe, car je l'ai vu, de mes yeux vu », s'écria Georges.

Ida s'était laissé tomber de saisissement dans un fauteuil.

« Quelle valeur peut avoir ce trésor? questionna-t-elle avec émotion.

— Je n'ai pu encore en faire le calcul exact, répondit le colonel brusquement, mais je ne crois pas me

tromper en évaluant le poids de l'or à une somme
d'un million environ; en voilà, du reste, un spécimen », ajouta-t-il, en jetant sur la table une poignée
de pièces d'or.

Ida se couvrit le visage de sa main, et Édouard Cossey, pressentant les conséquences que cet événement
pourrait avoir pour lui, commença à trembler. Cependant, d'un ton d'ironie, il prononça les mots suivants :

« A votre place, monsieur de la Molle, j'attendrais
pour me réjouir, car, si ce récit est véridique, le
trésor doit appartenir à la Couronne.

— Ma parole d'honneur, voilà une chose à laquelle
je n'avais pas pensé, riposta le squire avec humeur.

— Pour ma part, j'y ai déjà réfléchi, ajouta le
colonel avec calme. Si je ne me trompe pas, le dernier rejeton de la branche aînée des La Molle a laissé
un testament par lequel il lègue à votre ancêtre le
trésor caché par son père. Or il résulte d'un parchemin, que j'ai trouvé dans la cachette, que c'est,
à n'en pas douter, ce même trésor que j'ai découvert.

— C'est juste, c'est juste, dit le squire.

— Il se peut, monsieur, que l'avocat de la Couronne
soit d'une autre opinion », riposta Édouard Cossey
en ricanant.

Écartant sa main de son visage, Ida, les yeux
humides de larmes et un sourire de bonheur sur les
lèvres, dit d'une voix douce, en s'adressant à son
père :

« Maintenant que nous avons entendu la communication du colonel Quaritch, pourquoi ne termine-
rions-nous pas l'affaire avec M. Cossey? »

A cet instant, le colonel et Georges firent mine de
s'éloigner, mais elle les rappela d'un geste impératif,
et avant que personne eût pu prendre la parole,
elle dit :

« Une fois pour toutes, je déclare ici, monsieur Cossey, que je ne vous épouserai pas, et que
j'espère même ne jamais vous revoir. »

Le souvenir de tout ce qu'elle avait souffert revint
à l'esprit d'Ida. De ses yeux noirs, braqués sur son
prétendant éconduit, jaillissaient des éclairs. D'une
voix brève et avec volubilité, elle prononça les mots
suivants :

« Veuillez m'écouter, monsieur Cossey. Il y a quelques mois, j'ai commis l'insigne folie de vous
demander aide et secours contre nos créanciers. Vous
mîtes alors pour condition qu'à partir de ce jour je
devais me considérer comme votre fiancée. Ne voyant
pas d'autre moyen de sauver la situation, j'acceptai.
Des circonstances particulières vous ayant empêché
de faire valoir immédiatement vos droits, mon cœur,
qui n'avait jamais parlé pour vous, parla pour un
autre. Mais, le jour où vous eûtes écarté l'obstacle qui
nous séparait... — ah! ne m'interrompez pas, je sais
tout, c'est d'elle-même que je le tiens... — vous vîntes
me rappeler ma promesse, promesse que je ne pouvais
éluder. Une fois encore, une échappatoire se présenta, et j'en profitai. Qu'advint-il ensuite? Vous avez
mis de nouveau le grappin sur mon père et sur son
château; vous avez insulté en face l'homme que
j'aimais; vous avez recouru à tous les expédients
tolérés par la loi pour nous torturer, mon père et
moi.

« Vous avez lâché vos agents sur nous comme des chiens sur un lièvre. Vous avez tenu suspendu sur nos têtes le glaive de notre ruine, puis vous m'avez offert de l'argent, autant d'argent que j'en pouvais désirer pour me donner à vous! En un mot, vous avez escompté l'effet du temps et du désespoir pour me pousser à bout.

« Chaque jour, les mailles de vos filets nous enserraient davantage; il était clair que si je ne cédais pas, mon père serait chassé de chez lui au déclin de sa vie, et que le vieux château, qu'il aimait tant, passerait en d'autres mains, en des mains étrangères, c'est-à-dire dans les vôtres. Ne cherchez pas à m'interrompre, mon père : je dirai tout ce que j'ai sur le cœur. Finalement, j'acceptai, la mort dans l'âme, le marché — vous voyez que je ne vous mâche pas les mots — que vous m'aviez proposé ou imposé. Dieu seul sait si j'aurais eu le courage de perpétrer ce sacrifice! Peut-être me serais-je poignardée avant de monter à l'autel; mais mon parti était pris. Au moment où la Providence m'a envoyé un secours aussi inattendu qu'inespéré, j'allais prononcer le mot fatal qui aliénerait à jamais ma liberté. Partez, vous dis-je, partez, monsieur Cossey. Désormais tout est fini entre nous. Je tiens encore à vous dire que votre créance, intérêt et capital, vous sera payée intégralement; je n'ajouterai plus qu'un mot : je vous méprise!

— Bien parlé, ma foi! » s'écria Georges en se frottant les mains.

Épuisée par cette explosion de sentiment et d'éloquence indignée, Ida serait tombée sur le plancher, en cherchant à se jeter dans un fauteuil, si Harold ne l'avait reçue dans ses bras.

Devant ce torrent d'invectives, Édouard Cossey, blanc comme un spectre, s'était reculé pas à pas jusqu'à la muraille; le désespoir et la colère faisaient jaillir des éclairs de ses yeux sombres. Il n'avait jamais désiré aussi passionnément cette femme qu'au moment de la perdre pour toujours.

Se tournant vivement du côté du squire, il s'écria :

« Il est impossible d'admettre que cet homme épouse Mlle de la Molle, par cela seul qu'elle est riche.

« Monsieur, répondit le châtelain en faisant un salut solennel du côté de son interlocuteur, je vous ai déjà dit que je ne saurais influencer ma fille au sujet de son mariage ; elle s'est expliquée d'une façon catégorique, et je n'ai rien, pour ma part, à ajouter.

— Permettez, j'ai été indignement joué dans toute cette affaire, répondit Édouard Cossey; j'en prends le ciel à témoin;... je me vengerai. Le trésor que cet homme prétend avoir découvert appartient à la Couronne. Je vais en informer qui de droit, et cela avant que vous ayez pu le faire disparaître. Dès qu'il aura été restitué à la Couronne — si tout cela n'est pas un conte forgé à plaisir, — nous verrons ce qui arrivera. Enfin, apprenez ceci, monsieur de la Molle, c'est que, le jour où le château sera en ma possession, je le ferai abattre, jeter pierre après pierre dans le fossé, et passer la charrue sur l'emplacement qu'il occupe aujourd'hui ; je vendrai la propriété par lots, je la ferai morceler, afin qu'il n'en reste plus trace. Vous apprendrez ce qu'il en coûte pour me berner comme vous l'avez fait! »

Sur ce, Édouard Cossey quitta la pièce, en faisant entendre un formidable juron : l'instant d'après, il avait franchi la grille monumentale du château de Honham !

CONCLUSION

Le lendemain, les habitants de Boisingham furent fort intrigués en apercevant par les rues une voiture à bras traînée par Georges en personne! Derrière lui, marchaient, bras dessus bras dessous, le squire et le colonel.

Ce qui ne laissa pas de les étonner, ce fut de voir la susdite voiture s'arrêter non pas à la porte de la banque Cossey, mais à la maison en face. Bien que ce fût jour férié, le directeur et les commis, prévenus d'avance sans doute, étaient à leur poste. Quel ne fut pas leur étonnement en constatant qu'il fallait trois ou quatre hommes pour transporter le dépôt que l'on venait de leur confier. La valeur intrinsèque de l'or fut évaluée à 1 275 000 francs, mais la rareté extraordinaire de quelques-unes de ces pièces les fit retenir pour être montées en ceinture et en collier destinés à devenir, dans la suite, la relique la plus précieuse de la famille.

Dans la soirée de ce même jour, le squire et le colonel se rendirent à Londres. Ils firent part à la

chancellerie de la découverte qu'ils avaient faite, forts
de la clause par laquelle le second baronnet avait
légué à son cousin, sir Geoffroy Dofferleigh, et à ses
héritiers le château patrimoniale de Honham, et
aussi le trésor enfoui par son père, sir Jacques de
la Molle. En plus du testament, ils produisirent l'écrit
trouvé par Ida dans la bible de sir Jacques, et le
parchemin découvert par Georges entre les piles d'or.
Ces trois documents formaient un enchaînement de
preuves devant lesquelles il fallait mettre bas les
armes. En conséquence, le squire paya les mêmes
droits pour cette succession rétrospective que s'il se
fût agi d'un cousin mort récemment.

Le jour implacable de l'échéance étant arrivé, la
somme de 750 000 francs, prêtée sur hypothèques par
le banquier Cossey lui fut remboursée, intérêts et
capital; après quoi, ce créancier sans foi ni loi perdit
tous ses droits sur le château de Honham.

Disons encore un mot de cet individu si peu digne
d'intérêt. Sa passion pour Ida de la Molle s'étant
calmée peu à peu, il finit par épouser la fille d'un
lord anglais; il va de soi que, dans ce ménage, le
mari joue le rôle de second violon. Si d'aventure,
lecteur, il vous arrive de fréquenter les salons dorés
de la haute société, vous avez toute chance d'y rencontrer lady Honorine Patton et M. Cossey; mais, les
circonstances de sa vie l'ayant rendu fort irascible,
le mieux est d'éviter tout rapport avec ce richard.
— Ceci dit, oublions-le s'il se peut.

Si, en sortant des salons dorés du monde huppé de
Londres, il vous arrive d'errer le soir par les rues de
la métropole, vous pourrez rencontrer un des person-

nages de cette histoire; c'est une jeune femme **pâle**,
à la physionomie douce, au visage rond et presque
enfantin, à moitié cachée sous la coiffe d'une religieuse; suivez ses pas et vous verrez ce qu'elle fait
pour trouver la paix de l'âme; vous en serez triste-
ment impressionné, et cependant c'est avec une persévérance imperturbable qu'elle accomplit son œuvre
de charité; parmi ses compagnes, il n'en est pas de
plus aimée que sœur sainte Agnès! A elle aussi,
adieu!

Au printemps fut célébré le mariage de Harold
Quaritch et d'Ida de la Molle. Les enfants du village
jonchèrent le chemin de l'église de violettes et de
primevères. C'était sur ce même chemin, par une
nuit d'hiver froide et obscure, qu'ils avaient eu
ensemble un entretien inoubliable!

C'est sous le porche de l'église que nous dirons
adieu à Ida de la Molle, enveloppée d'un voile blanc,
et aussi à son mari, le colonel Harold Quaritch.

FIN.

Coulommiers. — Imp. PAUL BRODARD. — 811-98.

www.ingramcontent.com/pod-product-compliance
Lightning Source LLC
Chambersburg PA
CBHW071807020726
47502CB00004B/1030